揭示"90后私立中学生活"的
校园现实主义小说

超级90后

我的校草老大

东风 著

许洁 主编

中国青年出版社

图书在版编目(CIP)数据

我的校草老大/东风著.— 北京：中国青年出版社，2012.6
（新青年文库/许洁主编.超级90后系列）
ISBN 978-7-5153-0732-9

Ⅰ.①我… Ⅱ.①东… Ⅲ.①长篇小说－中国－当代 Ⅳ.①Ⅰ247.5

中国版本图书馆CIP数据核字(2012)第085460号

书　　名：我的校草老大
作　　者：东　风
责任编辑：庄　庸　王　昕
特约策划：贾　鹏
出版发行：中国青年出版社
社　　址：北京东四十二条21号
邮　　编：100708
网　　址：www.cyp.com.cn
门 市 部：(010)57350370
印　　刷：三河市世纪兴源印刷有限公司
经　　销：新华书店

开　　本：787 × 1092　1/16
印　　张：14.25
字　　数：250千字
版　　次：2012年8月北京第1版 2012年8月河北第1次印刷
印　　数：0,001- 5,000 册
书　　号：ISBN 978-7-5153-0732-9
定　　价：25.00 元

本图书如有任何印装质量问题，请与印务中心质检部联系调换。
联系电话：(010) 57350337

目录

第一章

藕　塘

当时，天很热，我躲在屋里看电视剧，演的是出古装戏，很搞笑，可我却提不起劲来。

小屋里，永远忙不完家务的母亲踏着缝纫机，咯噔噔地响。

后来，街上传来汽车的喇叭和其驶过时发出的轰响声。我向窗外望了下，和母亲打了声招呼便疯跑了出去。

那个时候，乡间里的汽车，还没有多到泛滥的地步。喏，那刚刚过去的车是邻居大美女冬妹家的。冬妹是我的同学，两年前随她的商业家爹爹搬到城里去住了。这次，他们是回来探家的。

白色的小甲壳虫车就停在门外的路边上，马达的热浪和着汽油味一阵阵扑了过来。

我进门时，一个香艳的女子正帮着家人打帘笼，搬东西。看见我，她嘤嘤地叫起来，声音很好听：

"呀，是你呀平子。快来快来。"

她从果盘里拣了个大油桃给我，拉了我一溜烟跑进她的耳房里去了。

冬妹已经成大姑娘了，个头高了不少，头发也长了好些，几乎到了腰际。如墨似漆的青丝又亮又服贴，松散地扎在白皙的脖颈后，像古时候的仕女髻。衬着她细润光洁的面庞，显得端庄又秀气，秀色可餐，让人禁不住有些意荡神迷。

我们叽叽喳喳地叙些离前别后的话题，聊得挺高兴。后来，我开口问她："哎，冬妹，你们学校真有一片果树园吗？"

"我听别人说，你们学校有很大的一片苹果林。学校里长果园，真新鲜。"

其实，关于这件事，我听到的内容还要多。除了果树林之外，我还听说那所学校里的才俊、佳丽颇多。到了晚上，那片果树林便成了那些男女主角发生曼妙故事的地点等等一些话。嘿嘿，只是不能那么问，否则的话，我铁定会被视为流氓。相反，如果绕个弯儿来问，达到了同样的效果，显得解风情的同时，还会被视为含蓄。吼吼！所以发现我可真是个人才呀，嘿嘿嘿。

"有啊有啊，我没跟你说过吗？就在学校的东侧，挨着一条小甬路，好大的一片呢。"

"到了开学时，那果子该有茶杯口大小了吧。"

冬妹饶有兴趣地说着，貌似没有察觉我的"不良居心"，还用手比划给我看。

冬妹所在的那所学校是本地最有名的一家私立学校，名气很大。说它有名，是因为除了文化课之外，还有意识地设置了美术、音乐、体育、舞蹈等专业特长课，对其他方面有能力的孩子加以培养，以便在他们以后的升学过程中增强竞争力。对于孩子们来说，这是很有吸引力的。但是那所学校的录取的门槛却又高，学费也比公办学校要高不少，所以要想进去，可真算是费老劲了。然而，得不到的永远都是最好的，这样一来却反倒更增加了学校的神秘感。于是，在孩子们中间流传起许多版本的关于那所学校的传言。这其中，又以感情类的故事居多。多是些类似大家熟悉的经典故事和传说，比如说"拉郎配"、"花田错"、"三笑"、"桃花扇"、"索麟囊"、"打红娘"等等。总之，都是些很美好的传言，并且传说得尤其风雅。这其中，最多的则是千金小姐垂爱清贫公子，历尽磨难，最后幸福走到一起的故事。

现在想想，这个学校很可能在品牌宣传上下过功夫，不然怎么会有这么多诱人的故事呢？如果不是这样的话，那可真得对人们的想象力以及传播力大鼓其掌了，实在是太丰富太有活力了，呵呵呵。更奇怪的是，那时的我，向来以聪明人自居的我，竟然对那些流言蜚语信以为真。连我自己也说不清楚当时是怎么想的了。好奇心？或许是。可见，人的好奇心是一种很严重、很害人的东西。然而，对于这一次好奇心造成的后果，我竟不怎么后悔。因为，正是因为它，使我拥有了一个非常酷的中学经历，到目前为止，我所知的最酷的中学经历。

不过，也不能怪我愚蠢作出了这样的决定，实在是那所私立学校确实有些令人心动的地方。比如，那个学校的体育队里有个绰号叫"火腿儿"的长跑健将，他就挺牛的。据说，他上学从来都不坐车，扛了几十斤重的行李卷跑步几十里去学校，很受孩子们佩服。还有，冬妹班里有个篮球女生，身高竟有一米九，一只手能轻易地抓起一只篮球，很厉害。不光这些，他们学校里一些人的绰号听来就很有名堂。比如，有叫"三不管儿"的，有叫"糊涂儿"的，还有叫"宋氏小辫儿"的。我的妈呀，那些东东们光听起来都怪有意思。也就难怪我会堕落了。

这些，都是冬妹以前回来过年过节时讲给我的。这可都是些不可思议的事情啊。

对于那所学校，以及那些奇怪事，我从来都没有怀疑过。是啊，单从冬妹出众的形象上，就不难想象到他们学校会是什么样。冬妹在那个学校里修舞蹈专业，或许是受了舞蹈艺术的熏陶，她的气质比以前要好很多。举手投足舒缓大方，透着一股子贵气。她的面部表情也相当丰富，眸子明澈有神，很好看。比起乡里的二丫头们，真是要飘逸很多。要知道，在以前，冬妹可没有这般洒脱。之前，她的身体一直很娇弱，三天两头生病，像个弱不禁风的豆芽菜。我想，能够教出冬妹这样学生的学校，大概也差不到哪里吧。我真这么想。

"你决定跟哪里上学了呗？"

冬妹后来的问话触在了我的死穴上，一时之间，让我有些局促。这正是我当时最最烦恼，又迟迟没有定下的事情。我说了声，再说吧，就赶紧把她的话给岔开。为了把她扯得更远，我又问她：

"哎，你们学校校最近有什么新鲜事儿没有，跟我说说？"

话题转移得很成功，对于我的问题，冬妹挺感兴趣，可一时也想不起什么，想了好一会儿，才记起一件：

"其实，也没什么大事，就是前些时候，区里举办职工篮球对抗赛，我们学校里篮球队好像得了第三名。"

"才得第三名？"

"哎，老大。职工篮球对抗赛，那可是和成年人比赛啊。"

因为我的无知，冬妹很受刺激。不过，经她这么一说我就明白了：

"噢，那确实不错，真不错。"

悲催啊。人生最大的悲剧就是在女孩子面前现眼；更悲催的是自己还常常以博学多闻自诩；还要悲催的是，对方又是个美女。好在冬妹是个与人和气的女孩儿，永远不会招人厌，并未纠缠。我们又聊了好些闲话。直到天色渐渐暗了下来，我才拾起脚来告辞回家。

回到家，我不想再看电视，直接回了自己的小屋，躺倒在小木床上，眼望着天花板，眨巴眨巴地出神。我又多愁善感了。

这会儿，我正陷在深深地愁苦之中。

这一年，是我人生中的第一个十字路口，要选择中学了；也正是这一年，上头的制度却有了变化，要开始实行就近入学的政策。本来嘛，那也无关紧要，只要公平的事情，到了哪里也受欢迎。可正因为这个，那些个名校里的老爷们可得了令了，立马坐地起价，收起异地人的借读赞助费来，且价格很不菲呢。

不过，这还不是最惨的。更没想到的是，在区里的第二中学考试完之后，人家告诉我，没有达到录取分数线，差着几分呢。要想上那个学校，需得交为数不少的一笔买分银子，一分好几百。所谓的屋漏偏逢连夜雨大概就是这种情况吧。

这可真是意外。冰雪聪明、人见人爱、绝世风流的平子小太爷竟被个二中给拒绝。这令我十二分惊讶，也十二分地失望。

其实，这个世界上，没有希望也就无所谓失望了。问题是，偏偏我却有，而且还是很大很大一个希望。

给予我很大希望的，是我的启蒙老师，王老先生。

那时候，老爷子经常夸奖我，说我的文笔好。说实话那会儿我心里也明白他怎么这么器重我。还总把我写的一些文字当作范文念给大家听。又说我要是能够在文学方面不断进取，将来必定大有可为。老人家每次说的时候，总是那般的春风和煦，让人禁不住飘飘欲仙啊。

确实啊，这老爷子的态度是相当的真诚。慢慢地，让我都有点当真了呢。不过，说实话，刚开始时，对于老爷子的溢美咱是万万不敢认真的，人得有点自知之明不是？哪怕不多呢，总得有点吧。知道自己不过是走点那啥运罢了，无非是有幸熟读了三叔留在床底的一箱子《岳飞传》、《隋唐演义》、《三侠剑》、《东方大侠》、《杨家将》、《三国演义》之类的武侠类小说。后来，又托了姐姐的福，看了《红楼梦》、《羊脂球》、《茶花女》、《钢铁是怎样炼成的》等一些中外名著小说。于是，行起文来有所恃凭，顺手拈来、东挪西用，甚是方便罢了。论起真才实学，自己也没有觉得有什么超人的天赋。

开始，我确实没有把王老爷子的话放在心上，可是，一人是谎，三人成虎嘛。老爷子说的次数多了，我就有些招架不住，信服了。

为什么不信啊，对不对。首先说，老爷子的威望极高，这样的人应该不会轻易说谎。老爷子已经教了好多年的书，连我们的父辈人也有不少是他的学生。对，就是这样。要不然，怎么会在乡里人没有订阅报纸的习惯下，经他一提议，让大家订一些《语文报》、《学习报》、《周报》、《少年报》等读物的时候，会那般顺利得到家长们响应并顺利实施呢？我想，只怕换了第二人，也不会有这等的局面吧。这样一位德高望重的老爷子，应该相信。

另外，老爷子还是个"聪明绝顶"的人。他教课方式也非常厉害。应该是很厉害吧，要不然，怎么到了现在，我还能清楚地记得他教的课呢？我印象最深的，是他教的一节游戏课。还别说，这老爷子那般岁数的人，却非常喜欢做游戏，他也会许多游戏。那一次，是让大家把一只纸做的鼻子，贴到画在黑板上的大头猫的脸上去。当时，我头一个就上去了，好显摆嘛。然后被人蒙了眼，又转了三圈之后，依然很自信地把那只鼻子贴到了我印象中的地方。

当时，我还挺得意的，觉得这完全是小菜一碟，根本没什么技术含量，至少比起打架来说，是容易多了。可当我把蒙眼抓下来时蒙了，发现事情根本不是那么回事，那东西根本就不在猫的脸上，更别说贴对了，几乎是相隔九万里。

我当时的惊慌程度不难想象到，简直像是被人兜头打了一棍子，好面子嘛。看见我灰溜溜的表情，老爷子笑了，说这是不必要的。他做这个游戏，就是要教给我们解决问题的办法。他说好多事情就是这样，并不是靠个人的主观意愿就可以完成，需要遵循客观的科学规律才行。

然后，他就给我讲了这个游戏具体的解决办法。说先要通过目测来确定猫脸的位置，看它离黑板的侧边有多少距离，离下边又是多少距离，知道了大概的距离，然后，即便是蒙了眼，摸索着去贴时，也就不会有大的偏差。然后，他又说，如果我想要做得更准确些的话，也可能。只是，这就需要掌握更多的知识。比如，人的一庹的大体尺寸是多少，以及臂展与身高的关系。还说，这些都有客观规律可循。掌握了这些，就可以做到连很小的尺寸都不差的地步。这样一来，看似笨拙的办法，却能干出精细的活计。

不得不承认，老爷子的话总是让人有种醍醐灌顶的感觉。不能不叫人佩服。当然，您也可以说小孩儿很容易被骗。所以，对于老爷子当时的褒奖，我也就更加深信不疑了。

再说，我认定老爷子确实知道很多文学知识。那时候，老爷子经常给我们讲文学常识，什么都讲，现代的、古典的、中国的、外国的，他好像什么书都读过。而他对这些作品的理解，也仿佛是超乎寻常的深刻。

那时候，他讲的最多的是革命作品《红岩》，讲得非常好，每一次讲到江姐和她的那些同志遭受严刑拷打的时候，他的神情都很激愤，让人看来很震撼。在那一刻，一种很高傲的精神会灌注他的全身，使他变得高大，以至于目空一切。而每每在这个时候，他都免不了要说我们大家几句，说，作学生的时候，连课业都要害怕，那么，在面对严刑拷打的时候，只怕第一个就会作了叛徒。我极怕他说这些话，人会不由自主地矮下去好几节。对于竹签钉手指甲缝那样的酷刑，更是连想都不敢想，总有一种不寒而栗的感觉。他的话总是叫人印象深刻。所以，我一直都深信老爷子有很深的文学修养。况且，他的大兄长就是我们省里面的大记者、大编剧。现在才知道，老爷子这些唬人的玩意儿叫作"见过世面"。可不嘛，在那时候，几十年前，在大多数人还吃不饱肚子的情况下，一个乡里孩子能到遥远的都市里受几年大学教育，那是很了不起的事情，绝对的精英啊。即便未必多学什么，至少精英意识是要提升不少的。当时的大学比现在大学可金贵多了。

而我佩服老爷子，自然也就有理由相信他的话。于是，也相信了他告诉我的，我是个"将大有可为"的人。可就是我这样信任的先生，却没有告诉我，区区一个地区的二中还要我这么一个"大有可为"的人掏银子。感觉有点像在骗小孩儿娶媳妇儿，什么过场都有了，只欠一点最重要的，新郎官还没成人呢。

于是，内心受到了打击，沉痛似海，一下子不知道自己究竟是个怎样的人了。

现在想一想，那时候的我还是太嫩，因为旁人的一些不善评判，就大损自信，实在不明智得很。

其实，只要我再聪明一点点就能想明白，那些高高在上的考官之中，未必没有些满脑壳豆腐脑的家伙；未必没有那些肚满肠肥，做了权与利的奴才，从而昧了良心、坑害学子的家伙；他们真的未必都是铁卷丹书、金科玉律。这样也就不会太伤心了。根本没有必要为了他们上火。不过，现在想想，这些人也挺可怜的，为了一点点利益就斯文扫地，实在是不怎么高明。最主要的是，得到的实惠还不很多。又据了解，在他们之中，有些人是乐于此道的，而有些人却是被迫胁从，实在是悲剧啊。

算了，不添堵了，像是一个泼妇在骂街。还是说那时候的事情吧。另外，我也不知道接下来该怎么办才好。我不太好意思向父亲要许多钱去填那个无底洞、黑窟窿，也觉得特没面子。可镇里的中学又实在不敢去，那里的孩子辍学率极高，到毕业时往往剩不下多少人。

后来，姐姐给我出了一个主意，建议我去冬妹的私立学校，然后学一项体育专业。还说，专业特长生走师范院校很容易。姐姐自己就是那么干的，她在职高就修了体育专业。姐姐的话也不无道理，只是，我心里一点底没有。凭良心说，自己一向是个内向保守的人，对那些前卫、时尚的东西没有什么概念，不知道大家都在谈论的那所私立学校是不是好。所以，陷入了迷茫与愁苦之中，不知该如何选择。

正在我愁云密布的时刻，厨房里不时传来母亲做饭时弄出的瓢盆刀姐的声响。她在赶早做饭，好晾凉些去暑气。熟悉的声音让我感觉到很烦躁，我翻个身，使劲地捂住耳朵。

也许是情绪低落，不知不觉中，我昏昏地睡了过去。

等我再醒来时，天已经黑了下来，灯亮着，许多不知名的小飞虫，不知疲倦地围着灯泡打转，不时地撞到灯上，然后又接着飞。人很多时候就像那些傻虫子一样，忙忙碌碌，却又并不知道自己在忙什么呢。别说，还真像。

父亲已经回来，穿着件凉快的三角背心，坐在桌前滋滋地喝着凉米粥。父亲在镇里做活计，整天忙忙碌碌。

我一点点蹭过去，坐在桌前，吃了口饭，便把碗放下来，手里扒着筷子玩：
"要不，你给我去私立校跑跑路子吧，我到那里念书去算了。"

我把自己想了许多天的想法告诉了父亲。又胡乱扒拉了几口饭，就赶紧躲回了自己的小屋。与父亲在一起，总让我有些不自在。尽管他对我连大声的斥责也没有过，可我心里还是很畏惧他。北方的大多数父亲都是给人这样的感觉吧，朴实、深沉、望子成龙。

我躺在小床上，看着明亮的月牙在云里穿行。耳畔是窗外角落里的小鸣虫无聊地聒噪。

后来，隔壁，传来母亲絮絮的说话声：
"哎，我怎么听老王家媳妇子说，那个学校到了夜里不太平。"
"说那校是盖在一个坟场上，挺不好的。"
对于母亲的话，父亲并没有搭茬。母亲向来都是个没有啥大主见的，听风就是雨。

我从来没有那般孤寂过，贯彻心底的孤寂。现在想想，或许是感觉丢脸的成分更多些吧。

桌上的闹钟不紧不慢地走着，不知什么时候，我又迷迷糊糊地睡着了。

我不知道父亲当时是如何去周旋这件事的。不过，他是个有办法的人，总能够办到。总之，我作出了选择，压在我心头的事情去了，心里轻松起来。仿佛连天气也变得明朗了许多。可见，"孩子的忧愁不算忧愁"这句话是很有根据的。

一个中午，我去找了好友闪光。这是他的绰号。我们俩是地道的发小，厚道至吃瓜子时吃到一颗黄豆，也会分一半给对方。并且，是连滚裆连环屁那样的笑话都能讲的兄弟。

我们是偷偷溜出去的。闪光是家里唯一的男娃子，他母亲不许他在大中午出门，怕他给热着了。就在前不久，闪光的老叔给他理头发时出过岔子。当时，闪光说有些头疼，他老叔让他再坚持一下就完了。结果，没等老叔的话说完，闪光倒退两步，一头栽倒了。在一边的闪光妈吓坏了，扑过去又哭又叫。闪光妈妈当时的举动叫我惊讶又好笑，惊讶的是一向很沉稳的人突然变慌了，可见她有多在意闪光。好笑的是她干吗那样，闪光怎么会那么轻易就嗝屁着凉，不值得她那么大呼小叫。谁知道呢，也许做父母之后人的想法就不一样了吧。后来在一旁歇凉的几个老奶奶跑了来，给他掐人中、揉心口、拍后背，才把他给弄醒了。老叔又叫了医生来给他打了针才好些。自那以后，他母亲就不许他在热天里乱跑。

我们去了村庄北面的水渠，其实，渠里早已没有活水。我们拔些草铺在地上，并排坐了往水里丢着土块儿玩。

闪光有些腼腆，与生人说话会脸红。（后来，闪光曾吃过这个亏，相亲的时候，因为脸皮红被一个女孩儿直接给刷掉了。还真的是脸皮厚吃个够呢。）不过，我们之间却是无话不谈：

"闪光，你家里人会让你去私立校里念书呗？"

"大概不会，咱这脑袋，念书不灵光。"

闪光说的是实话，他有头疼的毛病，一念书就发作。好在他父亲也不勉强他，他自己是个泥瓦匠，打算以后也让闪光入那一行。

"哎，怎么，你爹要你去那儿？"

"嘿嘿，你小子，好福气。那里漂亮姐儿可多。"

"你小子，好好上，将来弄个大学上。"

闪光挤眉弄眼地冲我笑，嘎嘎嘎地，可我还是在他的脸上捕捉到了一丝浅浅的落寞。

闪光的话让我感觉亲切。我们两个随兴多拔了些草铺在阴凉里躺下来。明亮的阳光从树叶的缝隙里投下星星点点的亮斑，调皮地闪烁着。

野草丛里，蝈蝈叫得正畅，像是在开合唱会。

我们躺的这个沟渠是很美的，土坝上长了许多大柳树、大杨树，树下有许多的野花野草。还有能够入口的甜茅草和许多种可吃的野菜。这里一直是我们最喜欢的地方。

小时候，一年四季，这里都是我们的乐园。

春天，麦苗还未长高的时候，可以满野地里放风筝。放得老高老高，只剩下一个小点点。等到莺飞草长的时候，燕子开始衔泥，树上新抽的枝条子就能做口笛了。撅下来，拧利了皮，抽下来，掐好。个长的声闷，个短的声脆，迪迪，哞哞，廉价又简单的快乐。

到了夏天，水草肥美，可以拔些野菜尝尝鲜，也可以到野草里逮蝈蝈玩。那么油亮的小精灵，想逮到可不容易，很需要耐心。循着声，一点点靠近，看准了，手疾眼快才能逮到。还可以捉肉牛，在傍晚或雨后，那些慢牛就出洞了，一点点往草棵上爬，很容易就逮到了。用盐水泡泡去下潮，用油煎很好吃。

秋天，五谷丰收的时节，什么东西都可以拿来烧着吃。

烧棒子、烧长果豆、烧蚂蚱。弄堆柴禾，点着了，把东西丢进去，不等火烧尽就可以用棍子扒拉出来吃！

不过，要想多吃，就需要窍门了。滚烫的长果豆，丢进嘴里，不能挨到肉，得用牙咬住，你能听到口水淬到豆子时发出的声响。这些都是我们从大孩子们那里偷学来的。因为东西少，不撇下斯文去抢是吃不到多少的。也正是因为东西少，才觉得格外好吃。至于讲到有意思，这其中大概还是要算烧山药了吧，因为这最需要技术。你得先得挖一个合适的坑，用坷垃块垒一个土窑，用火狠狠烧，可劲儿地烧，直到把土块烧红烧烫了，才可把山药填进去。

用熟火埋好，培厚土，完了，过一时才能刨开吃。烧好的山药极好吃，带着烟火气，往往吃得满嘴灰还只顾傻笑。而我，是个笨蛋，从来没有做好过。因为没耐心，火烧得不够，总是有些夹生。不过，秋天风气高，天干物燥，最容易起火，很需要小心。生命经验啊这可是，我们曾经因为烧烤引起过火灾。幸好采取救火措施及时才没有造成灾害。

当然，代价还是有的，我们一干半大小子都被烟熏得像黑老鼠。真是令人汗颜啊……

到了冬天，是乡里人最闲在的时候，也是孩子们最自在的时候。小孩子是可以整天玩，口袋里揣着各种各样的干果。还有鞭炮可放，可以聚了伙去放烟口。如果愿意，还可以去找一个老人家做风筝。看着那竹篾子，因为受了热力一点点改变曲度纹理，也是件挺神奇的事情。

不过，这一会儿，这一切都没有了那么大的吸引力。我们大了，心里有了更大的向往，渴望更广阔的天地。

尤其是有男女搭配的天地。

我们静静地躺着，谁也不说话，闪光大概也感觉到了什么，变得好安静。

不远处的草丛里，有一只有些褪毛的黄色的野兔子，一踮一踮地走着，不时地停下来，瞅瞅我们的动静。我们相互望一下，谁也没有起身去吓它，直到它走远，隐没在草丛里。

这一天，我们静默着，直到太阳下了山才起来，扑扑身上、屁股上的草屑，踏着落日的余晖回家，走在儿时唱着童谣"各回各的家各找各的妈"走过的小路上。

不过，现在，这一切景致都消失不见了。取而代之的，是庄户人辗过来的庄稼地。因为粮食贵，人都把地看得特别亲。而随着它消失的，还有我们的童年时光。那么多姿多彩的时光。

这是我去那个学校前的最后一点记忆。而后我记得的就是开学当天父亲送我去学校的场景。

那所学校，就在城区东北方向二三公里的地方。因为是很大的一片建筑，在国道上很容易就看到了。

在那个学校的西墙外，真的有一片坟冢，好大的一片，路过时很容易就能看到。显然是人迹罕至的缘故，其间枯木横立，倒也不是什么古树，只是些歪七扭八的歪脖子槐杨树。还有的，是一些末腰高的杂草，很荒芜。在那灰苍苍的色调中间，却点缀了一两处因为挖土掘墓留下的黄土坑，相称之下，显得尤其刺眼。

不过，与那一墙之隔的学校却是另一番景象，人气旺盛，宁瑞祥和。我们刚一进来，就有人从旁边的桌子后面走过来，带着红袖章，学生干部模样。问我们是不是新生，然后领我们往里走。那是学校精心安排的，有不少那样的服务者。因此，尽管学校里车水马龙，可一点也不嘈杂。

学校的院子大得厉害，那位小哥带着我们沿着操场往里走，在头排宿舍那儿，把我们交给了一个年轻的女先生。我可从来没有见过这样气宇轩仰的女士。她很健硕，虽未施粉，面白唇红，绝对健康色。她个子本来就高，又昂首挺胸地走路，一副雄赳赳的架势，体格比一般的男人都要好。我心里还奇怪，不知道她会是怎样的脾气。

安排完宿舍，她又转手把我送去了操场。这里已经有不少小孩子在排队，他们还不太安静，不时惹得教练高声吆喝。

在这里，我看到了冬妹。我刚一走近就瞅见了她，她肯定没有想到我会来，惊得张大了嘴巴，表情很夸张，我一眼就看到了。

刚一下课，冬妹就跑了来找我。和她一起的，还有好几个小女生。冬妹很高兴地向她们介绍我：

"这个是平子，我们邻居。"

"也是同伴，我们关系最好了。"

和冬妹一起的其他女生都望着我笑，而其中的一个竟冒失地伸手过来，摸我的头：

"哎呀，这么高点。"

"康晶，哎呀。"

冬妹的哆嗪让我记住了那个冒失鬼姑娘的名字，"康晶"。在以前，我极讨厌别人摸我脑袋，那会显得我很矮，当着矬子别说矮话嘛。可这一次，竟忍受了，或许是因为冬妹的那一句"哎呀"吧。也许是因为她长得不太难看？

后来，她身后又领了个笑嘻嘻的男生，给我介绍：

"平子，这个叫耿石腾，我们都叫他石头。"

"以后啊，你就跟着他，由他照顾你。"

接着，冬妹又跟石头交待，完了才把我交给了那块"大石头"。

于是，就这样稀里糊涂地我去到了那个熟悉又陌生的学校；又这么莫名奇妙地把自己交给了那个既陌生又熟悉的大石头；然后，又这么莫名地开始了一段叫人难忘的中学时光。人生就是这样啊，恍然若梦。

呜呼，哦了。

第二章

潘多拉盒

因为种种原因以及一念之差使我走进的那所学校，其前身原本是个农技校。后来随着历史使命的结束退出了历史舞台，九零年之后，本地区南部的一乡士才在它的旧址上建了所私立学校。不想，几年下来，竟办得有模有样起来。

乡士的魄力自不必说，同时，这也足见乡里人望子成龙之心有多急切了吧。

至于学校里的那片果树园，确实有，我还曾特意去看过。军训的时候，学校怕初来的小孩子们想家，就在晚上的时候放电影。趁了那个空，我佯装着去那边的厕所方便，偷偷溜进树林里去看过。这样的事情不得不偷偷地干，被人发现还是很不干练的。

这时正是果树的盛果期，树上挂了许多青果蛋子，巴青巴青的，看久了让人牙痒痒。园子里弥漫着果树散出来的淡淡清香，让人倍觉舒爽。不过，除了这些，园子里就没有别的什么了。

我找了很久，不仅没有发现什么"山盟海誓"的刻字，就连可疑的小纸条之类的东西也没有。倒是在挨着小甬路的果树上挂了些小木牌，上面写着，"有毒"。这也可见，经济生活什么时候也是要提前抓紧的吧。有些失望，不然，在精神上还真地能产生一些愉悦联想呢，哈。

不过，果园里的这些空白，并没有影响到后来现实生活中精彩故事的发展，而且还是很纷繁，很生动的故事。据我分析，故事的纷繁程度，远远出乎人们的预料。这远不是在一个学校里纵向地分个快慢班，或是横向的两个学校因为挨得近些那么简单。

那倒好像是把全城最漂亮、最健壮、最有才华、最多情、最聪明、最有权势、最霸道、对未来充满憧憬、对生活满心热情的孩子们，聚集到了一起发生的青春事件。你能想象得到的嘛，这样一群像精灵一样的孩子聚在一个像盒子一样的学校里，会发生怎样的化学反应呵。

是的，这注定是会很特别的。以至于在我第一次走进教室时，就感觉到它的存在了。只是，此时的我说不清楚它特别在哪里。自然，这也不可能一下说清楚。

于是，我把这种感觉归结到班里除了前两排以外，后面全是大个子的原因上。因为这可极不正常。在我的印象里，一个班里通常只有一到两排大个子，而这里却恰恰相反，真是极别扭。

很长一段时间，我都陷在一种闯进了巨人国的错觉里拔不出来。直到后来，我从石头的口中得知这个班意向是由新旧生组编在一起成立的体育专业班，才转过脑筋来。因为这样，我们班看起来要比同年的美术专业的丙班要大上一级的模样，而同文化班甲班比，则像是大了两级。

无疑，这只是些表面文章而已。至于说这么多鬼灵精怪的孩子聚在一起注定了有许多有意思的事情发生，是不容回避的事实。不过，你也千万别根据我的这三言两语的言辞就去对那个未知的未来妄加揣测，这很危险，因为我就曾吃了这样的亏。

那个我曾作了无数次揣测的篮球女生就和我想象的不一样。

我是从石头那里了解到那个女孩儿的。石头是个挺细心的人，自从冬妹交待了他以后，就一直照顾我。不管是去教室回宿舍，还是去吃饭，他都形影不离地跟着我。除了他，还有另外一个人也照顾我，名叫李通。他和石头一样也在篮球队。他也挺热心，不管是班里的事，别人的事，他都帮着干。可他这个人有个怪毛病，老爱走神儿。一走起神来，往往叫几声都听不到。而他一旦听到，又会换了副很热情的脸，而且，几乎是零瞬间地转换表情。他这一冷一热两副相反的面孔让我觉得很不自在。所以，还是比较喜欢跟石头待在一起。

那个傻高傻高的大个子篮球女生就是跟石头在一起闲聊天时打听的。当时，我问起她来，石头就指了后面角落里的一个给我看，说那个就是。

不过，结果有些出乎我的预料。自打一到班里，我就留了心，来来回回地看了好几遍，就是没能找到她。至于大石头指的这一个，我看到了，可没想到她就是。

她实在是太高了，人高马大不说，留了短发，还穿了一件很中性的运动衫，实在没看出来她是个女孩儿。总之，她确实太高，高到了很出乎我的意料。不过那姑娘倒挺和气，见我们打量她，便很和气地笑笑。她的笑容让我斗了胆，于是开口问她："你真能一只手就抓起篮球来？"见我怀疑，她还伸出手来给我看，一比之下发现她的手果真很大。

"原来，她是在我们队，可后来被投掷组教练老郑要走了。"

"她大名叫潇夏。挺牛吧。"

石头很得意地向我介绍。我故意地抵住他说不对：

"不对不对，人家哪里小啊。你们该叫她'大侠'才对。"

于是，我们大家哈哈大笑。显然，石头以为我对他们原来的那些事情感兴趣，就热情地向我掰起来：

"咳，你看这一个，是我们队的建林。"

"这家伙老有意思了，你相信吗，他这么大的人，却是打不了报告的。到了门前，他一个报告能打大半天，'报，报，报，'就是说不出后面那个'告'字来。"

"他也没什么病，不是病，就是爱紧张。笨呗。"

我把石头说的那位老哥看了大半天，除了觉得他脸有些圆之外，并没有看出他有什么怪异来。

"后来次数多了，老师也就记住他了，一听见是他在门外也就让他进来。"

这可有些意思，林子大了还真是什么鸟都有。说完了这一个，石头又指了后面的一个大个子给我介绍：

"看见那个了吗，叫小良。我们的大力士。"

"你看他，不算胖吧，他可有一百八十斤呢。"

"没有没有，一百七十八，只有一百七十八。"

我们谈话时，被那个小良听到了。听见我们说他分量重，还不好意思了，忙忙地作解释，结果惹得我们更是笑他。笑完了，石头又接着讲他的故事：

"小良天生的身上有一股子牛劲。"

"在小五班的时候，他跟我耿兵哥哥掰过腕子。要知道，耿兵哥哥也是在咱们这体科班毕业的。刚大学毕业回来那会儿在操场测百米，那也是十二秒的。可愣没掰过小良。他跟小良掰手时，先'咳'了一下，没掰过，又'咳'了一下，结果，就把腰带给憋断了。"

"最有意思的是，有一次小良来学校时，有几个小伙子瞄上了小良子。拿着把刀，说是向人小良子借点子钱花。结果，那几个劫道的被小良子抄起自行车给砸了一顿。他手里那自行车，还不跟个烧火棍差不多嘛。"

石头的话不能不让我打量眼前的这位老兄，一看之下，发现他的身体确实很健壮，粗胳膊大腿的。他还长了一副大嘴叉子，一看就知道很能吃。能吃的人才能干嘛。

"小良是个山里人，刚来小五班时，他说话，谁也听不懂。他说'脚'，叫'掘'。说'舀'是'啰'，'洗洗掘'，'啰一碗饭'。"

"不过，你看小良像个大老粗吧，可他脑筋超好使。我们小五班班主任甄峰就说，'小良是个数学天才。他就是不用功，什么时候弄来修理一顿，成绩准噌噌往上蹿'。"

"是吧小良，那时候，你、我，还有云航，每次一到考试近了，咱们三个准保被叫去。'啪，啪，啪'，挨一顿老巴掌。"

说起那些挨揍的经历石头竟一点也不遗憾，反倒是满脸的幸福。经石头这么一说，眼前的这位大个子真就变得亲切起来。他的脸上还真长着一双孩童般明亮天真的小眼睛。

后来，石头又指了远处的一个女孩跟我悄悄说：

"嗨，看见那个呗，是我们队的二丙。"

"她的名字就是'二丙'吗？"

"不是，她小时候被冻坏了脸，留了两个红脸蛋，我们就背地里叫她二丙。"

"你仔细看一下，是不是很像。"

听石头那么说，仔细一看还真是的，那女孩脸上真有两块暗红色的瘢痕，只是不太明显，要不，一个女孩儿家家还真就可惜了。

后来，我们的神情引起了那女孩的警觉。她对着石头阴阴地笑，还示意要过来伸手抓他，吓得石头连连赔不是，又鞠躬又作揖才罢了一场祸事。

说到这里时，石头竟还失落起来，之前的一脸笑容也敛了去，向我讲起篮球队的事情：

"哎，现在的篮球队，早已不是原来的篮球队了。"

"我们的张教练一走，球队就不行了。"

"原来，篮球队就是为了我们张教练组来的。他是个硕士研究生。那时候，学校里也特别倚重他。有一次，校长的学生苏老师跟张老师闹别扭，为此，校长把苏老师打了一巴掌。"

"那时候，张老师教得特别好，训练那么辛苦，可没有一个人叫苦。大家都在努力学。所以，长进也特别快。"

"除了训练，张教练还害怕大家的功课拉下。给每一个人补课。又怕我们太辛苦，自己掏腰包给我们做夜宵吃。到末了，尽管那么辛苦，我们真没有一个拉下功课的。"

"想想那时候真是太好了。可惜，后来张老师考了博士研究生走了。他来这里，也是在研究咱们国家的基层篮球状况，学校也留不下。篮球队就搁起来了。先是要解散，因为大家一致要求保留才留下的。"

直到这时候我才知道，他们那个篮球队竟有那么多故事。一方面，我为篮球队的那些人们感到惋惜；另一方面，也为他们曾经拥有的美好记忆感到高兴。

其实世间事情就是这样，很多时候和你想的不同。有时候，它会出乎你意料的美好，但有时候也会叫你唏嘘不已。

显然，与石头的聊天还是有收获的。在军训结束分专业的时候，我没有坚持去篮球队，这原本是我计划之内的。

因为，之前，我已从石头的语气中听出来，那会儿的篮球队早已是名存实亡。据石头说，他们篮球队都是些害怕掏力气的纨绔子弟在瞎混日子而已，素质成绩在全校最差，不去的好。鉴于这个，我就没有再坚持。认了学校的规矩，由着学校跳跃队的宫教头挑了去，作了他的徒弟。这是个斯文的先生，瘦瘦的，带了副很大的有色眼镜，若不熟悉的话，真看不出是个武把式。而与我一同被选中的，还有一个叫徐前的师弟和紫贤、寒卿两个小师妹。

学校最初给我的印象相当不错。最让我开眼界的是学校的体育队。怎么也没想到可以有那么多运动员在一起训练。每天下午一到专业训练课的时间，那么多的学长，高的、壮的、黑的、胖的，穿了各式各样鲜艳颜色的运动衫，跑满了操场的跑道，神气活现的。看那架势足有两个大班的人数那么多，太壮观了，看着就让人心里发痒。后来发现，学校里光是教练就有七八个，还根据特长分了工，有教短跑、有教长跑、有教投掷、有教跳高、有教跳远的，还挺细致。

除了体育队，学校里还有另外的特色。在学校的大院里头，有一座挺别致的小楼。在那小楼里，经常响起乐器的响声，时而杂乱无章，时而又很流畅。问起石头来，说那是学校的音乐楼，琴声是学校的几个音乐教师在电子琴上反复试音搞创作。石头还特意说，那几个教师全是国家的一二级演员，并说不光那样，就是学校教练们，也多是国家的一二级运动员。学校教孩子们写大字的张先生，也是本地区的名家写手。看起来，学校的硬软件设施仿佛都非常棒。

不过，石头的这些话虽然挺长面子，可没什么具体的概念。我更有感觉的是学校里课前一支歌那一类的活动。那会儿，学校有课前放歌的规定。在早，中，晚三晌的课前，都有一刻钟的放歌时间。这样算一算，还真了不得，再加上每周都有的音乐课，这个学校每天都有差不多一个小时的歌唱时间。唱歌是一件不错的事情，开始，大家对这个也有些不自在，可久了就习惯了。那么多的人共唱同一首歌，同声共气，真是一件很美妙的事。我喜欢。

学校的管理上仿佛也不错，学校的起居管理及秩序维持，多是由学校的学生干部们来维持，看起来效果不错，一切井然。总之，这里的一切都让我新鲜，觉得有趣，认为自己是来对了地方。

好长一段时间我都这么认为，而情况也仿佛真得这样美好。不久之后，我还看到了篮球队的一场篮球赛。

老早就听石头说，高中组的篮球迷们极不服气，要组起一个联队与篮球队打一场比赛。石头叮嘱我千万别忘了去看。后来，开战的日子终于定下来，在一个中午进行。这天，我老早就跑了去。只是，比赛并不像我想象的隆重，观赛的人并不多，除了一些篮球迷之外，就剩我们这些小孩子。

那些学长们在场上热完身就正式开打比赛了。起先，我还替石头他们捏了好一把汗，那些大个子们一个个人高马大，跑动起来很迅猛，扎扎赫赫气势很盛的样子。不过，看了会儿后发现石头他们打得也不错。他们靠的不是一个人的力量，完全在打配合。个人之间既独立又相互照顾，球到人到人到球到，跑位很流畅，传球也很默契。高球低传、低球高传、虚虚实实、见缝插针，技术熟练得让人眼花缭乱，根本不是人的眼睛能够跟得到，远远超过了人的意识流。而在篮球队之中又要数那个叫王崮的大个子打得最好。他的技术娴熟，都有些像是在做表演了。他运球时，球像粘在手上，一招一式像在缠棉花糖，又像是在打太极拳。等他要过人时，又动如闪电，快似狸猫。还故意地耍花枪，在防守的人跟前忽左就右、前旋后转，弄得那些大个子们一愣一愣，就是找不到人。唉，不得不承认专业就是硬道理啊！

这场比赛并没有打太久，因为顾及伙房里打伴，比赛只打了一大节的时间。

比分也没有刻意去记，只知道篮球队略微胜一些，两下里都很高兴。

这一切可真够让人惬意，因为有这么一段故事，就更加让我确信，生活在这样美好生活之中是幸运的。我这么高兴着，可却不曾想到，在阳光明媚之下潜藏着隐忧。

这件令人不快的事情发生在一节语文课上。

这天，语文课教师张头儿像往常一样讲着课。她有让人诵读课文的习惯，后来，点了两次名之后就叫到了我座位后面的西平老兄头上，让他接着念读课文。于是，问题也就出现了。这位老兄刚念了半句课文就卡壳了，结结巴巴读不下去。开始，为了不使他难堪，作为邻桌的我赶紧小声地提点一下。于是，他就又跟着读。可刚念了一句，他就又卡壳住了。这让我有些为难，不知道该不该再提醒他。

事情随之也就出现了，西平卡了壳，语文老师仿佛很高兴。她站在讲台上，仰着脸，张大着嘴，从那副厚眼镜片里看西平在那里出洋相，一副很得意的架势。也不知是笑西平还是笑别的什么，总之是一副幸灾乐祸的架势。后来，只等着西平出尽了洋相才让他坐下。

眼前的事情让我很惊讶，尤其是这位西平老兄。不知道他这么位连课文都读不下来的家伙，怎么会考进我们这所素以难考闻名的学校。因为心里好奇，我还小声地问了他：

"哎，兄弟，你是怎么考来这里的？"

我刚一问完，西平的同桌二亮就笑了起来：

"就他，还考上？他要考上，我就该上清华了。"

"花钱来的，叫我说，白瞎了他爹那三千八百块。"

二亮的话让我很震惊，虽然知道学校有靠关系来的学生，可我也一直以为，只有少数非常有权势的人才能够利用这样的关系。不曾想还有，而且还是个这么样的家伙。就又问：

"咳，花钱来这里的人，咱们班多不多？"

"不知道，应该多吧。那边，青波，我弟三亮，还有我和西平两个，我们一块来的四个，全是花钱来的。"

二亮说这些话的时候是笑嘻嘻的，可我的心里却着实地吃惊，叫苦不迭。我打眼环顾，想看出班里这么多人中，究竟有多少是花钱来的，有多少是连书也念不通不流利的。那又都是些什么人？

当时，我心里面那个震惊呀，厉害得没法说，简直有住夜店发现投宿在了僵尸窝里的惊恐感觉。后来，下课了，又发生了一段小插曲。

看见二亮出去了，西平悄悄凑了来，小声对我说：

"哎，你可千万别理二亮那家伙，他这孩子有病。"

西平兄的话又让我吃了一大惊，以为自己刚才真是跟一个有病的家伙，絮叨了半天呢。我可是真吃惊，就像是一个人，和你很投机，干得火热，恨不得干脆拜把子作兄弟。可突然有人告诉你，那是个精神病，而且，最严重级别的。那，我自己又该是个什么智商呢？因为，西平的神情确实是那样的。好像看到一条患了狂犬病的狗，生怕被咬到，唯恐避之不及。你想我当时该是什么样的感觉。于是，赶忙向他请教端详：

"噢？他得的是什么病？"

"什么病？我不能告诉你。我不爱说闲话。你还是自己去想吧。他哥三十多岁的人了，还没娶媳妇，是不是不正常？"

"他哥不正常，他弟弟能正常吗？你自己去想吧。"

这会儿，西平的这套逻辑让我不敢恭维。我听出来他是在报上课时的那一箭之仇，不高兴二亮那么说他。而且，还在故意抻我的话头。于是，忙住了话不再问了。

此时，发生的这一切，包括这些事情，还有这些人，都很突然，使我不由得不安起来，一下子不知道自己是走进了一个什么样的世界里。

后来，过了很久我才渐渐搞明白，其实，好多学校都在用故意提高录取分数线的手段卡学生。这样一来，在不会太影响以后的升学率的同时又让学校很得些实惠，收点买分钱，好给教师爷们发发福利。两全其美的事情，何乐而不为呢。

可我还不知道这些，于是，一直不安了好多天。我开始使劲地留意身边的这一切，想搞明白自己究竟身处在什么样的环境里，心里总是惶惶不安。看来，自己是很担心身处在愚人队里，也就是说害怕被别人看成是瓜娃子，虽然自己好像也并不是那么……直到后来发生的一件事，才使我重新又放下心来。

这天下午，我和石头在宿舍前面的矮台这边吃饭。正吃的时候，听见旁边的几个学长说笑起来。他们的说话引起我的注意，其中一个说：

　　"嗨，快，快看，一乙班的舞蹈女生。嗨，可真漂亮啊。"

　　他这么一说，我才留意到他说的正是我们班里的冬妹她们几个女孩儿。也难怪几个学长都搭眼看，她们几个女孩儿确实挺漂亮。几个人穿着一样的服装，都是青色的瘦身裤，紫色的体恤衫，背上背着个飘逸的大"舞"字。唯独在发式上略有些不同。走在前面的三个，梳的是高高的顶天辫。而后面的冬妹和另一个女孩儿潇笑，却挽着松散的仕女髻，青丝悠悠荡荡地飘在腰身后。几个女孩儿，一样的身量苗条，一样的脚步轻盈，一样的婀婀娜娜，从东边的小甬路上飘然而过。再看时，几个人已经闪过楼角不见了踪影。几个学长又接着慨叹了起来：

　　"哎，咱兄弟们怎么就没那福气啊。守着这么多美女，太幸福了。"

　　"哎，做人的差距怎么就这么大呢。"

　　"咳，这么酸？要不，你也蹲一年，去一乙班泡个妹妹去？"

　　几个学长又慨又叹地说着闲话。这时，我的心情反倒平衡了。我从他们的话中听出来，原来并不是哪个班里都有舞蹈队的美女。而我们这些一乙班的男生还是别人羡慕的角色呢！

　　这样一想，我的脸上就又有笑容。于是自我安慰地对自己说，其实吧，事情也没有那般糟嘛。世界上的事情原本就这样，有美的，也有差些的。是我自己太敏感，自讨苦吃了。要知道，世间本无事，庸人自扰之。这就是人心啊，要说小，会小得放不下一根针；而大起来，把天放进去也盛不满它。

　　当时，我这样反复地想，心里面还真就渐渐冷却下来不再有他念了。不过，说实话，这个学校的伙食确实不怎么样，油水太少。礼拜天一回家，我就迫不及待地跑厨房里去了，翻橱倒柜地找吃食，想来口有滋味的。

　　哎，那时候的事情可真有趣。

　　而我，也真是够二的。

　　呜呼，汃嚓。

第三章

混世魔王

在生活上，我们与其他孩子应该差不多。无非也是上课，下课，只是多了一些体育训练课而已。然而，也正是这么一点训练课，使我们的生活变得忙碌起来。

至于说到我们与其他孩子究竟有什么不同，多少还是有一些的。或许是体育科班的缘故，打架动手的事情仿佛特别地多。

比如，小良跳窗户时踩了小五子的铺，他不干，关窗户夹疼了小良的手，结果招来了一顿老枕头；再比如，小良坐了云航的枕头，云航不干，起了口角，以至于动了武，最后连兵器也动上了；又再比如，青波的鞋上被西平踩了一点泥，青波便啰嗦他，西平赔不是，说不是故意的，还允诺帮他洗，仍然安抚不平他。最后，西平忍无可忍，过去给他放了个跟头，才使他闭了嘴。

我们这里的事情就是这样，在我们这里，打架动武仿佛和说话、吹气一样地轻易。也不见得为什么正经事，说干就干起来。而这样的仗，来得快去得也快，打赢的行张己意，战败的则退却三舍之地，万事大吉、天下太平。粗鲁的东西，却成了处理相左意见最快速有效的手段。

不可思议吧。可事实就是这么个情况。

班里的打架大王，后来把班里搅得一塌糊涂的家伙，也就是本书的主角、我们后来的校草老大宇轩，正是这个时候来到班里。

不知为何，当时的情景我还清楚地记得。这也许是人们相传的"龙行布雨，虎行生风"，或许是老大的气质使然的缘故。当然，据说妖怪出山也是会有黑风或是黄沙漫天的。究竟是哪一种，尚未弄懂。

话说开学一个月后的第一个礼拜一下午，第二节课。因为是体育课，大家都排了队准备上课。或许因为是体育课的缘故，我才记得这样清吧。这时，"刘斑竹"带着他来了，把他交给了教练胖程。除了觉得长得非常标致之外，对他就没有太多的印象了。对了，他的脸看起来特刚毅。不过，其他的嘛，就没有什么了。

转学插班一类事情于我们大家已司空见惯。经常有人转来，也有人转走。前几天，班里一个叫雅怡的大眼睛篮球女生就放弃专业，调去甲班学文化去了。害我们少了一个美女。所以，对他的到来，一点没感到新鲜。倒是后来胖程教练示意他过来排队时，才发现他的个头挺高，队伍里还有人禁不住叫了起来：

"呵，这么大个，准保又是个搞体育的。"

后来证明，他确实搞体育。不过，此时此刻，并没有心情管这些，我关心着更重要的事情。

学校里正风行起一股足球狂热风，个个班都可以相互下战帖，在中午时到球场上酣斗一场，一决雌雄。差不多每天中午都有球赛可看。不久前，同年的文化甲班刚跟我们下战书踢了一场。因为在体质上占了较大优势，我们一战而胜，并连进了两球，可谓鼓舞士气。人们常说，友谊第一比赛第二，可我觉得这是鬼话。谁要是说胜与败的的感觉一样，那我就敢问候他母亲。不过，甲班虽败了，情绪上受了些影响，但还好，并加紧了训练。他们开始经常在小操场里练习"打围"，以提高他们抢断球及控球的能力。这让我们也不敢松懈，为了守住战果，都渴望尽可能地多挨球，以提高技战术。

大家都盼着早上场踢球，偏偏胖程教练办事认真，一丝不苟，非得亲自监督着跑完圈，活动完了才成。于是，大家浩浩荡荡地上了跑道。刚跑了一圈，就有忍耐不住的，开始吵吵说再跑一圈就算了吧，结果立马惹来了胖程头的一顿吆喝。胖程的一通雷烟火炮使大家闭了口，只得闷了头接着跑。跑过了这段，仍旧发牢骚，怪胖程死心眼。可一挨近了胖程头，赶紧收了口。官大一级压死人，这么对的话可不是天上掉下来的，绝对是结结实实的血泪经验。后来，又开始嫌小排头们跑得慢。到最后一圈大家干脆散了各自跑完这一圈。

终于跑完了，开始压腿，又监督着活动了全身的关节，胖程头才领女生去了后面的排球场。大家得以解放，忙冲进操场，分拨开战。孩子终归是孩子，天性更浓，性情更加接近于猴子。

因为有正经事在忙，所以没心思关心新来的大个子。不过，后来发生的事情就不能不使我注意到这位老大了。下课后，其他专业的人在与胖程头行毕了谢师礼之后就各自散去上专业课了。我们留下来颠着圈等待上课。后来，从办公室出来的宫教头朝着这一边使劲招手，不知发生了什么事情，我们都赶紧跑了过去。走近了才发现，宫教头是在叫新来的大个子。还和他打招呼，认识的样子：

"啊，你来啦。"

"哎，你怎么没换衣服啊？"

宫教头问得有些没头没脑，把大个子问愣了。在一边压腿的我们插话给他解了围：

"他，刚到的。"

"噢，是啊。记住，你以后就跟了他们活动就行。"

"记得要换衣服。跟他们这样的。"

宫教头说着，把一旁压腿的我们指给他看。然后，大个子们就跟了我们训练了。

这天，我们安排的是力量课。训练时，从余辉师兄的口中得知，这个大个子他们原来就认识：

"这小伙子啊，我们见过他。春天时，区里在咱们学校办运动会，他就来了，还挺厉害。咱们宫老师是裁判，因为成绩不错，还特意看了他的脚功，说不错。"

"还跟他说，让他来咱们这儿上学来。结果开学时这家伙却没有来。"

"前两天，听宫老师说，招了个人来。没想到就是他。听宫老师说，还挺危险的。校长带几个教练去区里一个领导家串门，路上遇见了他。好苗子嘛，几个教练都想要，谁也不肯撒手。为此，还打下了赌，说谁也不准叫他，看这小子先去谁跟前，跟谁有缘谁就要他。"

"后来，是咱们宫老师先把糖块放到了他手里才赢下的。"

"这可全是靠的缘分啊。"

余辉师兄说的可真够玄，像传奇故事。不过，他的话应该有可信度。余辉师兄可挺厉害。他知道学校不少老师们的事情，不仅知道他们的脾气秉性，甚至就连他们哪天的心情如何，也能看个差不多。他的这种本事，能让他免得因为说错话撞到枪口上使自己难堪。看起来，中国人的人情世故以及官场文化不怕没有继承者。在中国这块肥沃的土地上，长出点啥东西都是不奇怪的。

看起来，宫教头真挺喜欢大个子，一直看着他笑，脸也红扑扑的，像是喝了二两小酒。也难怪，后来的校草老大对于宫教头来说，实在是很重要，他可是宫教头实现人生梦想的一大利器啊。就好比练了一辈子手艺的雕刻大师得到了梦寐以求的玉石胚料，有了大展身手的机会。后来，宫头还问大个子有没有扛过杠铃。他大概想看看大个子的身体素质，还让他过去，在份量轻一些的女生这边试试。大个子说没扛过，可也不含糊，一叫就过去了，蹲下身，提提紧巴巴的裤子，一下就把杠铃给扛了起来。还掂了掂，大概觉得还行。可在他下蹲时，由于动作太猛，失了控，噔得一下，直挺挺地跪地上动弹不了了。在旁边做保护的女生赶紧给他解了套。大个子还害了羞，站在一边，脸也红了，不好意思地直咧嘴。真是挺逗的。其实，搞这个东西，经常有失误，一点不奇怪。

能够看得出来，宫教头喜欢大个子，可有人却不待见他。训练结束，宫教头交待完作放松之后，就走掉了。他刚一走，在一边一直默不作声的鸿飞老大就有些按捺不住，朝着新来的大个子扑了过去：

"啊？宇轩，我咋听说，你在咱们镇里是一霸啊。"

"是吧？想揍谁就揍谁？啊，是吧？"

"你来这里，也是称霸来了吧。那你先来揍我吧，我可怕你啦。"

"来来来，你来揍我，你来咬我算了，咬我得了。我好怕你啊。"

鸿飞神情很是兴奋，像是发现了猎物的猎犬一般，拽着新来的大个子不放，还伸着脑袋给他打。这举动可有些不正常。鸿飞老大虽然不是个什么省油灯，可绝对不是个爱出风头的人。之前，学校投掷组教练郑教头经常拎了他的拳击手套在操场匡摸人陪他着打拳玩，好多人也都喜欢去凑热闹。可鸿飞从来不掺合，每次只要一见到郑教头的影，准保第一个溜得无影无踪，生怕被叫去抛头露脸。一向低调的老大鸿飞竟被这个大个子搞得神经过敏，眼前的大个子不能不叫我留意了。弄不懂这究竟是个多么厉害的家伙。

大个子还真是有些厉害。开始，老大的百般招惹，他只是不接。可后来，就发飙了。到大垫子上做放松时，老大还追着他不放，并开始动起手脚来，还暗暗地下狠手。开始几次，大个子倒没恼，只是见招拆招地挡住了，可后来竟冷不丁地发了回狠。在老大又一次伸手去卡他脖子时，他一下子扣住了老大的腕子，还就着势猛地往旁边一滚，这一下可把老大给害惨了，因为顾忌手腕子给揪断，他从垫子上一下蹿了下去。这突然的一下，把老大也吓了一跳，然后追着大个子抓打他。可他一追，大个子就跑，追了几次赶不上，老大就泄了气。只这么一下，就使我对眼前的这个大个子更加刮目相看了。我断定，连鸿飞老大也敢打的大个子，肯定有些来历。那时候鸿飞，可是学校里数一数二的人物呢。叫他老大可一点也不过分。他那会儿虽然算不上学校的一哥，可他要说个第二，别人还真不敢马上称老大，至少得掂量掂量。

大个子姓金，这是当天晚上班长肖军让他去讲台上作自我介绍时知道的。因为这个，他还闹了笑话。他被叫去了讲台上，然后站在那里煞有介事的好一会儿，就在大家以为他要讲什么鸿篇大论，金玉良言时，他突然开口问了句很白痴的话，说，他具体该讲些什么内容。

这句话使得大家都起哄笑他。旁边的瑞青老姐还直问我，说我这位师兄弟是不是个呆子。害得我直冲了他喊，"名字，名字"，他才明白了。然后真就一五一十地介绍，说他叫金宇轩，是从哪个乡里来的，如是云云。

大个子宇轩还真是有些愣，就在刚到的第二天早上，就惹出场乱子来。

这天早上，吃过饭后没有到上课时间，大家就在宿舍里呆着。后来，宇轩突然跟坐在他铺上的浩子拌起嘴来。他嫌人浩子嘴里不干不净，开口制止：

"嗨，干吗说脏话啊，多难听啊。"

浩子并未理他，还小声地嘀咕，说宇轩狗拿耗子多管闲事。这一来，宇轩就不干了，下了逐客令：

"那好，离了我的铺，爱在哪里骂在哪里骂。在我铺上就不行。我不乐意听。"

"我就在了，你又能怎么样？"

开始，浩子依然说得刚硬，完全没把新来的宇轩放在眼里。也不能怪浩子这般跋扈，一来，他是老生，这里的老生在学校里人也熟，地也熟，对新生大多不太客气；二来，浩子又和篮球队的人极铁，自然不知道自己的话轻话重。他们一向都是这样。可这一次，他碰上了茬。他的话音刚落，就被宇轩一脚从铺上给踹了下去。开始，浩子还挺不服气，想往跟前凑，可打量了打量眼前这位的身板儿，只得认瘪走掉了。这一幕让小野山人平子是大跌眼镜，从没见过这么特殊的解决问题方式。这简直是个爷，那种留着辫子、扛把剑、路见不平大声吼的古人啊。

不过，我也开始为宇轩的愣头青劲头捏把汗。没想到他竟然是这么样奇怪的一个家伙，真害怕他会惹出什么麻烦来。

不过，没多久，我竟和宇轩好了起来，还成了朋友。成为朋友的原因，是我觉得宇轩并不像当时的老大鸿飞形容的那般不近人情、那般霸道。相反，感觉他还是个挺细心的人。

一天下午吃饭时，宇轩突然向旁的人问：

"哎，怎么，和我一铺的那个人老躺着，也没见他吃饭呢？"

宇轩这么一问，大家留意到，他说的是和他同铺的小鹏。因为是小鹏，就有人说话了：

　　"别管他，那是个人渣。"

　　大家对小鹏意见这样大，并非没有道理。

　　小鹏确实挺怪。我曾跟他打过一次交道，让人感觉很别扭。刚来不久，人打他，有浩子、玉藤他们好几个老生，几个一起打他一个。打完了之后，人都趾高气扬没事人一样走了，留他一个人垂头丧气坐在那里。我想安慰他几句，就走过去问他为什么打架。谁想，一见有人和他说话，立马兴奋起来，没头没脑地讲起打架的过程来：

　　"嗨，我一点亏没吃。我还给了玉藤一记勾拳。"

　　"他抱着我的脑袋，我正好看见他的肚子，跟着就是一记勾拳。"

　　"知道吧，勾拳最重，在拳中得分也最多。"

　　他不着边际的话让我很不自在，吓得赶紧躲他远远的。现在想想，这小鹏实在是个人才，确实很像啊，被暴打之后，念念不忘的仍然是面子，实在是个有意思的人。而我当时竟然没有想到这一层，实在是罪过不小啊，不然，又是一盘好菜。

　　后来，又从别人口中得知，这个小鹏是个网迷，都有些入道了。又上了不少黄色网站，心里也乌七八糟，竟然跟小女孩儿和女教师说荤话，污言秽语的。为了这个，他们几个才教训他。当然，打架是主要的，这只是借口而已。从那以后，更没有人肯理他了。看看大家，可都愿意作正人君子，一颗红心向日月啊，以至于不惜打死那些混账人。

　　看见大家这么个态度，这么说，宇轩也就不再问了，埋了头吃饭。可他并没有忘了这件事，晚自习下课后就去找小鹏了，拍拍他，问：

　　"哎，你怎么啦，没生病吧？"

　　看见有人问他话，小棚马上来了精神，向宇轩哭起了脸：

　　"我，已经五天五夜没有吃东西了。"

　　"我饿得头晕，特别难受。"

　　小鹏说得很可怜，让坐在一边洗脚的我觉得很可笑。宇轩却放下心来，说：

　　"噢，这样啊，不是病就好。"

"正好，我也没吃好。我去买点儿饭，咱们一块吃吧。"

说着，宇轩转身出去买了。不大会儿，买回来了花卷和榨菜。不过，他这么做并没有让小鹏满意，他只掰下一小块馒头，放在嘴里干巴巴地嚼咕，过会儿又说：

"这个，我咽不下去，我想吃口甜饼。我爱吃那个。"

"哪有卖的，杂货铺吗？好吧。"

小鹏做得有些过分，麻烦人。宇轩对此竟没不耐烦，转身买去了。买了来，还和小鹏对面坐了分食。

吃完甜饼，又喝了打来的开水，小鹏的眼睛渐渐亮了起来，靠在那里和宇轩说起了闲话：

"哎，你怎么不问我叫什么？为什么会挨饿？"

"我叫小鹏。其实，我的生活费一点也不少，一个礼拜差不多有一百多块吧。"

"不过，我都花光了。头来的几天，先去城里待着，住网吧，下馆子。等钱花得差不多了，就来学校，饿几天完事。"

他俩人就那么相互对着，你一言我一语，像两个久别的老友一般。这一切都被旁边的我看在了眼里。我突然觉得，小鹏好象并不像大家说得那般不可理喻，宇轩也不是那般不通情理。我默默地想，于是，也就有了结识宇轩的念头。

不久之后，小鹏被学校清退了。他的父母来学校接他。看起来他们都是很和气的人，父亲心事重重坐在一边，母亲默不作声地帮他收拾行李，实在是失败父母的典型啊。而小鹏对于退学的境况竟很高兴，还和大家作告别，让大家有空时去他家玩儿：

"我们家就挨着景区，你们去了，我带你们去里边玩。"

"连门票也不用买，我知道后山的小路。"

"里边有钓鱼的地方，我经常去，特别好玩，有空了一定去啊。"

后来，小鹏就走了，时间久了，大家也就渐渐遗忘了他。可我对新来的小师弟却产生了浓厚的兴趣。觉得他是个挺有意思，也挺够意思的人，仿佛可以交朋友。然而，就因为交他这个朋友，中间还出了一段事故。

老早就想和宇轩打交道，可他这人看起来不太好接触。日常里挺低调，不太愿意和人交往，孤僻得出奇。不是自己一个人拿了支笔在那里写写画画，就是用一把大肚鱼子型的木柄刻刀削刻些小木头块做小头像，很少和别人聊天儿说话。吃饭的时候，又有同年文化班一个绰号叫"小黑蛋"的小子和他在一起。让我根本没有机会接触他。

后来，终于有了机会。一天晚上，晚自习下课回宿舍时，我们赶巧走在了一起。这可是个搭话的好机会，可因为冷不丁走在一起，一时太过突然，竟不知该跟他说些什么了。后来，一时情急，我慌不择言地说了句：

"嗨，宇轩，你能跳那么高，够得着树上的苹果吗？"

我这么说，实在是想不起其它的话题来，只记起宇轩跳得高来了。因为，他当时跳得高，实在是给我们带来了不少好处。

我们的日常训练极其繁琐，一天上速度课、一天上力量课、一天上耐力课，成绩的增长就寄于这日复一日、月复一月、年复一年的训练之中。因为这样，来了之后发现，一个男生在跑道上被一个师姐落在后面，一点脾气没有。一点道理也没得讲。因此，日常的训练相当枯燥和乏味。教练为了调剂大家生理和心理上的状态，每周都有一节轻松的篮球课，以此让大家得到放松。这每每成了大家最开心的时刻。

可我们队里偏偏有个鸿飞老大，这是个极危险的家伙，跳得极高，是学校里唯一一个能漂亮扣篮的家伙。他跳起来时，只要一叉腿，就能从人头顶上蹦过去。而且真的发生过这样的事。

一次，鸿飞打快攻，学校的一个张老师作防守，两人都快速地往篮下跑。结果，鸿飞老大在扣完篮下落时，一下坐到了人张头的脖子上，弄得大家都相当地不好意思。

你看，鸿飞老大就是这么个家伙！

上篮球课时，他每每在场上大秀球技，耍各种各样、千奇百怪的花活。尽管只有他这么一个搞破坏的，而且，有时也会把球扣到他自己的大笨脑袋上，可实在是给我们大家带来了不少麻烦，往往会把场上的风头全都抢了去，使得大家很不过瘾。可对于这个，我们竟没有丝毫办法。不过，自打宇轩来了之后就不一样了。宇轩跳得也极高，尽管还扣不到篮，但他舍得起跳，大多数的高传球他也能够没收下来。有了这么一位，宫教头就有了办法，每次一开场都把宇轩按派去守鸿飞老大，而且，下的是死命令，严守严守再严守。这一招可真管用，这样一来，叫苦的就剩下鸿飞老大一个人了，宇轩的近身缠磨让鸿飞老大是叫苦不迭。有一次，鸿飞还向宫教头叫起苦来：

"宫老师，你赶紧把宇轩弄走吧，我都快疯掉了。"

"女生们打球就不规矩，爱打手，爱煽脸。宇轩的毛病更多，一跳起来，手脚乱乍。"

"有一次抢球时，他的膝盖撞到我小肚子上，疼得我要命。可旁边又有女生，不能捂。我可惨了，站那里跟个傻子似的抽羊角风。"

"您老快把宇轩这个瘟神弄走吧。"

不过，宫教头不但不管他，还呲他说：

"你也别说他，你的毛病比他也好不到哪里去。"

宫头的这个决策真是无比英明啊，呜呼，真是英明之至，我们大家都是十二分赞成。从此以后，每次只要一打篮球，要分拨，必须得把他两人分开打对手，这是大家一致的共识，否则，大家会一致罢工歇业，坚决不开场，完全不必考虑鸿飞老大的意见。弄得鸿飞老大不止一次怒不可遏地恫吓宇轩：

"算你狠。你等着瞧吧，等你再挨我近了，看我怎么收拾你。"

鸿飞老大对宇轩的意见与日俱增，以至于连学校里几个经常在球场边玩耍的聋哑儿童也看出端倪来，还故意地对他伸小拇指，对宇轩伸大拇指以打击他，使得老大很受伤。

这一次，因为走在一起太突然，我确实只想起这么一件事，就拿来说了。宇轩一听还认了真，一下拔了个高，伸手从树上抓下个苹果来，把苹果递给我，还得意地笑笑。

宇轩跳得确实高。

据我留心发现，苹果园的苹果是遭灾的，矮处容易摘取的差不多都被祸害掉了，不是跳得很高绝对得不了手。可因为这个，我们犯了错误。还没等我们反应过来，欣赏一下自己的战果，如假包换的"战果"，就被藏在暗影里的护院老头给逮住了。他从后面冲了过来，把我们两个全给揪住了，还吵吵着要把我们两个送去见班主。这可有些不妙，小偷的贼名是不好当的，更何况，罪名还是只偷了一个苹果，太不值钱了。"说出去，俺们以后可怎么在道上混啊。"于是，我们只得赶紧赔不是，并说不是故意的。可老头儿一听还急了眼，大吵起来：

"啊，你们这么大了，还偷苹果，有理呀。"

"不行，我得送你们见校长去，让他管管你们。"

他的性子很大，连撕带拽，张牙舞爪的。看样子，要不是因为是学生哥儿身份的话，他大概还要煸上了，一点也不通融。这一下，我可有些无可奈何了，站在一边发傻。站在一边的宇轩还没慌，他悄悄地把老头拉到了一边，和他商量：

"我不是摘了你的苹果嘛，我认罚不就得了嘛。"

他一边说着，还从口袋里掏出张纸票来。

看见有钱，老头也认了，虽还啰嗦，但不似先前那般咄咄逼人了。又教训了一通，就把我们放了。

对这件事，我很抱歉，不好意思地看着宇轩。他只是耸耸肩，给我一个无所谓的笑脸，让我别在意。那是很好看的一个笑，正是从这时候起，我告诉自己宇轩这个朋友我是交定了。

后来，我就和宇轩成了朋友，关系也不错。之后的一段时间，我和他差不多整天待在一起，挺高兴的。心里特稀罕这位奇怪的老兄，自己确实从来没有见过这样的人类。

这段时间，我心里一直特别崇拜宇轩，觉得他好像是个无敌的人，世界上应该不会有他害怕的事情。不过，后来发生的一件事让我对宇轩的看法有了变化。我觉得，他仿佛不像我想象的那般刚强。

这件事情的发生有点意外。说起来，是宇轩小子的运气有点背，撞到了体育老师胖程的枪口上。

一天，下课的时间晚了点，宇轩在上完厕所之后就来不及跑到操场排队了，远远地躲在南边的厕所里，想等队伍跑过来时加塞进去。以前，班里的烟鬼们在过完烟瘾来不及排队时都这么干，并没有出过什么岔子。然而，偏偏这天却出了意外情况。本来就晚点，男生们换衣服时又有些拖拖拉拉，一来二去，就把胖程教练给惹火了，跑到男生宿舍吆喝了一通。本来，我们正在换衣服，耿峰小子还光着腚在当地上亮条，问大家他的肌肉怎么样。胖程头闯进来撞上时，大家倒没怎么样，可等她前脚刚一出去，就爆发出了一片大笑声。胖程头原本受了戏弄，憋了一腔火，无处发泄，偏偏赶上宇轩躲在厕所里，于是，就把他和另一个家伙李丁丁抓了现形，作了刀下鸡。

这天，胖程罚他俩人写检查，还要深刻才行。原本，这也该完了，可在第二次上课交检查时，胖程头非让他俩当着全班的面读检查不可。这一来，宇轩就有些不情愿了，央求胖程说还是别念了，以后不会再犯。可胖程头根本不允许：

"必须念，念了就知道以后该怎么办了，看还会不会犯错。"

"念，必须念，没有余地。"

这样一来，宇轩就只好念了。可刚念了一句，就皱起了眉头，别过脸，淌下泪来。

其实，这一点也没必要，胖程头平时就最是恩少威多的，因此，习惯成自然，大家也就不太把她的批评当回事。李丁丁就根本没把罚念检查的事情搁在心上，在胖程头站在前面冲大家讲话时，还在她身后冲大家招手、吐舌、做鬼脸。

所以，我觉着宇轩的脸皮好像太薄。他并不像我想象得那般刚强。不过，后来才知道，这其实只是我自己一厢情愿的想法罢了。宇轩流泪，其实并不是脸皮薄，而是因为他的"气性"太大的缘故，实在是他的性子太左了，受不得一点委屈。也难怪，据他自己说，他长到好大，考试通常只做一个题，就是最后的附加题，反正又不会错。然后，他就跑到凉快的地方去下棋。而那些先生们，因为知道他的德性，因为宠他的才华，也都惯着他的毛病。故此，养成了一副我行我素的品性。唉，人还是随性点的好，太过于不合常情，是会处处受挫的。不过，也不尽然，如果没有一点性格，这样的人也许就不是他了。谁知道呢，世间的事情也许就是由这样不可调和的矛盾构成的。切，白说了。

不过，这个是造成校草老大后来悲剧命运的内在原因，总是不容置疑的事实吧。

呜呼，哀哉。

第四章

慷慨有罪

或许，慷慨是年轻人的天性吧，我们年轻的"刘斑竹"就很慷慨。很早一来，我就隐隐地觉察出这种倾向。开学伊始，"刘斑竹"好像始终都在表现出一种宽松的态度来。对于大家，除了一些必要的制度之外，什么额外的要求也没有提出过。相反，倒对我们格外宽容，就是大家出一些不算小的纰漏，她也是会极大限度的包容。

我们宿舍里曾经发生过一次拆床事件，而"刘斑竹"对于这样严重的一场事件，也只是睁一眼闭一眼。

一天晚上晚自习下课后，大家都陆陆续续回来。有的忙着洗脚，有的忙着扯闲话，各自享受一天中最后的一点点时光。后来，城里小子哲子回来了。也不知遇到了什么高兴事，他一回来就在铺上连着来了几个蛤蟆跳。哲子的情绪确实有点反常。这小子一直是班里有名的闷葫芦，最安静的。他的异常举动立马引起了他老乡小罗的注意，盯着哲子说，这小子哪根筋不对了，然后就跟着他嬉闹去了。后来另两个城里的孩子高仓和贾路也加入了行列。四个活宝在铺上又蹦又跳，还比赛着拿大顶。经他们一闹，就出了事。我们宿舍里那些床铺早已有些年头，个个老态龙钟，平时就吱吱嘎嘎地响，再经了他们这一折腾，就有些晃悠了。后来，终于架不住他们年轻的活力，西边挨在一起的两张大床一下全塌了下去。直砸在另一边正在洗脚的我眼前，把我吓了一大跳。

睡在下铺的宇轩和小良子来不及逃难，全被砸在了下面。只有大胖子吕健因为去了伙房打水逃过了一劫。宿舍里一片大乱，叫喊声四起，有人还飞跑了去找"刘斑竹"。

原本，四个小子早吓傻了，闯了这般大的祸，只等着"刘斑竹"一顿呲了。可没想到，"刘斑竹"来了之后，看见被砸的宇轩自己已经撑开铺板爬了出来，小良也被大家解救出来，并没受什么伤，就不再往下追究了。更让人感动的是，不但不追问事故的缘由，反倒随了那几个小子的话，说是由于那床太旧，太不结实才出危险的。还说，这床太危险，得及早换。对于塌床的直接原因，竟只字不问。

我们的"刘斑竹"还真是可爱，可爱得令人羡慕、嫉妒、恨啊。然而，宽容却未必都是好事情，对于一些还未建立起自律意识的孩子们来说，尤其如此。

孩子们就像是一群机灵的土拨鼠，无时不刻都在观察着周围的一切风向。

无疑，"刘斑竹"表现出来的宽容态度，也被大家嗅到了。并且，开始最大限度地试探这种宽容。于是，在班里，学生与学生、学生与教师之间，渐渐地形成起一种很微妙的关系。这种关系很奇特，你并不能用一两句简单的话说透彻，可它又确实存在，以一种真空的形式存在。它更像是一种小气候，并且，总是不时地以另一种形式表现出来，以证明它的存在。

于是乎，班里总是有些意外的事情发生。比如，我们宿舍的秩序非常的混乱，东西乱拿，勺子、筷子、牙膏、洗发水，还有厕纸，总之，所有能看到的东西，只要拿得动，什么都丢。卫生状况也很差，垃圾乱丢、胡乱应付值日。诸如此类混乱的事情仿佛格外的多。完全不像是一群身处学堂的学子，倒像是一群乱匪，甚至都不如乱匪。总之，这里的人和事非常混乱。在一节语文课上就曾来过一出十分莫名其妙的事情。

一天，教语文课的张先生像往常一样慢慢悠悠地讲着课。后来，不知怎么，突然停了下来，还很生气地朝后面的大个子大瞪其眼，给予警告。可刚过了一小会儿，她又停了下来，生气也升级成了愤怒，眼睛像喷火一样，使劲地朝后面瞪。后来，竟狂怒到丢下等待上课的大家摔门扬长而去。

开始，对于突然发生的事情大家都是一头雾水，不知是什么人把这个张先生给气到了，还很严重。于是，议论纷纷。这确实有些奇怪，若刚才气走的是教代数的杨先生，大家一点也不会奇怪。杨先生本来连高声说话都不会，被大家欺负好像理所应当。大家也没少招她生气。上课时，大家总以集体沉默地方式来回报她授课时的满腔热情，不知使她生了多少气。其实，大家也不是成心跟杨先生捣乱，只是根本就不会那些课。以至于到后来，满腔热情的杨先生也灰心丧气，不再肯为我们这帮菜鸟们动真心真气，只教教功课而已。至于这个张先生被欺负嘛，倒是十分的意外。这位可是个厉害角色，要不然，年纪轻轻就敢去丙班里做班主。以往的经验，即使有了不痛快，她也会踢给别人叫他去消受，这位一向是个"脸酸心硬"的主。此时的表现实在不合乎常理。

我和所有的人一样，也是丈二和尚，摸不到头脑。我在后面的大个子群里找了一下，想看看问题究竟出在哪里。这时，其他人和我一样，也是一脸的茫然。唯独后面的小良子有些异常，在那里偷偷发笑。他的奇怪表现让我心里生了疑问，觉得问题大概就出在他身上。下课过去一问，果然是。他竟然还极高兴地向我爆料：

"嘿嘿嘿，张小君的鞋垫从后跟上冒出来了。嘿嘿嘿。"

"露了有半尺长。一走路，叭嗒叭嗒，像个大舌头。"

"嘿嘿，可把我笑坏了，嘿嘿……"

小良子高兴得像捡了个大元宝。几乎笑背了气。他的神情让我很生气，拿鼻子嗤他：

"就为这个，你把老师给气跑了？"

"你还真是个爷，耽误这么多人上课，浪费多少时间，简直就是谋财害命啊你。"

小良子只顾了高兴，根本就不把我的话当回事。让我感觉很崩溃。

其实，小良子这家伙，坏心眼倒也没有，就是一副小孩子心思。心里尽是些鬼点子。刚来那会儿，就曾和他打过交道。那时候，刚混熟，他就悄悄地告诉我，他在书上发现了一些秘密，说是发现那种"一指禅"的功夫很厉害，还给我举例子说：

"你看啊，少林武院的徒弟能用两根手指倒立起来。这得需要多大承受力啊，一根手指怎么也得承受七八十斤吧。"

"你再看，一个拳头面是多大？如果把拳头的力气换到手指头的尖上去打人，那得有多厉害，不得把人身上捅一个血窟窿吗。"

"我觉得那能成。"

我肯定，小良子当时的表情俨然就是找人比武的周伯通。看来，金庸老先生笔下出现周伯通这个人，应该并非是完全捏造出来的，只看看小良子的表现就不难想象到人类有时候是多么的富于传奇性。

后来，他又开始跟我讲"一指禅"的工夫该怎么练，说要用铁砂反复磨练那根手指才行。而且，他把这种功夫的好处讲得十分广博，用天花乱坠来形容都不足以彰其美。因为，天花乱坠的话会让人觉得它假，而小良子则是一副虚怀若谷的架势，让人不忍心怀疑他说话的真诚。而我听来听去，察觉出他是在告诉我，他打算修炼这种功夫，而且，是想要我同他一起来练。基于小良子的出发点是好的这一点，我没有完全否定他的研究发现，便从一些旁的、不很敏感的客观条件上打击他，让他知难而退，说这铁砂又该从哪里搞呢。谁知，他早有准备，伸手从书包里掏出很厚的一本书，说：

"开始，我也挺发愁，不知从哪里搞铁砂。后来，我看《南北少林》的时候，突然就得了灵感，我看见他们打千层纸，就想了，把这个嫁接过来效果肯定是一样的。我们用打千层纸来磨练这根手指。"

小良子的话已经说到这地步，我还说什么？只得舍命陪君子了。

唉，悲催啊。后来，据我自己总结，人生有时候就像是下棋，输赢往往只在一招之间，而一般都是谁的手段硬谁就赢。这是很有道理的。就拿我与小良子的交锋来说，就因为我略微顾虑了小良子的感受，没有对小良子派生出来的愚蠢念头痛下杀手，扼杀它于萌芽阶段，反倒被他有机会做大，并扼住了我的咽喉，把我带到了一条没有归程的旅途上。总之，此时说什么都晚了，只得赶鸭子上架，开练。

我们一起练了一星期。不想，那薄薄的一层纸想打穿却极不容易。开始不长时间，就把手指指甲壳给戳破了，血滋呼啦的。后来，那伤口倒长住了，还起了硬茧，多少有了些许硬度。可这离用来打人仿佛还差得远，至于练到成功捅人血窟窿的地步，那更是想也不敢想。再想想这修炼的辛苦，我和小良子两个都有些动摇。小良子说，要不，先停了吧。他再研究研究，看这里边是不是还需要一些药水，来促进手指上的血液流量，来促使手指快速变结实。

于是乎，我们暂时停下了这项未尽的事业。

怎么样？见过这么搞的难兄难弟不？哈哈哈。不过，小良闲不住，没几天，又从书上找到了一种"吐纳"神功。说这种功夫开始是通过吐痰来打苍蝇，最后，有了内力之后，能达到吐物伤人的目的。而他还真就很勤快地练习起来。也不管别人嫌不嫌他脏，在宿舍里、教室里，追着苍蝇直打。

总之，小良子就是这样个怪人，天真得不得了，还有点犟，对别人的话一点不爱听。不过，仅限于此，但凡涉及人命官司的事情，绝对不会和他沾边。拿他们甄峰班主任的话说就是"大祸不犯，小错不断"。

然而，到了下午，小良子就笑不出来了。因为这件事，他受到了报复，被张先生的丈夫甄峰给叫去了。回来之后，在他脸上挂了一天的笑容没有了，还满脸的虔诚与忏悔表情。开始，我还有些奇怪，不知甄峰有多大的本事，竟然连小良子这样的泼货也给超度掉，皈依佛门了。忙跑了去向他请教端详：

"哎，小良，你们甄峰班主跟你说什么啦？"

"张小君告了我的状，甄峰揍我了两巴掌。"

说话的时候，小良子满脸的郁闷表情。看见小良的一脸囧样，我忍不住想笑："哈哈，耶耶，真过瘾。咳咳。你说，就你这坏嘎嘎样，不揍你，留着干吗？"

"要是我，肯定得多揍你几顿。揍你个满地找牙，揍你个屁股开花，让你还敢戏弄先生。"

"让你还不知道人情世故，还敢放鸡三狗五兔子屁。"

而对于小良子被修理的事情，我竟十分的开心。我正说得解气时，小良子突然来了句：

"还有你这个啄木鸟死在树窟窿里的货。"

小良又在说歇后语了。他会说许多我所没听见过的歇后语，比如用来形容人的头发梳得光，就说，'你的头发梳的就是一个蚂蚁喽喽走上去也要拄拐棍儿了。'他说的这些，据他说，都是跟了他们那里街口的一个瞎婆婆学的。因为没听懂，就问他是什么意思，他回过头来说：

"就是，迟早到晚你会背了这张破嘴的幸。"

小良子说得狠狠的，我听出他是不乐意听了，忙收了口不再往下说了。

有意思吧，我们这里的事情是不是很搞？学生为一点芝麻小事气走老师，老师又让自己丈夫对学生施以报复。奇怪吧？我们这里的一切都是这样怪怪的。

不过，这还不是最猛的。而后面发生的事情，一说出来，家长和老师又该挠头皮了，是的，我们这里还有"身未长足，心思却早已不可告人"的事情。

说来，这件事情的发生，完全是意外。一天中午，我和宇轩一吃过饭，就结伴往教室去，宇轩在前，我在后。当我们推开门走进去时，发现篮球队的大个子王崮和小师妹紫贤，他们正在说什么话。肖军班长靠了后面的门坐了。看见我们突然进来，他们有些不自在，忙忙地走掉了。

显然，王崮在和紫贤约会，而肖军班长在把风。可惜，他们没想到我们会从前门进来。实在是有些不好意思。

不过，见到这种事情，我并没有没有感到太惊讶。或许，是因为男女主角是王崮和紫贤两人的缘故吧。

他们可都是班里的厉害人物。先说王崮，听人说，他的年纪已经很大了。在乡里，一般的孩子入学会晚一两岁。而据说，王崮还要大一些。应该是对的，我就亲眼见过他用剃须刀刮脸。所以，按年龄说，是早已到了有所知觉的年岁。

而另一个，紫贤，也不是个什么善类。刚开始，我还想，舞蹈队的几个女孩子，一个个都那般漂亮，莺飞蝶舞的，只怕以后全是招蜂引蝶的全把式。不过，后来渐渐发现，事情并非那样。大概是因为有一个大不了几岁的教练管束着，她们几个竟都温文知礼，待人接物也极随份的。

倒是这一年新来的孩子中的几个，一个明霞、一个紫贤、一个寒卿，还有一个叫吕伶的，很生猛。她们四个极好，来了之后不久，就结义、拜金兰，以姐妹相称了。听西平说，她们四个丫头暗地里还以"四大魔女"自诩。于是乎，这时候所发生的事情仿佛就不奇怪了。

这件事确实不奇怪，不久之前，很酷的肖军班长也曾收到过明霞的一封信。那封信搞得肖军班长很烦恼。中午的时候，他在铺上一圈一圈地转，把铺踩得咯吱吱响。还用小飞刀把信钉在墙上，拿飞镖一次次地投。后来，把王崮搅扰得不耐烦了，还笑他：

"你答应和她好不就结了嘛，多一个羊也是放，不算多。"

王崮的话害得肖军班长惊声尖叫：

"嗨，那可是明霞唉。"

后来，不知肖军班长如何处理的那件事，没了下文，也没了动静。

所以，对于不新鲜的事情，人一般不会感觉到惊讶。而王崮和紫贤事后来也就悄无声息地过去了，紫贤并没有和王崮继续发展关系。本来，我以为这事就这么成了过去时态。可事情并没有完，有人还记着它。

一天，宇轩忙忙地问我，有没有拿他搁在桌上的钢笔。因为并没看见，我就让他再找找。那支钢笔是父亲送我的，因为宇轩说好用，特意借给他的，不会去拿。后来，宇轩又问了几个人，也都说没见。这使我们不再抱什么希望，觉得是丢了。后来，在我们认定钢笔已经丢了的时候，却突然有了音信。上训练课的时候，小师弟徐前悄悄告诉我们，是王崮把钢笔拿走了：

"他拿的。还在纸上划了划，'不赖，归我了。'他说，然后就拿走了。"

"我当时正好看见，还没在意，不知道是谁的。就是他拿的。"

这个意外的消息使我们又有了一些希望。可事情并不顺利，宇轩第一次问王崮的时候，他倒是承认了，只说还要用一下。可宇轩又去索要时，他竟不承认了，说自己根本就没见。王崮的异常反应不能不让我生出疑问，思来想去，觉得王崮像是在报复前一次的事。大概是怪我们搅和了他和紫贤的事情。而且，越想越觉得像。以前，我对王崮的印象还挺好，他是那种有迷人笑容的人，处事很绅士，他的师兄弟们也都很尊重他。尤其是那几个篮球女孩儿，对他都格外亲近，对他就像对待一位和气的大哥哥。像他这么个人，断不会为了那么一丁点蝇头小利去做有失身份的事。

后来，想来想去，我始终觉得为那件事情的可能性大。不过，他要真为那件事，可就不应该了。在出事的当天，我的心里还闪过那个念头。当时，我还想，这件事总归不是什么光明正大的事，又有同门的小师妹紫贤涉足其中，少不得要替他们遮瞒。当时，我还看宇轩，想把我自己的想法说给他。见他早埋了头看书，像是根本没留意这事才作罢的。后来，紫贤小师妹一连盯了我好几天动静，我只当什么也不明白，装白痴，她才渐渐放了心不再担心的。

我心里有些明白，就劝宇轩别要那支笔了。可他不干，上课的时候把这件事捅到了"刘斑竹"那里。"刘斑竹"当时的态度也很怪，反问宇轩："你问他要，他不给，我问他要他就会给了吗？"我看出来，"刘斑竹"是不肯为一个宇轩得罪了当时正红得发紫的王崮才这么说。于是，使劲劝宇轩算了。可宇轩只是气：

"他凭什么不给我，还有天理没有。"

"我就得给他讲理去，他不讲理还行。"

后来，一边的小罗也帮着我劝，说算了：

"你以为呢，他就这样。哪里讲理。"

"他脾气也不好，惹火了就跟你动手，算了吧。"

听这么一说，我更不敢让宇轩去找王崮，一力地劝，才拦住了他。可他还有气：

"好吧，笔我不要了。也不能亏住你。多少钱，我赔你。"

"哼，等着吧，迟早我得给他们算这笔账。"

当时，这一切把我的心情搞得乱糟糟的。出了个不讲理的王崮，又多了个和稀泥的"刘斑竹"，还有愣头愣脑的宇轩，一切都让我感觉不安，生怕生出什么事情来。

这件事刚过去不久，班里又出了一件更大的麻烦事。说出来，是件很糗的事。有人竟在我们宿舍里撒了尿，而且，由于做得太大东窗事发了。

因为天渐渐凉下来，学校里发下来一些过冬用的煤球，堆在宿舍的门后面。因为起夜的人怕冷，就把尿撒在了煤球上，把两摞煤球给泡塌了。

开始倒没出问题。我们宿舍的头儿云航君原本就是个老好好先生，宿性最是潇洒，除了摆弄他的"崔键"之外，什么琐事也不愿多管，对这件事只是装聋做哑，只当没看见。后来，肖军班长实在看不过，把事情捅给了"刘斑竹"。

没想到，这一次麻烦惹大了，"刘斑竹"动了真火，要严厉彻查此事。

这天，她特意给女孩儿们安排了自习课，直接把做完课间操的男生截到了办公室。开始，大家并没当回事，到了办公室门口时，还推推让让地嬉闹，谁也不肯先进。"刘斑竹"只是压着火客客气气往里让。后来，等大家都进去，"刘斑竹"一下把门关了，还从门后抄出来条竹条子来，敲着桌子让大家趴下。大家素来与"刘斑竹"玩笑惯了，哪里见过这场面，只当是玩笑，迟迟疑疑不肯趴。到后来，看见"刘斑竹"真地动了气，抢着竹条子在人群里抽出了一片哀号声，大家这才七七八八地趴了一地。

"刘斑竹"这一次真地动了气，等人刚一趴好，就按耐不住抢起家伙事二二三三地将所有人打了一遍。打完了，又骂：

"啊，你们说说，你们办的是什么事，在宿舍里撒尿，比猪还窝囊。"

"平日里出来，一个个人模狗样的，可背地里尽干猪事。"

"你们说说，你们办的这叫什么事。我也是从科班出来的，知道科班人的毛病，可也没见你们这样的。就因为知道科班人的毛病，我一直不去苛求你们，没想到，你们反倒上了天。"

"刘斑竹"一气地撒着火，后来，说着说着忍不住将大家又统统打了一遍。教训完了，开始审案，问这件事是谁干的。这可就不太容易了，半夜里发生的事情，没有目击人，嫌疑人不好找。开始，"刘斑竹"使劲地察言观色，想在大家的脸上看出些名堂。她先看了西边，那一边是王崑、西平他们那些大孩子，都是很有心机的。"刘斑竹"大概觉得问不出什么，又开始看南边。这一边全是我们这些乡里孩子，一个个老实巴交，最怕事，也就不再问了。"刘斑竹"又看东边，是小罗高仓那些城里的小孩子，一问起来，那一个个推脱得才快呢，都说不是自己。

一时之间，"刘斑竹"也犯了难，坐在那里不言了。不过，"刘斑竹"还是挺鬼的，只过了一时就有了对策，突然向小良君打起了冲锋，问他：

"小良，门口远，这你可能不知道是谁干的。可谁在你床头起撒了尿，你总不会也说不知道吧。"

"我早看过了，你床头那里的水迹，也是撒的尿。"

"刘斑竹"这一问，就让小良爷没了话说。如此一来就有了门，见小良迟疑，"刘斑竹"又赶紧作动员：

"说吧，只要你说出来，我就让你走。我说话算话。"

经"刘斑竹"这么一说，小良马上就招了。只是，他招的结果大出人的意料。原来是小良自己尿的泡。这个结果弄得"刘斑竹"是大跌眼镜：

"不是吧，你自己往自己床头撒尿？"

"是啊。不过，我用了尿盆，大概是被人给踢翻了，洒在地上的。"

到此时，"刘斑竹"也不问了，打开门让小良走了。看见小良已走，小罗、哲子和高仓几个也有些动心，问"刘斑竹"是不是招了供真让走。"刘斑竹"也立马给打保票，说让走，还说不怕犯错，就怕犯了错不悔改。

看见那几个人还犹豫，"刘斑竹"不失时机地下猛药，顺势将大家又打。一通恩，一通威，把几个小子的话都给套了出来。再问问，见没有人再招了，不但没让他们走，还下了狠手，将几个坏嘎嘎一顿好抽。大人怎么总是喜欢骗小孩呢？呵呵呵。

后来，找出了真凶，也打完了。可"刘斑竹"并不令大家走，依旧罚大家好好趴着。"刘斑竹"也气坏了，坐在桌前一副沮丧至极的表情。

大家一直被罚了一节课，到最后，大家全被罚惨了。有的歪了，有的扭着，还有的干脆趴在地上装死猪。趴在我旁边的宇轩却一直好好地趴着，尽管累了一头的汗，却纹丝不动。还冷冷地看着城里的那几个小孩子，一副苦大仇深的表情。我知道他当时为什么那么气，实在是让他受了大委屈。就在这件事发生的前一天早上，我们去打水洗脸的时候，发现宇轩的洗脸盆里被人撒了大半盆的尿。当时，宿舍里只有这么一个洗脸盆了，其他的坏的坏，被人拿的拿。就连宇轩这一个，还是塌床那天，砸坏了他的盆，"刘斑竹"赔给他的。只这一个，还被人撒了尿。当时，宇轩倒也没有言语，抓了把洗衣粉儿，端了盆出去了。回来，打回了水，照旧洗脸，我们也洗。本以为其他人不洗，结果，等我们打饭回来，那盆水早被洗成了牛奶。不过，在洗完后，宇轩就把脸盆放到他甲班那个黑蛋朋友那里去了。也正是因为没了撒尿的盆，那些家伙才在宿舍里撒尿吧。也难怪宇轩生他们的气。

　　一直到下课大家才被中止了惩罚，又被"刘斑竹"发配到宿舍里去大扫除去了。打扫完卫生，还被要求以后也不许再出岔子，否则，发现一次就加倍地惩处一次。

　　至此时，松懈了很久的纪律，才被稍加紧了一紧。

　　其实，对于小孩子们来说，他们或许并不是什么都不懂，要你什么都监管着。往往就是自觉意识太差，自制能力欠缺。大人们的一些正确引导还是必要有的。

　　呜呼，猪儿肥啊。嘿嘿嘿嘿……

第五章

贼　船

其实，我们这些孩子的处境远比大人们想象的要凶险。

首先，应该提到的是课业。课业并不是一件简单的事情。自从入冬开始，专业课就更加紧张了。据有经验的学长说，此时进了所谓的冬训期。这一段时间是一年中最重要的阶段，专业成绩增长也最快，是教练们抓得最紧的时间。事情仿佛确实如此，我们队里相应地配备了牛奶给大家补充营养。其他的队也如此，有炖小牛肉的，也有加牛奶的。至于训练，增加了不少训练量，除了以往的活动之外，还时常地增加一些蛙跳、跳板凳之类的训练。强度又很大，往往一次就会做上几百次。刚做完了还好，只觉得腿发飘，脚打软。等睡一夜起来，只觉得腿胀得难受，又酸又疼，上楼梯都有难度，极痛苦。

冬天的早晨也不太好受，因为要跑操，起床时天往往大黑着。本来就累，睡眠又成问题。加在一起，就让人吃不消了。我的心里觉得委屈，有种上了贼船的感觉。

然而，心里虽委屈，可不好意思说出口。相比起来，比我们受苦的大有人在。师弟宇轩、全能组的云航、长跑队的二亮、投掷组的小良子，他们几个更惨。因为是队里的苗子选手，关系到队里未来的兴旺与荣辱，训练更加严格些。除了以往的训练，还外带着加上了早晨自习课时间段的专业训练，自然就更辛苦了。荣誉啊，一把无形的枷锁。

因为训练太过辛苦，二亮曾放了一次悲声。

一天早上下早课后，大家都陆陆续续回来了。他们四个已结束了训练课在宿舍里换衣服。在一边铺上坐了的二亮，一边换衣服一边絮絮叨叨地诉说训练时的辛苦：

"哎，你们是不知道老何怎么练我，都快要我老头儿的血命了。"

"他拿摩托车一连拉了我三组八百米，你们知道那有多快吗？每一组都能进两分！"

"快到我只能脚尖点着地跑。"

"他拉我第一组时还行，还没事。可到第二组，我就有些顶不住了。"

"可就那样，老何又拉了我第三组。跑了一半时，我都缺氧了。可还得跑，不能摔倒了啊。"

"等车一停，我一下就跪地上，扑通一下栽倒在地上不动了。"

"唉！我难受得直想掉眼泪。"

二亮当时唧唧歪歪地说着。后来，他小心翼翼地把袜子褪下来，看见受了重伤的脚之后，就再也忍不住哭嚎起来：

"啊，我说怎么这么疼啊，趾甲在鞋里全都挤黑了。"

"这个老何，该杀千刀的，害死我啊。"

二亮开始哇啦哇啦地嚎啕大哭，稀里哗啦地，完全像个不讲体面的娘们儿，拉着长腔儿哭。

后来，二亮的哭声引起了旁边的小良子的伤心事，也忍不住感伤起来：

"他们都是些没人性的。"

"那天，我刚买的新鞋，有点憋脚，只穿了一会儿就把趾甲挤出了血。"

"我去找郑申去请假，他倒好，不准，还让我用布缠一下，训练接着上。"

"只一节课，我的趾甲整个都被憋掉了。"

"太没人性了，他们都一样。"

小良话一说，宿舍里就更加安静了。那些苦，大家虽没有亲历过，可也几乎是感同身受。一时之间宿舍里一片安静，郁郁的愁闷在宿舍里飘飘荡荡。苦难往往能够造成人们空前的大团结，此时就是最好的例证。

苦难啊，来得更猛烈些吧……

其实，在军训那时候，二亮小子曾和他的教练何教头闹过意见。

当时，何教头嫌二亮笨，转向时总搞错。于是，何教头怒了，就把二亮单独叫出去训练。可他越催得急，二亮就越糊涂，怎么也搞不好。后来，何教头急了，就朝二亮的腿上踢了几脚，还丢下他不管了。然而，分专业时何教头却第一个就挑上了二亮。这举动好像有些阴险，很容易让人产生误会，感觉是要和二亮干上了，当了他的老师，方便以后随时随地给他小鞋穿。当他用脚踢了二亮一下，算是定下他这个徒弟时，二亮可不干了，嚎着就跑了：

"啊，我可不跟着这个老头子当徒弟，啊……"

"我去找校长去告他打过我。"

见过躺在地上打滚耍泼皮无赖的小屁孩儿没？让人气到不行又几乎笑得要死

的那种小孩儿？反正我是见过了。呵呵呵。然而，也是二亮这小子欠，在去找校长的路上，被学校里另一个张校长的夫人碰到了，一番话还把他给哄高兴了，不但不与何教头彻底划清界线，还乐意作何教头的徒弟了。当时，他还满心高兴地给我们大家讲：

"啊，真过瘾，我还对校长的媳妇说，'我可不跟那老头子当徒弟。'可校长媳妇说，老何还是她的同学呢，才三十几岁，他长得老面。"

"校长媳妇说了，老何是咱校最好的教练。说他上大学时就是学校里的名人儿，训练特别吃苦，二百斤的杠铃，举起来……咣咣的……做挺举。"

"你们看老何那么高点吧，可八百米才厉害呢，跑过一分五十八秒，至今没有一个学生能超过他。"

"我还叫他老头子，校长媳妇说，是他那时候受罪受的。"

二亮很高兴地讲着，对老何又崇拜起来，安安心心地作了老何的徒弟。

真是好奇那个张校长夫人的嘴巴是什么材料做的，竟然能哄好二亮这样的怪胎，铁定是个人才啊。后来，二亮有没有挨过何教练的打，我想，应该是少不了的。据余辉师兄说，因为训练不卖力气，何教头打人能把篮板都打断了。即使对付女孩子也不会有丝毫的客气。在这之前不久，就有一出。那天，老何找了条摩托车里带，他大概是想看看那东西结不结实。就用绳子绑在天梯的立柱上，让二亮套在身上拉了使劲往前跑。他则站在二亮的身后，一边用跑表上的带子抽他，嘴里一边不文不雅地紧着催，"快跑，快跑，驾……驾……"当时，二亮顶着催使劲跑。后来因为没了劲儿，被回缩的车里带一下拽了个卧牛倒。可何教头不管，依旧死命地催，弄得二亮哭起来，淌了一脸泪。估计，二亮哭的不是疼，而是惨。当时二亮摔得确实挺逊的，差不多属于四脚朝天式，总之就是狼狈。

当时，他们就在我们活动地方的旁边。我们谁没有见过这样的阵势，我们的宫教头对我们可是极好的，没有打不是，连一句高声话也没有。见了这情景，我们都很惊讶，便站在一边观看。我们的举动貌似很有幸灾乐祸的嫌疑。后来，何教头有点不乐意了，腆着大肚子一下蹦到了我们中间，还伸手在我肚子上狠狠戳了一指头，吓得我们一帮子人四下乱逃。

二亮的处境也真够惨的了，因为脚受伤，他的情绪低落了好些个天。直到后来，元旦时，学校里举办的越野长跑赛上，二亮一战而胜，挤进了全校的前十名，才又好了伤疤忘了疼，神气活现起来。此后一段时间，他在我们跟前神气活现，很有一副小人得志的架势呢。

千真万确，我们当时就生活在这样一种令人压抑的环境之中。不过，这还不是最惨的。除了那些没办法讨价的课业，我们时时刻刻还要面临一些强人无端人身攻击的危险。

放寒假的前几天，发生了一次事故。

一天，下了专业课，我们忙着洗漱的时候，就听见有人说，后面的篮球场那里有人干起架来了。因为事不关己，就没有太在意。可刚过了一会儿，石头就衣冠不整地从外面回来了。身上粘了不少土，头发也乱七八糟的，一副貌似被强暴过的模样。一问才知道，刚才正是他和人打架来着。还是和同年丙班里的那个大个子李广。

因为是石头跟人打架，而且又是跟李广，我很奇怪，忙赶着问个究竟。

石头与人打架的事情马上在宿舍里传开，大家也都围了上来，挤了满满一宿舍的人。

大家都很关切石头怎么就会打架。

也是，石头是班里有名的笑面虎，当然，不是阴险，而是爱笑的意思。他为人最是和气，和谁都挺好，很少会为点什么事儿与人红脸。说他打架，这还真是有点怪。因为毕竟石头的人缘确实太好了。在班里，石头极受欢迎，因为特仗义，看不公的事也敢去出头。不久之前，他就曾替人摆平过一件事情。

元旦时，各班里都在开联欢会，我们班里也开了。班里的舞蹈队特意奉献几场舞给大家助兴。当时，她们挺卖力，把现代舞、民族舞、街舞，甚至是练功的把式也全跳了一遍。这引来了许多其他班里的客人来饱眼福。本来挺完满的一件事，中途却出了点小岔子。

在一场舞里翻跟斗时，朱灵儿出现了技术失误。翻跟斗的时候没翻利落，中途停了下车。结果，宽松的舞衫一下子出溜了下来，把胸腹全给暴露了出来。当时，那女孩儿还挺厉害，只慌了一下，把脸埋在腿上一小会儿，然后就又重新加入队列把一场舞全跳完了。观看的人，倒也并没起哄。后来散了场，回宿舍之后就有人不安分起来，要说闲话，说吧又找不到由头，便把一直暗恋朱灵儿的大胖子吕健拿来当幌子。剿吕健，说他多么多么有福气，有那么个白净的小媳妇儿，以后该多么多么享受等等一些碎嘴子话，说得很不堪。

吕健是我们班的一个胖子，特胖。据他自己说，小时侯，因为父母忙于生意，被送姥姥家，是姥姥过于疼他，总怕他吃不饱，老喂他老喂他，就把胃给喂傻了，长了那么胖。据说他有二百四十多斤，是俺们学校仅次于他师兄张路的第二肥。他刚来那会儿，因为过于胖，大家新鲜了好久。父母同志们注意啦，不想儿子成大胖子的话，就千万别把孩子交给老人单独带啊，吕健就是现身说法的好例子。至于说吕健与朱灵儿的闲话，纯属是那些无聊人寻开心。旁边的一些闲人，还不时地在一旁给起哄。后来，越说越不像话，就让旁边的石头有些看不惯。于是，石头就冷起脸，冲吕键发飙，甩起狠话：

"吕健，你他妈是狗娘养的吗？"

"明知朱灵儿是我看上的妞，还他妈的还在外面给造谣。"

"你他妈是不是找削，想让我给你他妈一顿嘴巴子吃啊。"

石头说得很夹火，恶声恶气的。看见石头动了真气，那几个说闲话的也赶紧地收了口，知趣地不说了。石头已经把话说到那份上，不惜自己的名誉罩朱灵儿，谁好意思再拿那件事寻开心。当然，怕挨揍也是很重要的原因。

只这么一件小事，就不能不让我们对石头佩服了。

总之，石头是个超级受人欢迎的人物。石头也确实挺叫人喜欢，整天笑呵呵，活像个大肚弥勒佛。一听见是石头打了架，大家没有一个不义愤添膺的，不过，也只是义愤填膺。我也很好奇，问石头怎么就招上那个家伙了。那李广可不是个善男信女。那大块头，分量一点不在小良子之下，估计在两百斤以上，又长得凶巴巴地，看上去活像个杀猪的。谁去招惹他，还真是有点没眼光。

听见问，石头说："我哪里去招他，是他找我麻烦。"

"我们下课回来，在夹道那里遇上了李广。那道路那么宽，足够两个人错开走。可他不干，非要我退回去，让他先过。"

"我不是不退嘛，他就动手。我没留神，被他推倒了，弄了一身土。"

石头的话再明白不过，也不用怀疑。可李广干吗耍无赖啊，这个问题让大家都很困惑。倒是一边的小罗罗列出了一番道理：

"哼，叫我说，这是早有预谋的。"

"前几天，他跟我还干了一架，也是被推倒了。他也没有下狠手打我，就是污辱人，叫人受不了。"

"前些天，他把耿峰也放了一个跟头。他已经不是一两次找咱们的麻烦了。不过，他也不傻，你们发现没有，他肯定不找咱们班里的大个子动手，专挑他能欺负住的。是不是，你们看啊？"

"咱们有谁招过他，连说过话的也不多吧，怎么会招惹他。叫我说，少不得是有人在背后挑唆他。"

小罗的话不能不使大家考虑考虑，这不是一点道理没有。班里很少有人会和那个看上去就挺凶的家伙打交道，更别说去招惹他，应该不会结下什么怨。可我们班与丙班里的矛盾，还是有些。人们整天在一处生活，难免会有些磨擦，谁能避免碟子不碰盆。于是，我们大家马上猜到两个嫌疑人。

第一个，首先应该是泽昆。那家伙个性颇张扬，穿戴也极其入时新潮。他时常来我们宿舍走动走动，和人聊聊天。表面上大家很客气，总是你好我好。不过，在内里，他应该挺不受我们这些兄弟欢迎。

当时，正在播《还珠格格》续集，赶上学校里看电视节目又不方便，可让泽昆得了便宜。那家伙平日里极能钻营，和伙房里的小伙计混得很熟。于是每每逃课，就钻到伙房里看电视。看完了，又回来讲给那些擎等着听信儿的小女生们。经常看见他站在楼梯那里给那些女孩子讲电视剧的进度，还故意讲得跌宕起伏，惹得那些小丫头惊声尖叫。那些小女生中，有我们班的几个，其中就有小师妹紫贤。后来，电视剧演完了，可泽昆与紫贤的交往却并没有中断。晚上的时候，依旧常常隐在楼梯后面的暗影里说悄悄话。泽昆的这一举动让班里的男生们颇有微词，嫌他来这边撬墙角砖。据西平说，泽昆还曾教唆着紫贤逃课，夜里跳墙头出校。在不少人眼里，泽昆就是对手或敌人，是撬墙角的贼。"卧榻之侧，岂容他人酣睡"不是。

大家对他有情绪，他大概也有所觉察。那一段时间，他与紫贤的交往好像也有些不顺。于是乎，只怕他会多想，难免会对我们有些怨气，然后教唆着李广如此。所以，泽昆不能排除在外。除了他，另外一个家伙，小根，可能性也不小。

小根只是个"地磨牛"，因为个头太小，被人戏称为是"三块豆腐高"。不过，那家伙长得机灵，眼神贼亮，看上去就让人不舒服。那家伙有时会欺负一些小孩子，并且听说下手特别狠。不过，除了这些，也就没有做过其他什么惊天地泣鬼神的大事情。

而他的名气大主要是来自他哥哥，大根。

在那之前，学校里曾盛传过一件大事，说是本校高中部一个叫雷洁的学长曾在回家的路上被人截过。当时，那件事情传得很厉害。于是，那段时间，消息通小罗就整篇整篇地把事件的进展带回来。据小罗说，雷洁是被四个穿着那种套服的道上人截住的。而那些道上的人是受小根的哥哥大根指使。可巧的是，在雷洁学长被截的当天，赶巧和本校高中部的路班主结着伴走。刚被截住时，雷洁和路班主没有怵他们人多，还先下手为强，一人干倒了一个。被打倒的一个人在倒下时，竟从身上掉出了一把匕首。因为瞅见了家伙式，怕打久了吃亏。路班主招呼一声，同雷洁两个一路撒丫子颠了。搞体育的好处就此得以显露。当时，他们只顾逃命，连路班主停在当场的摩托车也没顾得上。这是当时发生的事件的始末。自那之后，小罗又陆续打听了不少关于那件事情的前因后果。听外班一个姓程的兄弟说，大根下血本截雷洁学长，那是因为他们之间有宿仇。

原来啊，这大根也是咱们这里的学生，和雷洁还是一个班的。只是后来两人闹了意见。雷洁才多大个，结果还是把他给揍了。跑过去，踩着桌子蹿到了上铺，过去就是一通踩，把他打惨了，一双胳膊全卸了，一个是肩关节，一个是肘关节，全他妈掉了。

后来呢，大根自己丢了面子，就转学了。这是起因，怪不得大根肯花血本去雇佣那些人。不久之后，小罗又从外面打听到许多其他的情况。说在那之前，大根已经找人算计过雷洁一次：那一次，大根找的是一个人，挺笨的家伙。那人来了之后，就问人说，"那个，雷洁在哪里啊？"说这话也巧，他问的正是雷洁本人，正在那里刷牙呢。

可你想想看，雷洁是什么人啊，见打听自己，又不认识，早多了心眼儿。向后面校长那间屋一指，说在那儿。那老小子还真就去了，一进屋就嚷，"哪一个是雷洁！"校长的脾气多大啊，哪里听他在那里咋呼，过去兜头就是一通"珊瑚海"，给他打出来了。

"到了后来，他又叫了许多人来，把那小子好一通修理。真他妈个过瘾。"程兄弟一边说着，一只手做撸胳膊状，那架势，如同身临其境一般呢。

其实在那段时间,学校里整天传的尽是那件事情,弄得整个学校都沸沸扬扬。自然,大根的名头以及他的亲弟弟小根的名头就不能不为大家所熟知了。

尽管小根什么也不曾做过,可既然有那么个什么事情都能做出来的哥哥,谁还敢招惹他?所以,很自然的,我们就不能不把他也考虑在内。

和我们大家想的一样,小罗在最后道出的也是这两个家伙,也觉得他们的嫌疑最大。于是,大家就开始相互叮咛,让大家以后尽量别去招这两个家伙,以免惹出什么不必要的麻烦。尽管这样,大家还是很不放心,不知道以后还会出什么事,我们能够保证不去招惹人,可并不能保证人不来招惹我们。于是,不知道下一次会是哪一个被拿去说事。

不得不佩服孩子们的想象力之丰富,真是人才啊。只可惜大家没有耐心,不然的话,只要把这些想象整理成文字,准能成为不错的武侠小说,吼吼。

后来,正在我们大家说这些事情的时候,宇轩从外边回来了。他站在一边瞅情况,大概是终于看明白是石头给人打了,就不高兴地叫起来:

“咳,怎么,你们这么多人看着还让石头挨打?”

“一个人打不过他,你们这么一大群人还能让他把石头打了?”

显然,宇轩并没有全弄明白是怎么回事。可他说得也对,篮球队的人都在石头跟前,是他们眼看着让石头挨了打,这也实在是有些说不过去。所以,大家也都朝着王崮他们那里看。这会儿,王崮也挺不好意思,低着头,使劲地把自己掩在石头后面。

“石头,走,找他去,咱找他去,非跟他讲讲理去。”

“怕什么,大不了再跟他打。我跟他打。”

眼看事情快完了,宇轩却突然地愣头青起来,只顾了性子往大了煽乎,弄得我和石头很紧张。赶紧劝他说,那李广是地头蛇,他家就在旁边的镇子上,招了他麻烦只怕会更多。我和石头一力地劝,宇轩才不再提去打李广了。

尽管这事看似了了,可不安的情绪依旧萦绕在大家的心头,不知道下一个倒霉的人又会是谁,又会遭什么殃。确实,对于尚未洞明世事,没有应对处理事故能力的孩子们来说,困难往往容易被无限地放大。

在这个事件不久,真出了事,小师弟徐前在来学校的路上给几个社会上的小青年儿劫了，向他要钱花来着。来到学校时，徐前吓坏了，抽噎得不像样子，连话也说不清。至于是在哪儿被劫，劫去了多少钱，有没有受伤，都说不清。一会儿说在桥上，一会儿又说在河道边上，总也说不清。只哆哆嗦嗦地说，自己被人索要钱的时候不肯给，被那些人狠揍了一顿。他的话让我们很佩服他的英勇精神，舍财不舍命啊。同时，也都很惊讶于他的胆小，连自己在哪里被劫也讲不清楚。后来，据我自己想，也许徐前的话并没有错，真的极有可能既在桥上又在河边。因为，那些人很有可能在桥上截住他，然后把他带到桥下行凶。罪犯们作案通常都是类似这样的过程。

因为这件事情，把我们大家又搞得不安了好一阵子。总觉得那些不安定因素离我们是那么近，总使我觉得隐隐不安。

嗯，这就是生活，生气又活该。呵呵呵。好好过吧。

呜呼，无辜伦敦，杀。

第六章

探　花

中国人自古以来最尊重知识，也最尊敬有知识的人。我觉得咱们的现实情况也的确如此。

这一年，就因为年终考试，宇轩的处境全变了样。

考试成绩张榜这天，班里排名六甲的同学里，宇轩的名字高高悬挂之中，排在第三名。当时，刚走进教室我就被旁边的瑞青老姐给缠住了，说我师兄弟真行啊，挺大的个子，却是个斯文人。还说她其实早就觉得宇轩不是一般人儿了。瑞青老姐的话让我晕倒。就在前一天，她还指了宇轩对我说人家小家子气。

前一天，因为快放假了，又考完了试，大家很放松。我和宇轩走进教室时，就瞅见一大帮人挤在后面宇轩的桌子那儿说笑。宇轩一过来就有些不高兴，嫌他们把他码在桌上的书挤掉了一地，胡乱在地上踩。一过来就撵他们走。看见宇轩不高兴，一帮子人都知趣地走开了，唯独贾路小伙儿不肯走。他当时都站起了身，却又把屁股坐了回去。宇轩又让他走，贾路还急了，说，"就是不走，你能把我怎么样。"他这么一说，宇轩也急了，当胸就给了他一掌。

贾路也是个挺大脾气的，立马叫唤起来，说宇轩无故打人。这一下可麻烦了，宇轩立即招来大家的一致批评。也难怪，当时，贾路是班里有名气的小才子，挺受大家欢迎的。这小伙子有一副好嗓子，歌唱得不错，尤其一首《驼铃》。他曾在元旦的联欢会上唱过，非常好听。他那般单薄身板的一个小子，嗓门却极大。从此后，就成了班里公认的小才子。自然，小才子受到欺负，大家不免会替他抱不平。可这么一来，宇轩又委屈了，急得了不得。宇轩不服气，贾路也是气不服，到最后，两人就相互拽着去找"刘斑竹"去了。

当时，瑞青老姐还耍嘴，说我这师兄弟，挺大个个子，却又这般的小家子气。可到了张榜这会儿，她竟又改了口，不承认自己的话了。真是厉害啊。唉，都是同一个人，又都是同一张嘴，竟然能说出两家话，人才啊。有点意思。

不过，这还不是最厉害的，倒是后面发生的事情有些夸张了。

这天晚上，"刘斑竹"用班费买了奖品奖励大家，轮到给宇轩颁发奖品时，"刘斑竹"给得格外多。远远超过了排在他前面的头名二名的。"刘斑竹"一共是买了四大摞笔记本，她把其中的一整摞全颁给了宇轩，这还不算，还外带着送了他一件崭新的雨披。这可真是丰厚的赏赐啊，以至于立马就在班里引起了一些小小的议论，好奇为什么一个探花的奖励品会比状元多。

后来，从大家的议论中听说，"刘斑竹"这般厚奖宇轩的原因大致如下：首先，大概是因为宇轩是体育生的缘故。据说，体育专业生文化课好的不太多。因为体能消耗太大，大多数人都会荒废了学业，尤其是像一直没有机会见到的"火腿儿"那样专业成绩过于好的，最后往往连功课也不要了。而另一个原因是因为，宇轩是那前六甲中唯一的男生。因为这个原因，才要体外嘉奖，以激励男生们奋发图强、迎头赶上、坚决去举炸药包。

当时，宇轩收得还真是心安理得呢，一点也不觉得有什么愧意。处之泰然、落落大方，用这些褒义词形容他领奖时举动的优雅都觉得有些不能尽意。

总之一句话，看着他端着那一副收之应当、受之无愧的架子从讲台上下来时，说实话，我的心里呀，那是巴凉巴凉的呀，只是叫苦不迭。心里还说，哼，这全是小太爷平子我太大意了，没有下功夫学。要不然，哼哼，这鹿死谁手还真是不好说捏。

不过，宇轩倒是挺大方，下来之后，等瑞青老姐一开口向他要个笔记本时，他就给了，连并了他附近的人都送了。我这个师哥好赖也得了两个。要不是他孝敬老人家我成这样，哼哼，我真想发发飙，给他一顿"无敌还我漂漂拳"，干脆把他打成我得了。嘿嘿嘿，玩笑玩笑。

不过，宇轩当时的这点荣誉还真是给男生们长了点面子的。男生们对于这唯一的一点荣誉，也还是在乎的哩。学校开大会颁奖这天，因为宇轩被学校的何教头领了去省城体工大队作运动员档案，缺席。几个班干部便临时商量，决定安排排在第六名的女生替了宇轩去领奖。这个决定立马就引来了男生们的一片怪叫声。直到她们改了那个缺德的决定，要让我这个男性同胞替宇轩去领奖，大家才没了意见，息鼓宁金。

然而，宇轩的好运气才刚刚开始。

正月开学之后的第一个班会上，他以高票当选为班长；同时也被选为学校学生会里的学生干部，荣升到学校纠察队；另外，还被晋升于优等生行列。这个优等生是本年学校新实行的一项制度。所有班里的前五名学生均发优等生优惠卡，带相片那种，都可享受伙食上的优惠。饭食的质量以及价格上与学校的教师们享受同等的待遇。

一时间，所有的好事全都加在了宇轩一个人头上。当时，我的心里还真特别扭，觉得那也太夸张了点吧。宇轩不就是比我多考了几十分嘛，不至于这样吧，他又不是拯救世界的大英雄。老天，你不至于这么不公平吧。可不是嘛，对于许多孩子来说，这一辈子下来很可能连一个笔记本那样小小的荣誉都没有得到过。而我们大家又不是那么烂的一无用处的人。我们也在认真生活，凭什么就不能得到一点，哪怕是一点点荣誉呢？我是真的想不明白。确实，咱们中国人就爱"最好"的那些人，还总愿意把所有的荣誉、褒奖，一切好东西都给他。美其名曰，"增加荣誉感，促进竞争"。殊不知，这会带来许多负面问题。比如，对其他孩子的伤害，给别人特别的鼓励时，会在他们内心里产生一些挫败感。同时，又会激起其他孩子对于所谓"优秀"孩子的敌视心理等等类似的问题。而这些问题在之后的日子里确实有过，出现的还不少，并且，造成的后果相当严重。

　　当时，不光是班里，就是在学校里，宇轩的处境也大不相同了，那些执勤教师也买他的账。

　　正月开学不久之后的一天晚上，三亮和西平来找我，说有些饿，想去"南天门"吃点泡面。可又说"南天门"的鸡蛋太贵，有点心疼兜里的钱。想让我拿几个我自己从家里带的鸡蛋，由他们来请面，一起撮一顿。刚过完年，鸡鸭鱼肉丰丰富富地过了一正月，突然来学校过清苦日子，还真有些不习惯，也就同意了。

　　去时我又叫了宇轩。吃饭时，经三亮他们提议，我们又稍喝了点小啤酒，真真的挺舒服的。然而，就在我们几个吃喝完回去时，被查夜的执勤教师老耿给查住了，还被闻到了身上的酒味。他走近我们，嗅一嗅，说：

　　"喝酒了吧，你们？"

　　"小小年纪，还学这个臭毛病。"

　　因为有酒味儿，自然推托不掉，我们全承认了。等我们一招，老耿立马下了手，劈头盖脸地将我们暴扁了一顿。当时，我们几个都挨了揍，唯独宇轩逃过了一劫。老耿在开始动手之前，先把宇轩给推了一把，推到了后面，只是说他，跟了我们这些人渣会学坏的。然后，才回过手来揍我们。

　　这是我有生以来第一次被人不看鼻子脸地暴打，还被骂作是人渣，弄得内心的自卑感全都涌上了来。十几年积攒的那一点点的自信心几乎全都没了。那一刻，仿佛所有的自尊也全都掉在了脚面上，觉得自己真的是个一无是处的人渣。相反，宇轩，他真是太幸运了，所有的人都在护着他。

然而，宇轩的好运还没有完。不久之后，班里又传出消息，说是宇轩又要高升。他找过学校，要调到文化甲班里学文化去了。

后来，事情就更真了，还有人见"刘斑竹"找他谈过话了。于是，晚自习时，就有冬妹、明霞一些女孩子给他送相片和留念卡，还说些留恋与珍重的话，又千言万语地叮嘱他以后要常来看望大家。那些女孩子一个个弄得深情款款的，很是肉麻。就在隔壁班级，又不是见不到了嘛！后来，瑞青老姐实在有些受不了她们，发了话，说她们是在干什么，又不是宇轩要上前线，本来就是在隔壁，抬头不见低头见，什么时候想他，叫过来看就是了，才把她们给说笑了。

当时，女孩儿们只顾了她们起哄，却并不知道宇轩真实的价值所在。其实，我们才该失落的，我们才真正离不开宇轩。那时候，班里的足球队一直都被大个子们霸占着。足球队的队长小罗为了保持战力，通常都是在班里捡着最好的挑，一般是有云航、二亮、青波、西平、三亮他们几个大个子，还有哲子、贾路、高仓、小罗他们几个城里身手较灵活的孩子。就连小良子这样的他们都不乐意要，嫌他身体太笨拙，需要瞄住了才能踢准球。而那些资质一般的人为了能够到场上踢球，常常吵得不可开交，最后往往都是让几个人一齐上了他们才罢休。后来宇轩来了之后，小罗他们就想让他加入，他们完全看好宇轩。可宇轩不肯，非要带着我们这帮子歪瓜裂枣代班出征不可。还和小罗他们讲好了，只要在开场时，我们踢赢了他们，就可以代班出战。开始的时候，我们的一边还没有什么希望，总是失利，可宇轩一点不泄气，不论是差点输球，还是险些赢球，每一次都和大家相互击掌以示鼓劲。也就在前不久，宇轩竟带领我们大家与小罗的队伍相互各进一球，踢成了平局。这让我们的士气大增，正踌躇满志地商量着要一鼓作气赢了他们，踢出班里的。不得不承认，领袖的力量是很神奇的东西，他能够化腐朽为神奇。而眼下的形势，无疑把我们的计划全都打乱了。宇轩一走，大家就不能不忧虑我们的计划是否还有可能了。所以，我们当时才是最该失落的。可对这些，我们却一点办法没有。

哎，说到底，或许根子就在宇轩原本就和大家不是一路人。是一路人就不会踢好球。而踢好球了，就该走人了，是吧。

第二天早上宇轩就走了，我还趴在窗口给他送行来着。

当时，这件事情搞得还挺隆重。"刘斑竹"像交接一件什么贵重东西似的，把宇轩交给了文化班的那位石班主。也是啊，这也可算是她自己的辛苦换来的一份荣誉，是她辛苦种出的土豆啊。对，就是土豆。这么叫宇轩的话，小爷的心里舒服，嘿嘿嘿。这天，宇轩就这样义无返顾、这么携风夹雨地走了。不过，这一次离去并不成功，宇轩走了没多久，就回来了。原因是他闯了祸，和人打架了。

事情发生在宇轩走后的第二天。够神速吧，神人办神事啊。哈哈哈。这天晚上，宇轩用东西把丙班泽昆的脸给打破了。

晚上十点，宇轩在值完勤回来路过丙班宿舍时，引起了他们的恐慌。宇轩回到宿舍后还笑呢，说在纠察队真过瘾，只是从他们跟前路过一下，就吓得他们那样。后来，宇轩都已经在放被褥，准备睡觉了。可隔壁却传来恶毒的谩骂声，骂刚才吓到他们的人。宇轩听见就奔了出去。后来，就听见那边传来叫喊声，说是有人的脸给打破了，还叫喊着赶紧去找班主任。而那个打人的，正是宇轩。

因为这件事，刚转走的宇轩第二天早上就被甲班的石班主给撵了回来。

对于他的"归来"，"刘斑竹"很是生气，狠狠地训了他一顿，训宇轩把她的班看成了什么地方，想走了抬脚就走，没人要了想回来就回来？当时，"刘斑竹"好像真的很生气，满脸的怒容。不过，据我自己看来，这不过是她故意装出来的样子罢了。因为，她的表情一点也不自然，她气的大概是宇轩的走，而不是他的回来。

有意思的是，宇轩的回来又成了另一个传奇故事的底版。关于宇轩回来的原因，小女孩儿们有着她们自己的看法。说宇轩回来是因为那个石班主欺负他，而他也不肯离开我们这个集体，所以，自己故意惹了麻烦让人赶回来。证据就是，那天早上石班主在赶宇轩走的时候，他还很开心地朝石班主笑了笑。这些，都是她们从甲班里的那些小女孩儿那里听来的。她们所以这样认为，是觉得宇轩是个有个性的汉子，纯爷们。不过，对这件事的看法也不尽相同，也有人说宇轩不该这么办。康晶就对宇轩的做法有些看不上眼：

"哼，他怎么也这样啊，欺骗大家的感情。"

"以前，李通就是这样，说是要退学，害大家送了他那么多东西留念。"

"结果呢，东西也送了，他又不退学。害得大家白白浪费感情。宇轩也这样。他应该在一开始就没打算走。"

女孩儿们对于宇轩的做法颇不解。不过，她们只是在宇轩该不该去而复返的问题上纠缠，却并不清楚宇轩这次回来的真正原因。其实，不光是女孩儿们对于宇轩退回来的原因有误解，就是其他男生，对于宇轩的事情也未必都清楚。

对于宇轩的回来，我最有发言权。他回来确实不是他的本意，全是被那位石班主给赶回来的。打架的当天晚上，刚闯完祸的宇轩曾悄悄溜进了我的被窝，还问我肯不肯帮他一个忙。问我能不能帮他顶一下罪。说并没有人看见是他把人的脸打破。当时，我还有些纳闷，问他这样做行不行。他就把其中的利害给说了一下：

"至于这件事，罪责并不大。是他们先动的手，我才还手的。"

"我担心的是另一件事，那个石小梅。她好像特别不待见我。我怕的是她。"

"今天上英语课，因为太累嘛，我一个胳膊伏在桌子上。咱们班里不是都这样嘛。其实嘛，我并没睡着，我是好好听课的。"

"结果，石小梅当着全班人的面，指着我鼻子骂我不要脸。"

"她怎么不说一声啊，说一下，我不就知道了嘛。她就骂我，叫我特难看。她好像对我特有意见。"

"我是怕她在这件事上又为难我。"

开始的时候，宇轩还挺紧张，可等他把这些话说完，竟又放下心来。说算了，还是他自己处理，听天由命吧。

这就是当时整个事情的经过，也是宇轩当时的原话。确实，现在回想起来，这件事情还真的不简单。说实话，在一开始，我对那个石班主的印象还不错。我曾见过他们男生宿舍里由她题写的一幅字，写的是，"一屋不扫，何以扫天下"。我还想呢，那么个女先生，竟还有不小的见识，能说出这般豪迈的言语，必定是个有些见地的人。从那之后，对她的印象就好了起来。

可后来发生的一件事，又让我不太喜欢她了。那一次，学校里全体都在更换新的木床，我们也在换。因为宿舍里一时尚未收拾停当，我们就把大老远抬回来的木床先放在了宿舍的门外边。甲班的李遄他几个臭小子，过来就抬，想给弄走，又被眼尖三亮看见了，赶过去骂了几句。谁曾想，那几个小孩子跑了去找石班主告状，过了一些时间，石班主亲自赶了过来，也不问个青红皂白，指准了三亮，过去就给了几个嘴巴子。一个班主任，处理问题前也不问问根由，上去就打人，弄得我们都大跌眼镜。

于是，班里的几个人也赶了去找"刘斑竹"，想让她来给我们说理。当时，他们都怀着愤怒的心情去找"刘斑竹"，以为找了"刘斑竹"就能找回面子。他们大概是觉得我们的"刘斑竹"漂亮，应该比石班主厉害。通常情况下，漂亮的人比常人受照顾。甚至还觉得我们"刘斑竹"是搞体育的，如果真地动起手来，石班主大概不是对手。不过，事情并没有向大家预计的方向发展。得到消息之后，"刘斑竹"赶忙将事情全压了下来，还不准我们再闹大了。呵呵，还真是小孩子的心思。

其实，早在之前我就感觉到了，在学校，文化班才是主角，所有的专业班都不过是陪衬。因为，所有的事情都很明显，学校的政策都是偏向于文化班的。比如，教文化班的教师只教一个班，每天只有一节课。而专业班的老师，则担任着两个班的课，每天都得上两节课。当然，这只是一方面，其他地方类似的事情比比皆是。至少，我对这些是感觉不舒服的，有受歧视的感觉。可又有什么办法呢？

算了，还是说这里的情况吧。也是从那时候起，我对那个石班主的看法就飘忽起来，不知道该怎么评价她了。宇轩的说法，应该是属实的。

另外，宇轩当时调班，也不是出于他自愿，全是学校的意思而已。说是宇轩的意思，容易堵住专业班教师们的嘴罢了。对这个，我有一个有力的佐证。宇轩被选拔为班长那会儿，他可是准备着好好干的。那时候，他给大家买筷子、买球拍、买小说，叫大家尽力地支持他的班长工作。并且组织大家购买了一只足球。那时候，买足球一直是我们班里的宏伟目标。却也很难实现，因为我们班里的情况太过复杂，对买足球总达不成一致意见。而为了买那只足球，宇轩可出了血本。他在先斩后奏买回足球再向大家收球费时，有好多人逃责任，于是，他少不得为那些人贴些钱。

不仅这些事情，宇轩对班里的事情都特别上心，几乎处处替班里出头。有一次，周末来学校时，京元他们几个学长跳窗户拿走了我们的足球。当时，大家都想玩球，可谁都不敢去跟那几个厉害学长要。后来，宇轩来了，就替大家去跟他们要球。当时，那些学长们只是不肯给，还把责任全推在一个叫高津的头上。那个高津原本就是个替罪羊，给我们球吧，他做不了主，不给吧，又为难。于是，左右为难，他就哭了。京元看见宇轩为难他们的人，就非要跟他动手不可，搞得剑拔弩张的。

我们学校有学长欺负学弟的光荣传统，这几乎是家常的事情。原先，邵兵学长就曾因为这个挨过学长们打。当时，因为他的脾气有些冲，在执勤时冲撞了某位学长。结果，在他晚上执勤时被人打了黑棍，敲断了胳膊。当时，看见这个场面，我们都吓坏了，生怕人跟宇轩打起来，叫他吃亏。后来，一边的邵兵学长怕事情闹大不好收拾，拦住了京元，避免了那次冲突。当然，邵兵学长息事宁人大概主要是由于宇轩上头有我们教练的缘故。不过，总算是没有出状况。所以我说，宇轩对于我们大家确实是挺够意思。当然，某些人对于宇轩的好意，并不怎么领情。宇轩那个花去几十块，搁在铺下叫人随意取用的乒乓球拍，没多久就给人顺走了。而他的那些小说就更惨，被人丢进厕所作了厕纸。后来被我看见，因为害怕宇轩知道了生气，踢进了粪坑里，才使它结束了遭罪的命运。

显然，宇轩当时若是有调班的打算，大概就不会为我们那般地花心血了。所以说，这应该不是他的主意。

可宇轩的事情总是闹大了，还给捅到了学校教务处的张教头那里。当天晚上，宇轩就被叫去处理了。

就在这天，小罗和小五子也被送去处理。这两个人因为发生了殴斗，还不服"刘斑竹"的管教，被一同送去接受教育。后来，据小罗说，当时的情况很惨，张教头把学校里几个犯事的人都过了一遍堂：

"当时，打得太惨了，体育长拳脚一起招呼呢，办公室里桌子椅子乱飞。"

"小五他妈的最惨了，体育长一手卡着脖子给他举了起来，一拳打在腰上，人飞出去，落地上就劈了叉了。"

小罗说得很凶险，说话的时候，脸上还带着残留下来的恐惧表情。这也难怪，赶上体育长收拾，还能有他们的好？那体育长光看着就有些吓人。这位爷虎背熊腰、膀大腰圆，又长了个方斗脑袋，大环眼睛，瞪起来溜圆。若不是刮了脸，蓄起来，定然也是满脸的钢髯。这种形象总让我想起《三国演义》里那个猛张三爷。是啊，能在众多的体育教练中混个头头儿当，自然是有些过人之处的。

然而，后来说起宇轩，小罗说，那张教头并没太为难他，还把不是全磕在了丙班的几个人身上：

　　"丙班的几个人倒好，一大群人全咬定，是宇轩先去冒充纠察队的吓唬他们。体育长哪里肯听他们的，说宇轩就是纠察队的。"

　　"还说他们大晚上不睡觉，说闲话，又袭击纠察队的，该狠狠地收拾。还让我来执棍揍他们。"

　　"我心说，'哼，你们既然落我手里，我还能有你们的好。'我照了惨的才整他们的。打得他们直叫娘。"

　　真是幸运，张教头竟也没有为难宇轩，实在是偏袒之至啊。真如小罗说的一样，学校把宇轩的过错全给推掉了。不仅如此，第二天，体育长还亲自来找过宇轩，对宇轩说，事情已经查清，错不全在他宇轩。还问他，用不用他去给石班主讨个情，让他还回甲班去。倒是宇轩自己灰了心：

　　"算了吧，我可不愿去看着她的脸色过日子。"

　　"她不待见我，我又有短，少不得受她挤兑。"

　　后来，看见宇轩说得认真，张教头才不再坚持了。然而，宇轩的面子还真够大，竟连校长先生也惊动了。不久之后也来找他。一天上专业课的时候，校长走了来找他。还给他定下了一些硬指标：

　　"好啊，好你个宇轩，一个人搅和得这么多人跟着不安宁。你看你，给我找多大的麻烦。"

　　"你不是不去文化班去了吗？也行，可是你下次得给我考第一名。听见没有，否则的话，我可跟你要钞票，听见没有？"

　　当时，对于校长先生的这些话，宇轩倒是不太为意的样子，只是低了头很轻淡地笑笑。

　　奇怪吧，这么严重的一件事情，没想到竟然这样容易地就被混过去了。这也许就是传说中的时势造英雄吧。当然，你非要说狗熊，小子也不和您打架。

　　这件事情之后，我们度过了一段平静的日子，没有再起战火。然而，不久之后又出了一档有意思的事。而这次唱主角的是伙房里的一个小伙计儿。

　　一天中午，我和宇轩去伙房里打饭。到了那里时才发现，各个打饭口上都排了大长队。唯独在优等生饭口那里空无一人。不知是什么原因，之前，宇轩从来都不去那边打饭，总是一副事不管己的架势。我也从来没有问过他原因。可这一次，我有些不耐烦了，不愿意在那里排长队耽误功夫，便怂恿宇轩去那边打饭。我一撺掇，宇轩还真同意了，领了我就过去了。当时，我们一过去，那打饭的伙计就接过了我手中的饭盒，却对宇轩挥挥手，要他走开。当时，宇轩还纳闷呢，问那伙计是不是没饭。那伙计脾气还挺大，经一问，还火了，冲宇轩吼了起来：

"我让你走开，没听见啊。"

"不知道这是优等生饭口啊。"

当时，那小伙计的话一下就把宇轩的脸呛红了，愣在那儿脸红一阵白一阵。见状，我赶紧掏出了宇轩那张一直搁在我口袋里的优惠卡给那小伙计看。上面有宇轩的相片，那伙计一看就红了脸，还很麻利地接了宇轩的饭盒打饭。真是有意思啊，"看人下菜碟"这有特色的成语大概就是这么被人造出来的吧，中国人真是太有才了。更佩服我自己，心理素质这么好，竟然不怕作假被人抓了现形。

打完饭回来，宇轩一直默不作声。后来吃完饭才哼了声：

"哎，平子，你说，我这副形象是不是看着就不像个好人啊？"

宇轩的话让我笑了起来：

"是的。哪里有你这么高、长头发、长得又挺酷的好学生啊。"

说这些话的时候，我很郑重地点了头。

"哼，这石小梅大概就是因为这个对我有看法的吧？"

"看我不像好东西。哼，以后，她就等着瞧好吧，我非得叫她服气。"

当时，宇轩的话有些扯远了，让我有些无法回答。确实，这一点也不容易回答，叫我怎么说呢。

不过，因为宇轩的这些话我还真回想起一件事情来。在"刘斑竹"送宇轩去甲班的当天，不光有我们一帮子人给宇轩送行，还有甲班一些小女孩儿，她们也都聚在教室门口看宇轩的到来。说来，宇轩确实是学校里独一无二的怪胎。从来都是文化班的人出来去学专业，类似于下嫁。若是去文化班，必定也是功课特别好，并且得舍去专业课，即便如此还有很大的高攀嫌疑。而带着专业去读文化班的家伙，他还真是学校里开天辟地的独一份儿，实在是有些怪。也就难怪那些小女孩儿好奇。那些小女孩儿的举动，石班主也看到了。她一看见，就有些不怀好意地阴笑一下，对那些小女孩儿说：

"呵，干吗，你们这是，还夹道欢迎啊？"

"行，行，别看了，头上没有长着犄角。回去吧，回去吧。"

回想起石班主当时那神情来，还真不是没有宇轩说的这种可能。可事情都已经发生，说又有什么用呢？我没敢再招惹宇轩。

现在想想，还真是的，世间的好事还真不能叫一个人给占全了。那样啊，准得有麻烦。这本来就是个婆娑的世界，婆娑即遗憾。因此，要相信老天爷最公道，同时，安享自己的不完美。信我吧，准没错。呵呵呵。

呜呼，嘎嘎。

第七章

校草老大

俗话说"三十年河东，三十年河西"，还有一句是"风水轮流转，今年到我家"。虽是俗话，可世间的事情往往还真是这样，有时运气一旦要来，那是挡都挡不住滴。在后来的一段日子，我们的好运就接连不断。要知道，那也是我们过得最舒心的一段小时光。

先是学校里组建的足球队迎来了邻区球队，特意赶来祝贺建队的一场友谊赛。

在这里，不得不交代一下这支后来组建的球队了。这是以原来篮球队的人马为主体组建起来的。正月开学后，学校里就裁撤了没有什么前途的篮球队。在裁撤篮球队的过程当中，也发生了一些小事故。因为篮球队的削减，李通兄台不得不退了学。也算是新生事物产生前的阵痛吧。

学校刚提出取消篮球队的决定，石头他们就陷入了愁苦之中，几个人整天围拢在一起商量对策。结果就是迫使他们的师兄弟李通退学。

一天中午，我去教室，刚过去就看见石头他们几个师兄弟跟李通撕扯、打架呢。我还挺奇怪，不知道一向很和睦的他们同门师兄弟，怎么突然就反目了。问李通发生了什么事情，他却不肯说，只是说不为什么。

后来，下午吃饭时，我才从旁边的小罗口中得知，是石头王崴他们让李通赶快退学呢。据小罗说，李通的父亲因为犯事蹲了监，母亲也改了嫁，他跟了伯父那边过活。由于这个原因，李通的生活费总是不够，偏他又想接着念，故此，少不得在师兄弟和新生中蹭饭吃。原来，篮球队还在，总还有些念想，师兄弟们就由了他的那些行为。可篮球队都不在了，李通还这样，他们就不能再容忍，蹭饭总不是什么体面的事情。他们非让李通退学不可，因为言语不和起了争执。

之前，李通确实有些怪怪的，每次吃饭，他通常只买两个馒头，然后，在四处里对付口汤，应付口菜。看来，小罗说的这些是可信的。

这天晚上，去教室后我见到了李通。他一个人在教室里，一副失魂落魄的模样，睁大着眼睛，在教室里左瞅右看。他当时的神情仿佛一个受了惊吓的小兽。当时，我有些不忍起来，毕竟同窗一场，还给他两块饭票叫他先吃饭去，不要多想。第二天的时候，李通走了，悄悄走掉的。

这是学校裁撤篮球队发生的一点小小的不愉快。不过，在总体上讲，意义还是积极的。后来的事情还真的有了较大的起色。因位考虑到篮球队解散之后，学校里会增加许多闲散人员。在这个基础上，学校组建了足球队。

不久之后，足球队真就正式挂牌组队了。领衔的教练有些出乎人的意料，竟是后勤处专管给人割玻璃、发笤帚的一个姓贾的先生。这可真是让人惊讶。说实话，我一点也没想到会是他来执教球队。以前，也总见他，经常是衣冠不整，头发蓬乱，胡子不及时打理，鞋也总是胡乱拖在脚上。总之是一副没睡醒的样子或者说像个酒鬼。我还总替他担心，甚至怕他连割玻璃那样的活计也干不好。然而，他竟然意外做了足球队的教练，不能不令人感觉不可思议。

然而，千真万确是他出任。正式开课这天，他早早就到了操场，穿了一身皱巴巴，但颜色很艳的蓝色运动服，在操场上一板一眼地做起了热身活动。后来，一时高兴，竟在操场里玩起了倒立行走，惹得许多人指指点点，就像看见猴爬竿一样惊喜。可见人的精神在人生中有多么重要的作用。也正是这时候起，学校里开始有了关于这位怪人的传闻。说这位贾教练原本在省队里踢过球，不过，又说他的身手并不是太勇猛，坐冷板的时候居多。对于这些传闻，没有得到证实，不知道他究竟是不是如人说的是个冷屁股的主，但他在本校坐过冷板凳，应该是无疑的。

这个教练还挺贼的，竟打起了小师弟宇轩的主意，拉了他到一边，让他一手画圆，一手画方，还让他两手臂交错画弧，看他本人的神经反应。看来他挺喜欢宇轩。他这一举动却把宫教头吓坏了，一见贾教头在那里把宇轩的梢，赶紧派我去把宇轩叫了回来。并且还赶紧带领我们换了活动的地方。生怕贾教练再打歪主意。

足球队的事业如火如荼地办了起来，置办了许多用来练习过人的立柱，整天忙忙碌碌地练习过人技术。学校里还特意为足球队买了两台超大屏幕的电视机，供那帮子人观看一些经典的足球赛，连带教授其中的技战法，颇下血本。这帮子哥们儿还真不负厚望，一段时间之后，竟有模有样起来。原本他们就多是有篮球队出来的人高马大的队员，再到了球场这个张扬个性的地方，就更显得生猛潇洒起来。

于是，邻区的球队也就赶来祝贺我们足球的队成立了。至于邻区里是如何得知我们学校组建了球队的，不得而知。总之他们是来了，而且来得颇隆重。他们开了一辆超大、超豪华的巴士，很优雅地就来了，带着香风扑面地来了。

等他们的车停稳，先下来的是几个穿着工作装的工作人员，随后是几个穿着白大褂队医模样的人。紧跟着有条不紊地卸下来一些设备和饮用水。看来，这都是些习惯性的工作程序。这一切做完了，才从车上走下来十几个穿着整齐划一、精精神神的小伙子。这一切都让我们挺开眼界的。

在我们只顾了兴奋的同时，学校里却紧张起来，开始认真地做起迎战准备。教练们不能不忧虑，本校毕竟是新队，没有什么实战经验。又是同一个比较正规的球队开场，即便狠下心，也只怕会让友队失望的。后来，经过一阵紧张地磋商，在安排队员们热身的同时，又另行通知了本校高中部，石、高、路三个很擅长足球的年轻班主任，请他们火速赶来，以助球队一臂之力，使球队增加些许的战斗力。说白话，就是作假，也为自己不至于输得太惨。

热完身，掷过硬币之后，双方就开始了紧张的比赛。刚一开场，对手就发起了凌厉的攻势。第一波进攻，他们打的是右中路的配合战术。他们先在控球的情况下，让右中两个前锋快速渗透。等到布置完全到位后，他们突然地由中锋起大脚，把球传给了右前锋。尔后，右前锋又用一很快很准确的脚法把球崩给了中路的队友，由他使用一个很奇巧的凌空拐带，轻轻松松地把球送进了我们的球门内。哦买嘎！当时，他们的这个配合打得太轻巧，以至于我们这边的守门员，对这个球完全没有作出反应！哎。当然，主要原因还是我们校队的能力太差。

也是因为这一个球，导致我们这边更换了守门员。因为丢了球，队员们一致声讨，要换那个叫高津的门卫上场，嫌这一个守门员太笨。因为过于紧张，致使自己来不及反应，使一个并不该丢的球入网。

后来，我从小罗那里听到了那个叫高津的守门员的一些事。据小罗说，这个叫高津的原本名声就很臭。因为有手脚不干净的毛病，很被大家瞧不起，并且经常欺负他。后来，他还犯过一次大错，偷偷去扒女生宿舍的窗户。偏偏又被人给察觉，告到了学校，就被打了个半死。从那以后，他名声就更坏了，以至于连个正经的专业也没有，大庙小庙都不收。足球队组建，招兵买马时，他就去了。可那帮人并不待见他，不带他玩，只让他试一试守门员的活计。然而，歪打正着，这家伙还真成了。有一次，他在扑一个球时，因为扑得过狠，一下把球压在了肚子底下，正好疙在胸口上，把他自己给兑没气了，趴在地上起不来。从那时起，贾教练看好了他，觉得他不惜力，不畏摔，就收他做了正式守门员。

然而，这一次比赛开始前，对于让他上场的问题学校还有些顾虑，换了另一个守门员。真不知学校是怎么想的，难道怕来的球队看出高津曾扒过女生宿舍的窗户？结果，另一个上场的守门员偏又是个不争气的，不能让队友们满意，于是才重新调整，令高津上了场。

后来，换完守门员，比赛又热热闹闹地开场，接着打。最后，比分战成了四比五，邻区的球队略升一头，以一分之差小胜。这个结果是我从甲班的小葛那里听来的。因为要上课，我没能看完那整场比赛。还好，甲班这一节是体育课，有幸看完了整场。在我又去看比赛时，从小葛那里听到了比赛的结果。

当我再次赶到操场的时候，两队的队员正在相互交谈着，有的还彼此交换球衣并合影留念呢。在一边站着的小葛不住地感慨：

"哎，四比五，人家赢了。不过，人家对此还不满意。说这是他们比赛以来最惨的一次。在其他的地方根本就没有这么费事的。"

"太牛了，简直快疯掉了。"

不知道为什么，这话听起来怪叫人别扭的，尽管也不是什么大逆不道的话。不过，不服人家也不行，据小葛说，人家队里有真正的高手：

"你不知道吧平子，人家的队长是在南方一个省队的俱乐部里效过力的。一边踢球一边学，已有了三年的实战经验，光学费就好多钱的。厉害吧。"

"听他们说，踮五百个球对于他来说简直是小菜一碟。哎呀妈呀。简直太帅了。"

"我也最喜欢踢球了。钱嘛，还不是大问题。主要是我爹，总觉得踢球算不得是什么正当职业。不如去上大学可靠。怎么也是有个铁饭碗牢靠。"

"我妈更有意思，她说她一看见人摔倒了就害怕，说是踢球太危险。太好笑了。哎，拜拜了您哪我的足球哎。"

小葛确实是个好球的，这厮买了许多的足球杂志，床头竟还有许多的球星大头贴。他的好球在班里、学校里都是很出名的，用废寝忘食来比喻他也不为过。经常饭未吃，拿着馒头就上球场去了。而且，几乎是逢人必讲小罗、欧文和齐达内。

我们一起站在球场边上，看着那些从事着世界上最美妙工作的人们欢笑、拥抱，一边无奈地聊着闲天。

小葛说的这些话是有巨大的象征性的。后来，我一直在想，咱们中国的球迷们总是埋怨那些球员们的球技臭，却从来不反省反省我们自己。我们中有几个人爱球爱到舍得让自己的子侄放弃功名利禄去学球的地步，恐怕还没有吧。

那些球员的球技烂，那是他们的天赋有限。可要说他们不热爱足球，我首先一万个反对。大家看，有谁能像他们那样，撇产撇业地去学一直看不到希望的中国足球。哈哈。当然了，算起来，不去学足球，也不全是咱们球迷的原因，工作终归是孩子们的终身大计，实在是太过重大了，不能儿戏。而那些"球鞋"的老爷们，他们怎么就不能想想办法，如何能叫学球的人提高一点积极性，自己乐意去学球呢？是吧？那应该不算是什么太难的事情吧，对于他们来说。我们不就是希望将来能有个不错的大学学历，然后有份体面又稳当地的工作吗？他们把给球员们的特高开支转换成这个不就行了嘛，用来给一个球员开的钱，只怕给几个人搞培训都够了吧？是吧？我觉得，实在是他们太过于不作为了吧。再说了，现在的金牌计算方式对于那些喜爱足球运动的国家来说，公平吗？费那么大劲头，那么长周期，才一枚，还那么难得到手。你说拿个冠军容易吗？您才给一块奖牌，人家扔铅球铁饼的扔那么几下，也是一块呀。也货真价实的很呢！举办奥林匹克运动的目的不是为了叫更多人参与到运动当中增强体质吗？他们，不是做得已经很好了吗？要只是为个金牌才去踢球，那，他们的金牌大概也早变成别人家的。是吧？我说，咱们中国的足球不是输在技术上，是输在钞票上了吧，球迷兄弟们。我确实是这么想的。而且，就是现在，我还是这么想。我是不是有点"咬群"的嫌疑啊。啊，没错，我喝酒了啊，呵呵呵……

不过，足球事业总归是一件很美妙的事情，为了这个，我们很是高兴了一阵子，整天回味这场比赛的精彩。

除了这个，我们还有更开心的事情。那就是，宇轩把李广大个子给扁了。不过，说起宇轩收拾李广的原因，实在不是为什么正经事，甚至都有些可笑。

一天中午，云奎小子在教室里满世界地借钱，可没一个人肯帮他。也是这小子的德性差，实在招惹不得。他，还有那个叫李丁的家伙，是有了名的"馋嘴猴儿"。俩人在外号称早已吃遍了"南天门"小货铺。然而，前不久，一个在"南天门"欠了一屁股债的孩子，一拍屁股走人了。吓得"南天门"赶紧紧缩银根，生怕再有类似的事情发生。于是，也就把云奎这个"寅吃卯粮"的家伙给打出了原形。既然是这么回子事情，大家谁还肯招惹他。后来，云奎借了一半天也没捞着半张银票，便坐在座上叹起了气。后来，久了，就把后面的宇轩给惹得不耐烦了，说他：

"干吗呢你，青天白日地，叹什么气，把我叹得都不耐烦了。"

见有人问，云奎就发起了牢骚：

"唉，我不是跟李广借了些银子嘛，说好下礼拜还的。结果，他现在就立逼着我要。"

"我不是没有嘛，他就打我，还煽了我好几个大巴掌。"

"他让我还，还不上还打。我都借了一天了，平日里你好我好，可到了事情上，竟没有一个人肯帮忙。"

云奎说着，还感叹了起来。这么一来，宇轩就脱不开了，便忙帮着他出主意："也是个问题。可快休假了，谁还有太多钱。要不，你去找找刘老师？"

宇轩刚这么一说，云奎就卜棱起了脑袋：

"算算算，我找她，还不够吃她那顿损的。"

"我还是想别的办法吧。"

他这么一说，宇轩也没了好主意，说，要不让他去跟那个李广去讨个人情去，让他宽限云奎几天？还没等宇轩说完，云奎就撇起了嘴：

"哼，他能听你的，说不定啊，你找他一说，他揍我更狠呢。"

"你说他，连好赖话都听不懂，那他就该挨揍了。"

宇轩的这句话说得极响，我们大家都听到了。本来，大家就对那李广有意见，一听见宇轩说要揍他，都围了上来看究竟。后来，见宇轩说得肯定，云奎也信了真，就与宇轩商量试一试。因为与李广不熟，得先由云奎去把李广叫出来，宇轩才好跟他说。说定了，云奎还不放心，说可千万别不管他，这才去丙班的后面去叫门。门刚刚打开，就有一双手伸出来把云奎揪了进去。宇轩和我们大家都站在教室门口等着云奎和李广呢。看见事情突然有些失控，我们大家赶紧一块儿跑了过去，推开门叫云奎出来。而李广看见我们这么多人就有些不自在，嚷了起来：

"啊，干吗啊，这么多人，想打架怎么的。"

李广一边说，还伸手过去抓领头的宇轩，边说边往外推。我们哪里肯走，总得把云奎整出来。后来，见推不动，李广又伸出两手来卡宇轩的脖子。他这样一闹，就把宇轩惹毛了，一下扑了他去，后面的这些人也一下跟着拥了进去。

于是，一场混战开始了。

里面随即响起了打斗声，桌椅的撞击声，还有女孩儿们的尖叫声。不好意思啊，本人的力量不足，没能挤进去观战，不知道当时的具体战况究竟如何，无法现场直播。一场战斗之后，宇轩首先带着怪笑跳了出来，站到了操场当中。后面，抄着一条大棍子的李广也随着跳了出来。不过，就在他将要打冲锋时，被赶来的张班主揪着领子拖走了。直到这时，才平息了更大的战斗。

这就是当时发生的事件的起因以及整个经过，实在是算不上什么体面的战斗，相对于家仇国恨来说，真可谓寒碜之至。这天，打了架，惹了大乱子，可我们竟没有一个人害怕，反倒都很兴奋。回到教室后，大家还围在一起评点刚才的战果，小罗直夸小良：

"嗨，小良去了还真猛。李广挨了揍还想打，结果，被小良两手一按，把他贴墙上动弹不了了。宇轩又过去补了两脚。真解气。"

说到这里时，小罗又说了另一件事：

"你们没留意，宇轩跟李广干的时候，泽昆从背后朝宇轩抡了一椅子。"

"他呀，还想抡，被我和石头一把抱住拖到一边去了。要不，宇轩准吃亏。"

经他一说，大家都关切起来，忙问宇轩有没有受伤。结果，宇轩把周身摸了个遍，也没有找到哪里受伤，大家这才又高兴起来。

高兴完，大家还开始商量怎么对付这件事。最后的结果就是，说谎。大家一致说定，我们大家全是去劝架去了。只说看见李广打云奎，就赶过去劝架，还说谁也不准说闲话。

正如大家想的，这件事情并没有搞到太大动静，只把小良和宇轩两个主犯叫去问话。后面就没有音讯了。

更没想到的是，我们先时最担心的教练那头竟也出乎意料顺利地过了关。

因为宇轩和小良叫去处理，晚了点才来。宫头和正头一问我们，就知道他两人打架的事情。他们一听还挺火的，一块去路口等着那两个闯祸的英雄去了。我们还真替他们捏把汗，知道他们是逃不过一顿扁了，只能替他们念念经，超度超度。刚开始，郑头还黑了脸问小良，"你小子还敢去打架，是不是皮紧了？"吓得小良子低了头不敢言语，一边的宇轩还赶紧地把事情往自己身上揽，说是他打的架，小良子拉架的。可后来，两个教练听明白他们是跟李广打架去了，才不再像之前那样紧张。其中的宫教头还教唆起了宇轩：

"是李广啊。以后呢，得了空你还揍他，啊。"

听见宫头这么说，宇轩还挺不敢信的，连连摇头，只说以后再不惹事就是了。看见宇轩没有开窍，宫教头就道出了这其中的玄机：

"是这样的，这李广挺大个个儿吧，可仗了家里有几个钱，什么专业也不学。"

"这还不算，还整天在学校里游游逛逛，打架惹事。我们早就想收拾他了，没有抓住把柄。"

"以后得了机会，见他找麻烦惹祸，你就过去修理他。"

这样的处理结果，是我们万没有想到的。只这一下子，我们的一切担心全都化为乌有了。而且，还意外地有了金牌律令在手。这可真是件好事情。当时，我心里还直骂娘呢，心说，宫教头丫挺可真是的，有好事丫怎么不早说呢？害我们担心。

不过，这件事情发生之后，我们多少有些担心，生怕不知在什么时候李广会报复宇轩和小良子。可事实证明，是我多虑了，李广仿佛并没有我们想象的那般可怕。开始的时候，他好像还有些心有不甘，老是朝我们这边瞅，可终归什么也没敢做。不但不似先前那般嚣张，耀武扬威，就连我们这一边的一个人毛毛，他也不敢再招一招了。胜利，绝对的胜利，超强的心理震慑。

呜呼，哦买嘎，过瘾！

也因以这一仗，宇轩一下子成了我们大家的老大了！他开始深受大家的拥戴，并且没有任何异议。是啊，连那么大号的地头蛇都敢招呼，还有什么人是他摆不平的？而女孩儿们就更夸张了，在宇轩打完那场架之后，就开始创造起更凶猛的传奇故事。她们猜测宇轩可能是什么武术高手，还有的传说宇轩是什么功夫世家的子弟。对这些猜测，她们颇为自信。理由是，宇轩在去找李广打架时，是满脸含笑地过去，以及在与李广动手，甚至打完架撤退时，他的脸上也始终是笑嘻嘻的。这就是她们的依据。这些事情都是她们从丙班的那些女孩儿那里听来的。于是，有了这些根据，她们就开始作各种各样的猜测。她们觉得，在这么严重的事情面前，还能够"谈笑风生"的宇轩，必定是高手，要不然，他怎么能够笑得出来呢？对于这些说法，我不怎么敢苟同。对于宇轩打架途中，以及打完架之后，为什么笑，我不敢妄加揣测。可他在打架之前的笑，一点不难理解。当时，我们压根就没有准备去打架。是后来事情到了那地步，不得不打，才招呼起来的。

可对于宇轩的传言依旧很多，而且大有封他为神仙的意思。倒是后来，建林老兄对于宇轩的猜测有些靠谱。据他说，宇轩的功夫大概是从庄里的习武院里学来的：

"他呀，大概是在他们庄里的'习武院'练过武术。原先，我们篮球队里就有一个师兄弟是他们庄上的，那人就会功夫。"

"那时候，王崮和糊涂儿他们都不太服气他，一群人和他打架，都赢不了他。玩偷袭也不行。"

"有一次，在后面宿舍区的月亮门那里，王崮和糊涂儿两个想在人过来时，突然抱住人家，把人放倒。结果，他们刚想动手就被人发觉了。人的感觉仿佛特别灵敏，一看见他们，马上来了一个单手后空翻，然后，啪啪，左右连续踢出来两个"扫堂腿"，把他们全都扫到了地上。人就是在庄里的"习武院"跟着那些年纪大的人练习武术的。宇轩大概也是那样。"

后来，与宇轩闲聊之后得知，他确实是在"习武院"里学的武术。不过，不管是在哪里学来的吧，有身手就好。

在对宇轩的追捧之中，瑞青老姐最滑稽。她竟还开始巴结起了我，想让我帮她在宇轩跟前多吹吹风，好在她遇到麻烦时请宇轩去帮她出头：

"到时候，一有人欺负咱哥们儿姐们儿，马上叫宇轩，'哥们儿，有人敢欺负咱，给我揍他。'然后，宇轩过去给他们劈头盖脸就是一顿煸。过瘾，解气，那多有面子。"

"咱们有了宇轩，看他们谁还敢招咱们。以后的日子可好过了。"

瑞青老姐把宇轩说得都有些像个暴徒了，让我止不住地笑她。当时，除了她，还有我们小师妹寒卿，她也成了宇轩的忠实粉丝。而且，佩服得都有些魔怔了。她不光学宇轩那一高一低的弹簧脚似的走路姿势，就连站立、伸手抬脚、一举一动、说话的腔调都模仿宇轩。尤其是爱学宇轩那个招牌动作，"八"人手式。这是宇轩时常摆的一个姿势，就是极懒洋洋，但又傲视一切的"八"字手势。那会儿，寒卿自己一边学，一边还忍不住地作怪样，咯咯坏笑着问我们她学得像不像。说实话，她学得还真是挺像。可也因为她学得像，才使我留意到，在宇轩的身上确实带了那么一股子桀骜不逊的匪气，听好，是匪气，比流氓气更将浓烈。可在他的一举一动中，又好像特别的自然不过，一点不觉着乖张。反倒是经寒卿学出来，竟显得特别的做作可笑，就像一个人时时都在故意地摆酷耍帅似的。德性，这大概就是北京人常说的德性吧。

不光是女孩儿们崇拜宇轩，就连我们的大块头小良子对宇轩也是恭敬有加。他曾跟我讲过一件事，说有一次他在跟宇轩一起说闲话。在这档，他就在掰了宇轩的手指头玩。开始，他掰了宇轩的手指头一下，感觉掰得挺严重的，可并没见宇轩叫疼。于是，他就又掰了一下，这一下，宇轩的中指和手背都挨到了一起，可就是这样，宇轩仍旧是一声没出。他还奇怪呢，说要是别人早不知疼成什么样了，他怎么就不疼呢。等他抬头看时才发现，宇轩的脸色早已经煞白煞白了，头上也渗了一层汗。对这件事，小良一头雾水，百思不得其解：

"这个人太怪了，我问他疼怎么不言声，他说，'开始的一下能忍住，就没言语。而后来那次已经疼了，再说话也是疼了，不如不言语。'什么理论，真是个怪人。"

"叫我看，他这人太死要面子活受罪。搞不懂。"

小良子说这些话的时候，一脸的神经，很像研究苹果时的牛顿，虽然这样，我知道，他打心底里还是非常佩服宇轩的。

后来，我留心了一下，发现真是这样，宇轩的手指上真有一节已经发了青，又黑又肿，伤得挺严重。不过，对这些，我并不太为意，觉得男孩子受点子伤不算什么。至于宇轩是个怎样的人这种哲学级别的问题，我也没有太多想，觉得太高深，搞不懂。倒是想想他们那两个那般高大，像巨人一般的大块头在一起挨着坐了，掰着手指头玩儿，确实挺有意思的，想想就让人觉得很滑稽，又很温馨。

不过，现在起回想起小良子说的话还真的是有道理，死要面子受活罪确实是宇轩性格中的大缺点，而这也正是造成他后来悲剧结果的元凶吧。

不过，在这段时间，可还真算是一段难得的快乐日子。

呜呼，咪咪啦啦。

第八章

校草之恋

不知是不是到了春天故事就会多起来，反正这年春天的故事特别多。在短短的一个飘絮季节里，发生了许多的故事。

最初，是小师妹寒卿意中了宇轩小子，并向他表明了自己的心迹，要认他做哥哥。

这件事，就发生在教室里，整个事情也进展得麻麻利利，没有一点隐着瞒的意思。

一个下午的自由课上，还有不少人留在教室上自习课，我也在。开始，寒卿她们几个女孩儿聚在一起耳语了一阵，后来就全都躲了出去，留下她们大姐明霞去后面找宇轩。于是，这件事就这样不期而期地发生了。

是明霞先开的头，她说：

"哎，宇轩，我问你，觉得我们寒卿怎么样啊？"

"不错啊。"

"那，我帮你介绍介绍呗？"

我肯定，明霞确实是这么单刀直入地说。她的直接还把宇轩给说乐了，突然自笑了起来：

"噢，我可是个穷小子，连自己个儿都养活不好，恐怕不行吧。"

"可，我们卿儿不嫌。"

明霞的这些话说得非常潇洒，显得很得意。显然，那几个女孩早已经过预谋了。她的话也真够锋利，一下就把宇轩的退路给抄上了。说完，站在那里等宇轩的回话。可宇轩并没有搭她的茬，却低了头犹豫起来。后来，看见，宇轩并不痛快，明霞转身悻悻地走掉了。我记得当时的情况确实是这样的。

这是不是有些奇怪呢，真是到了大兴安岭了。当然，我倒不是说寒卿小师妹向宇轩小子挑明关系的事情奇怪，这没必要。对于这类事情，我们大家早已司空见惯了。在之前，别过紫贤与明霞的事情不说，就是后来的吕伶与美婷的事情也很让大家开眼。之前，吕伶和美婷两个都有自己的哥哥。一个是足球队的队副大个子邵兵，一个是后来奔了足球队从城里转学来的甄平。这两个学长全是学校里极负盛名的男生，说出话来在学校内颇有影响力。尤其是那个甄平，据说是他们那一片街上的孩子头，也就是俗话说的地头蛇，欺个男霸个女，抢抢人家小老婆什么的。

至于她们和那些学长们之间的事情，更是明目张胆。在晚上，或是在大课间的时候，两帮红女绿男经常地站在教室前面无所顾忌地相互指指点点，还连带放电，很是不知收敛。这早已不是什么秘密，只怕连旁边办公楼里进进出出的教师爷们也早风闻已久了吧。与那两个丫头比起来，寒卿小师妹顶多只能算是个自家地里生产的内销品而已。所以说，这是一点也不用大惊小怪。没办法，谁让现代人的生活水平高呢，促使荷尔蒙的生产量大幅度提升。

不过，这倒不是说寒卿小师妹土气、不漂亮。正相反，寒卿小丫头还是挺漂亮的，高挑的身材，活像一个model，要说不漂亮，那绝对是吃不到葡萄的缘故。她另外引人注目的地方，是蛮有个性。就拿她的装束说，在整个学校也是独一无二的。学校里长发美女可不少，而寒卿却独独理了个超短的分头发型，而且非常的短，比一些男生的头发还要短。另外，她的穿着也极富特点，通常情况下都是一件黑亮的中性皮夹克衫或是黑风衣。走起路来，又是方方正正的老爷步，非常酷。她又不太爱笑，绝对是个冷丫头。据说，语言能力强的人肢体语言往往很差；而肢体语言能力很强的人语言能力往往又很差。不过，据说这类人的心思十分细腻。不知道寒卿是不是就属于这种情况。和寒卿形不离影、秤不离砣的紫贤，又偏偏是个脂粉英雄，专爱穿正统的衣裳，显得特成熟。这样的打扮一行动起来，会显得娥娜多姿的，说得难听点颇有点狐狸精的味道，总之,她的"范儿"和寒卿的风格正好是个大反调。而紫贤又极依赖寒卿，连走路也必定要挽着她的胳膊。她们这两个亦庄亦谐的另类打扮，每每在学校里走动，江湖气十足，十分拉风，堪称学校的一大景观。正是这样个冷丫头，竟被春风吹浮了情窦，被花香叩开了心门，向宇轩抛出了橄榄枝，着实地证明了春光的大好。

而宇轩呢，可真怪了，与校花交好的大好机会摆在面前。他竟还耍大牌。要知道，连邵兵学长他们对这样的"艳遇"也是趋之若鹜的。可到了宇轩这里却出现了死机现象，只怕只有他这样独特的"大侠"才能干得出来这样的事情吧。这能说不怪？

后来，这件事就成了这个结局，没了下文。不过，事情过去之后，寒卿好像并没有表现出不高兴来，依旧像以前一样地对宇轩。反倒是宇轩自己表现得有些尴尬，每次上专业课，都是一个人躲得远远的，孤零零一个人在旁边，不再跟我们大家在一起。

故事就是以这样一个开头拉开了大幕。而这，只不过是故事的一个小小的序曲而已，大的热闹还在后头。

其实，寒卿小师妹也有自己的拥戴者，是云奎。篮球队刚解散的时候，这家伙原本分到了短跑队，可他不干，找了宫教头，转到了我们队里。而他来的目的就是为了寒卿。自从他来了以后，就百般地讨好寒卿，一副低声下气的架势，总是把脸笑成一朵花，拿好些话来恭维寒卿。

据我想，寒卿之所以向宇轩挑明关系，恐怕和这个家伙多少有些关系。说不定，正因为他的死缠烂打才加速了这事情的实施速度。不过，寒卿对他仿佛一点不感冒，总是冷冷淡淡。这也难怪，实在是云奎老小子的形象有些对不住劳苦大众。事先声明，这可不是我个人的意见，就连我们"刘斑竹"都这么评价他。一次，云奎又故意跟"刘斑竹"找着杠抬时，把"刘斑竹"给惹不耐烦了，随口呛他说："云奎啊，你挺大个子啦，怎么还捅鼻涕泡啊。你不害臊啊。"或许，云奎不一定真的有鼻涕泡，可他确实给人一种那样的错觉。这家伙说话很不清楚，像是嘴里含着一口唾沫，斯拉斯拉地。而面对"刘斑竹"这样挑衅的话，他也只是撇了撇嘴表示不满而已。单从这一点上就不难想象得出他是个多么稀里糊涂的家伙。

后来，不知道云奎从哪里听说了寒卿与宇轩之间的事情。当然，打哪里他大概都能听说吧，宇轩与寒卿之间的事情实在不算小。这可把他急坏了，开始整天跟了寒卿苦口婆心地劝慰她。可不管他说什么，是说宇轩的无情，还是反衬他自己的好，寒卿只是一句话给他："他又没有直接拒绝我。"

不过，面对寒卿的拒绝，云奎并没有就此放弃，而且，还从中耍起了小手段。一天下午，上专业课的时候，云奎悄悄地塞给了寒卿一封信，还不知说了几句什么话，一下就让寒卿变了脸色。后来，压腿的时候，她还把宇轩狠狠地数落了一顿：

"你很得意是不是，可以羞辱我？"

"你觉得这有意思啊。"

寒卿很生气，连脸色都气白了，对宇轩说话一点也没客气。面对寒卿这样的责难，宇轩只是低了头，满脸的惭恨之色。

不过，这件事很快就被查明白了，是云奎在其中作梗。下了专业课，做放松时，宇轩把云奎叫住了，问云奎他都跟寒卿说了些什么，云奎倒也痛快，一下全招了：

"我就是说，那封信是你写的嘛。"

"你怎么能那么说，是你求了我，我说不写，你非说字拿不出手我才帮你抄信的，你怎么能这么干。"

"哎，我也知道这不好。可我不是喜欢寒卿嘛。偏偏她又喜欢你。"

"可是，你既然不喜欢寒卿，干吗不干脆告诉她。"

"混账，这是什么话，也是你说的吗？"

"哎，是是是，我不说，我不说，唉，唉……"

宇轩挺生气，云奎也唉声叹气，说自己知道不好，以后不说了。宇轩也没有办法，警告他以后不许再乱讲，还说，能帮他的他自然会尽力去帮他。

当时，宇轩并没有太为难云奎，可云奎小子却并没有就这般作罢，最终还把那把握在手里的撒手铜给抛了出去。

一天晚上，我刚走进教室就听见一些琐碎的传言，像是有关宇轩的。结果真是这样，我刚走过去就被瑞青老姐一把拉到了一边，问起这件事来：

"哎，平子，你和宇轩那么好，知道他的事吧？"

"好，那我问你，宇轩喜欢欣薇是不是真的？"

"谁跟你说的，我怎么不知道啊？"

"大家都这么说。好你小子，跟你老姐还不老实。"

我这一问三不知的态度让瑞青老姐很不满意，也确实有些对不住她。可是，不这么说我又能怎么办。说没有吧，宇轩这小子又说过那样的话；说有吧，他确实又不是像他们说的那回事，那种意思。你让我怎么回答。难道说谎啊？妈妈说了，说谎滴不是好孩子。

关于这件事情，完全是个误会。

一天夜里，我们宿舍搞卧谈会。因为闲来无事，就扯闲篇说闲话。后来，几个闲人就谈论起班里的哪个女生漂亮来。当时，因为这个话题，大家还从中知道了石头的妹妹竟然也是个大美女。耿峰问石头知不知道他们那里的两个大美女，除了吕伶以外的另一个是谁。结果，石头说不就是他妹子吧。弄得不少哥们儿都紧跟着巴结石头，都说自己跟石头的关系最铁。其实，大家当时就是在说闲话，找乐子的，并未太认真。自然，每个人都说自己家乡的美女更漂亮，也就是夸自己有福气的意思。大家只是在闲聊，闲扯淡的。

后来，宇轩回来了，还是那么一副一本正经的摸样。他的样子搅和得那几个人都不好接着前面的话说了。后来，云奎看出了苗头，为了缓和气氛，故意地使坏，和宇轩逗起来。他使劲地往旁边挤宇轩。开始，宇轩还端着，云奎一挤，他就往旁边挪。后来，云奎把他挤到了边上，仍然在挤，他这才看出点意思，跟云奎抢起地盘来。看见他说笑，气氛才渐渐缓过来。

对了，云奎原先是在上铺的，并未挨着宇轩，是后来宇轩为他跟李广打了架的那天晚上挪过去的。他刚搬过去时，可没忘记跟宇轩说许多恭维话，说宇轩那么帅，功课又好，身手又那么厉害，等等的一些话，说得天花乱坠。当然，在那些话之余，他也没忘了抬高抬高自己，说他局长老爸李刚多么多么厉害(竟和后来那个因儿子出名的李刚还是同样的写法)。还说要是他自己像宇轩这么有本事，他那个局长爸不一定该有多高兴。还说，要是他考了大学，他老爸准保立马给配一台车等等的一些海话。说得很是嚣张。不过，不光云奎在宇轩跟前说这样的烧包话，还有其他的一些人，他们也总是这么说。比如大胖子吕健，他就常在宇轩跟前讲，说他们家的大货车有几个大车轴，几个大车轱辘，是花多少多少钱提回来的。又说他们家的摩托车有多豪华，多有马力。还有西平，他自己家没有可讲的，就把别人家的拿来讲，说三亮家的两辆蓝鸟车有多新，多高级等等。可后来听二亮说，其实，他叔家的那些车是人老板家的，三亮爸爸只是个司机而已，只不过，有时会把车开回家几天。可他们不管，就拿来在宇轩跟前炫耀。当然，他们这样说，是有些目的的。宇轩是学校的特招生，就是全部免费的学生。因为有才能，只是家庭条件差一些，所以，受学校特别照顾。因为这个，他们好像找到一点自信似的，使劲在宇轩跟前炫富，好像说，看看，看看，我也不是一无是处，至少我有钱。然而，宇轩对这些举动好像很迟钝，常常表现出佩服的表情，还替他们骄傲，凭空地给那些家伙建立自信心。

对了，还是说那次卧谈会吧。当时，因为宇轩也说了几句玩笑话，大家又恢复了情绪，重新攀谈起来。其间，云奎还不失时机地问宇轩，问他喜欢班里的哪个女生。云奎刚一问，宇轩就又重新警觉起来，恢复了那种老古董架势，问云奎问这个干吗，这又是什么意思。看见宇轩紧张这件事，云奎便一力地解释，说：

"没别的意思，没别的意思。"

"我们在谈论班里哪个女生漂亮。可咱们这里漂亮女生太多了，你看，冬妹吧，又漂亮又大方；还有萧笑、嘴那么甜，鬼灵精怪的，最会哄人。"

"我们分不出谁漂亮，谁也说不下谁了嘛，是想看看你更喜欢谁，觉得哪个女生更好。"

"想让你给下评断。"

云奎使劲地解释。开始，宇轩还挺紧张，只是不肯说。后来，见大家都在谈论才渐渐放了心。又被云奎缠不过，才发表了点意见：

"叫我佩服的女生还真不多，要是比较起来，嗯，应该是咱们班长吧。"

"就前几天，学校运动会上，女生一千五百米长跑上报名。你们说，咱班有多少专业组的女生，可没一个人报名，怕辛苦吧。后来，欣薇就上，为了班里不丢一分么。"

"她多瘦小，却去完成最重的任务。这样的女生，真是可畏、可畏。"

当时，宇轩确实只是说了这些大官话，一点新意没有。欣薇的厉害我们班里尽人皆知。尤其是，寒假时的联欢晚会上，为欣薇叫好的人多了去了，还用宇轩说！那个晚会上，欣薇曾一连跳了六七场舞。别人还好，有时可以休息一场。可她不行，因为是领舞，场场不落。只能在主持人报幕的间隙跑下去换下服装。跳到最后，她已累到不行，脸色蜡黄，满脸汗气，碎发一挬一挬地贴在脸上，神色疲惫极了。心疼的女孩儿们集体地给她祈愿，暗暗地替她使劲。欣薇是那种任何事情都力求完美的人。她的厉害谁不知道？

宇轩就是这么说的。除了这个，也就没有其他的意思了。然而，竟然有人拿这件事情做起了文章。

宇轩自己把这件事看重了，认定是云奎在给他使坏，就把他给打了。就在这天晚上熄灯后，从教室回来的宇轩点着名把云奎叫了出去，然后，黑暗里就听见云奎被踹了两脚和云奎辩解的声音。可宇轩根本就不听他的，还恶狠狠地警告他：

"少推脱，就是你。我倒没什么，欣薇一个姑娘家怎么办？"

"我跟你说，立马闭嘴，你要敢再乱说，我还揍你。"

宇轩真的生气了，一点也没给云奎好颜色。更崩溃的是，就在第二天，正如宇轩说的，真就又把云奎给打了。不过，挑起事端的并不是他。

因为挨了打，云奎心里有些气不公。第二天吃早饭时，就嘀嘀咕咕地咒骂宇轩，说不能就这么跟他算了，一副气鼓鼓的样子。旁边的三亮和西平两人又从旁起哄云奎，说他：

"就你？还跟宇轩不能那么算了，你也敢说？"

"这要是换了别人，我们还真得看看，可换了你，打死也不信。"

"还不能算了，说得跟真事似的。"

他们两人一力地鼓动，就真把云奎的劲给说上来了。去了教室后，捡了条大木棍子，对了宇轩比比划划。不过，又不敢真动手，就在那里耗着。后来，一直到上课，他也没敢采取什么行动。

后来，教师未到，宇轩便宣布了上自习课。云奎想收手，又被人看着掰不下面子，打，又下不了决心。于是，就开始故意地敲桌子砸板凳捣乱。开始的时候，宇轩倒没有急，只是叫他不许捣乱。后来见不停，就伸手过去要他的棍子，偏云奎只是不给，还和宇轩像拔河一样在大课堂上夺扯，还往桌角上硌宇轩的手。他这么一来二去地闹，就把宇轩惹毛了，伸手过去，揪住他脖领子拎起来，左右开弓削了他几个大嘴巴子。

这下可好了，云奎抓住了宇轩的错，把他告到了"刘斑竹"那里。"刘斑竹"直责问宇轩怎么能打人，宇轩也很不服气，只承认自己打人不对，说叫云奎打回来就是了，他绝不还手。可他不承认维持秩序有什么不对。对于这样的结果，云奎很不满意：

"打了才说这话。他要是事先说了，我才不招他。"

"打了又怎么样，疼也是早白受了。"

后来，"刘斑竹"作主，云奎的耳朵让宇轩给他找医生看，医药费全掏，才把这件事给说下来。可云奎并不甘心，等"刘斑竹"走下来时，他又悄悄地把她拉到了一边，说：

"宇轩揍我已不是第一次了，他老揍我。"

"有人说他喜欢欣薇，他怪我，只说是我干的，就揍我。"

看见事情挺严重，又出现了男女作风问题，"刘斑竹"就把宇轩与云奎叫去一块处理了。回来之后，就宣布撤了宇轩的班长一职。自古以来有多少人栽在了象牙床上，又有多少人栽在人们的舌头尖上啊。唉，这个精装版的社会模型。害了宇轩的云奎，在那之后，自己也留了心，不知从哪里搞了把挺大的匕首，整天捌在腰里，生怕宇轩再揍他。

谁也没料到，事情竟然被搞成了这样，一团糟！至于云奎的刀子，倒也没有派上用场。这两个家伙只顾了闹，却不想想究竟把夹在他们中间的寒卿放在了什么样的处境上。无疑，他们几个人之间的事情，旁人早已是心知肚明的，再经了这么一闹，就更加沸沸扬扬了。原本，那封信事件之后没多久，寒卿就不恼宇轩了，她大概也知道了内幕，不再怪宇轩，不仅不怪，对宇轩较之以前更加亲近了。

哎，现在想来，寒卿可真是个执拗的姑娘，恐怕，也只有在年少时，才有喜欢一个人喜欢到死心塌地，喜欢一个人喜欢到不计后果的地步吧。

这次这么一闹，就把寒卿的心全给伤透了。自这件事发生起，寒卿开始频频地逃课，大凡自习课，多数时候躲在宿舍里不肯出来见人。她的面容也不似先前那般晴朗俏皮了，总是一副凄苦阴郁的面容。钢铁是那样被炼成的，而花朵是被这样摧残滴。

自然，始作俑者就是宇轩，再怎么说，他也难逃其咎。伤害这么可怜的女孩子，天说也是一种过错，天杀的，不可原谅。于是,在那一段时间，宇轩真就成了班里人人得而诛之的"贼臣逆子"、"全民公敌"了，谁都敢拿他发难。

一次，宫教头安排我们训练单腿后蹬的项目，以此来增加腿部的力量。本来，紫贤的腿太过修长，力量又不太够，所以一跳起来，腿就有些打软。

宇轩看见了，忍不住笑了一下，紫贤看见就不干了，问宇轩笑什么，宇轩说她的腿有点像少林小子的旋风腿。本来么，宇轩没有坏心意，只是说笑了一下而已。结果，就招来了紫贤的一通雷烟火炮，讽刺他说：

"就你一个人好是吧？世界上的人有谁能入得了你老人家的法眼！"

"眼睛都长头顶上了。"

"是吧，冷血动物。"

紫贤说得狠狠的，宇轩被她的话呛得直眉瞪眼的，可一点招儿也没有，一个人躲开，遛一边生闷气去了。他的窘样弄得我们哥儿几个大乐不已。

其实，不光是寒卿的小姐妹们敢拿宇轩说事，就连云航君这般模样的也敢拿了宇轩撒气。

说来，那段时间我们老云航兄也挺可怜的。

自从宇轩与寒卿的关系彻底闹僵了之后，云航君就捷足先登，作了寒卿的护花使者。这段时间，不管有事没事，但凡有一小点时间，他必定遛了墙根，跑到女孩儿们的宿舍去。这段时间，他经常地跑，以至于连他最上心的专业也荒废了。为了这事，他还很吃了二亮的一通老鳖。说来也是他自己的嘴欠。头年冬天测冬训成绩时，他的八百米成绩超过了长跑专业的二亮，加上他春天时又曾跑过两分二十六的成绩，就笑人家二亮，说了一些"姜还是老的辣"之类的海话。谁曾想到，到了来年春天，多了寒卿小师妹这么一回事，他就把专业给耽误了。到开春后测素质时，用了一冬功夫的二亮，一下就跑出了两分二十秒的成绩，盖了他不少。这一下，人就有了话说。那天，二亮几乎把积压了半年的怨气一点不剩地泼给了他，指着鼻子才吼他呢：

"啊哈，云航，你还记得你跟我整的什么姜还是老的辣吗？"

"啊，啊，还说我一辈子也别想赶上你是吧，你的话全都当屁放了吗？"

"啊，咋的，不服啊，上跑道说话去？"

"你不是抽烟嘛，抽死你丫个死货。看你还狂不，叫你说大话。啊，啊，不服气是咋的。"

这次，二亮满世界地挤兑云航，说得唾沫星子乱飞，看那劲头，只恨不能扑上去咬云航几口解气。云航面对二亮这样狂猛的进攻，表现得有点缺钙，竟一点脾气都没有，只剩嗤嗤傻笑了，任由了二亮随便拿捏。

可实话说，云航君确实在寒卿身上下了不少功夫，说他废寝忘食怕也不为过。为了这个，他还曾闯了两次大祸。

第一次是个中午。当时，大家刚要午休，躺在铺上的云航突然尖叫了起来：

"哎呦，吓死我了，可把我吓着了。"

"刚才，我还没有睡着，心里清清楚楚的。就看见个女的，一点一点朝我爬了过来。"

"我能感觉到有猫那样东西的小爪子在我身上走动，它一点一点朝我心口爬过来，我看见那是个女的。后来，那女的冲我一笑，一呲牙，就用手卡住了我的脖子。那牙齿，尖得可怕，可把我吓着了。"

"可是，我再想动，却动不了了。手脚都动不了，也喊不出声，太可怕了。我还能听见咱们屋里的人说话，可就是不能喊人。"

开始，大家被云航的窘迫样给逗乐了，还取笑他。有人说他是办坏事把自己的身子给搞虚了，得补补；也有人好心地给他出主意，说是什么不干净的东西跟上了他，找把利刃搁枕头下，冲冲邪就好了。

就在这件事发生不久，云航又发生了第二次邪事。当时，都已经响过熄灯铃了。就在大家要高卧的时候，云航吵了起来，让人拉着灯，说是被窝里爬进了蛐蛐。于是，有人赶紧拉着了灯帮着找。可找了半天，什么也没找见。问他是不是搞错了，他说哪里会：

"怎么会错，刚才，我觉得胳膊上痒，用手一摸，那东西一下就缠我手上了。"

"我最怕那东西了，那么多脚，粘粘粑粑的，我一甩手，它就掉铺上了。"

云航君说得很真切。于是，大家又帮他翻床倒铺地找。可后来连纠察队的都惊动了，也什么都没找见。

云航君的事情反正挺多的。当时，云航兄与寒卿之间的事情就这么稀里糊涂地进行着，不知道成几何，败几何。

一天中午，正在午休的时间，一直好好躺着的云航莫名地发起了感慨，朗着声说：

"哎，你们说，咱们班的女生多漂亮啊。"

"哎，漂亮女生是该捧在手里好好疼，好好哄的。可是啊，某些人却不知道，不知道人的心里是怎么想的，有美人都不要，心太大了吧。"

"哎，小伙子们，你们可得加油，可得知道珍惜啊。别学那某些人，整天不知在想什么。"

云航君就是这么漫无边际地说，好像是有所指，又像是无所指。细想来，觉得他的话最像是说宇轩的。而他的话中也隐隐地透露，他和寒卿的关系并不顺利。

事情好像真是这样，就在他说了这些话以后，去女孩儿宿舍的次数真就少了许多。这也宣示着他与寒卿的交往结束。

然而，云航君这番莫名其妙的高论，却在班里却引起了一些反应。从那之后，谈朋友的事情突然就变得多起来。先是，哲子、高仓两个家伙接了云航的衣钵，开始频频地向女生宿舍跑。后来，贾路小伙儿竟也斗了胆给欣薇写了一封信。

　　早在云航君发表这篇高论之前，班里就风行着一种思想，说一个男生，若是遇见了意中的女孩到底该怎么办。大多数人已经达成了一致共识，认为应该大胆地告诉那女孩儿。即使她向你丢了臭鸡蛋，也没什么可丢人的。倒是因为顾及颜面不敢表白，而导致错过了一生的女孩儿，那才是最愚蠢的行为。而且，最好是在十八岁之前，就谈一场恋爱，否则的话，人就白活了。直到现在都没有弄明白这条理论的根据是什么。但在当时，却十分地受推崇。这种"爱情至上"的言论已经探讨了很久，可在现实里却并没有什么实际行动，还未曾被投入实战。自从云航君有了行动，又发表了这番言语之后，所有的事情都变得容易理解了。于是，傻小子们开始蠢蠢欲动。

　　不能不说这都是些令人躁动不安的事情，直到现在每想起这些事情来，都觉得很有趣。

　　因为好奇，好奇像欣薇那样的女孩对待这类事情又会是怎样一种态度，这种大人们称为早恋的态度，我还特意地问过贾路。据他说，他确实给欣薇写过信：

　　"那，她是怎么答复你的？"

　　"她呀，让我等她几年，等到高中毕业。"

　　"那，你会等她吗？"

　　"等？我有病啊！谁知道以后的情况，到时候，谁还认识谁啊。"

　　这就是贾路当时给我的回答，我不知道贾路说的是不是真话，也不知是不是他的真心话。不过，对他的话，我确实有点失望。因为，这可和我想像的不一样。至于我自己怎么想的，什么是缘分，她究竟又该是个什么样，我始终没有想明白。我总觉得，缘分应该就像学校的那片果树园给我的感觉，神秘、虚无缥缈，却又妙不可言。这可能是一种只可意会，不可言传的感觉吧。我没有想明白她究竟应该是什么样，可我觉得肯定不应该是眼前发生的这些事情。这些事情一个个全像是在儿戏，不是你拒绝我，就是我拒绝她，全像是些没有大脑的人，做的都是没有经过大脑的事情，完全不把脸面当脸面，更不要说有什么美妙可言了。这里的一切都是乱糟糟的，让人生厌。太蠢了，起码得有点专业精神嘛。

我的心里有些莫名的不爽，可又不知道事情错在了哪里。现在看来，当时的小太爷也动了凡心，正在寻找人生的出路。

然而，在这之后不久，事情仿佛突然就出现了转机。在我们宿舍发生了"高仓"事件之后，宇轩与寒卿的关系好像突然有了一丝转机。貌似真正的爱情要上演了。

其实，所谓的"高仓事件"，其实就是高仓的一点点艳遇而已。原来，高仓在接了云航兄的衣钵，向女孩儿们的宿舍里跑了之后没多久，就有了战果，和雅兰拍上了。而且，不久之后竟然还得了手，"闷得儿蜜"了。后来，这事情在班里就传开了。一天中午，男生们就起哄，非要高仓给传授传授他的泡妞经验，问他是怎搞定雅兰的，也好都模仿模仿，大开幸福之源。高仓原本就是个极爱出风头的家伙，又被一忽悠，立马就晕菜，讲起他的艳遇来：

"嗨，你们问我，女生宿舍与咱们这里有什么不同，其实，也没什么，也就是干净一点，不过，也就是那么一点点。"

"至于说不同，就是那种东西多吧。那叫什么，什么罩来着。就是那种小衣服。"

高仓的话一出口，就招来一通笑。云航骂他该死，他的老乡贾路也骂他：

"什么那种衣服，你就不能说斯文点，那叫'文胸'，土老帽。"

可高仓才不管这些，依旧只顾了嘴过瘾：

"其实啊，你们也不必把女生想得太高尚。是吧。"

"其实啊，这女生才怪呢，一天到晚不知道尽想些什么。说不定啊，她比你还想呢。"

"是不是啊，兄弟们，倒赶着贴的，大家又不是没见过。是不是啊兄弟们，我说的。"

"看咱哥们，只三天就把老韩韩给搞定了，搞得她屁颠屁颠的。"

高仓这么一讲，就有跟了起哄的。后来，在一边铺上的宇轩有些听不惯了，他从铺上跳了下去，由于跳得太猛，发出了很大的一声响动，弄得大家都收了声看他。他也不言语，低了头，心事重重地走掉了。

就在这天下午，宇轩就去找寒卿了。

老早的，我们就觉察出宇轩的反常。这天，是越野课，换了以前，宇轩早就一溜烟没影了,他最喜欢越野跑,时常跑得连其他几个大师兄也望不见他的后影。可这一次,他没有跑,一直不快不慢地跟着我们几个小的。我隐隐约约地觉出有什么事情要发生。果不其然,在返程的时候,看见四下里只剩了我们几个,宇轩加紧了脚步,悄悄地跟上了寒卿,还和她搭讪:

"卿儿,我有句话要跟你说。"

宇轩满脸都陪着笑,可寒卿根本不爱搭理他,只顾了闷着头朝前跑。后来,为了能让寒卿听他说话,宇轩还跑上去挽住了寒卿的脖颈:

"嗨,丫头,你还真生我的气了?"

宇轩突然说了这么句没心没肺的话,一下就把寒卿给惹火了,情绪立马激动起来,说宇轩:

"不生气,我不生气,我干吗生气,我是便宜货,不配生气。"

"放开我,别碰我,看玷污了您。"

寒卿越说越生气,竟掉下泪来。看见宇轩抱着她不放,还回手在宇轩心口上狠狠擂了几捶,然后挣脱他,脚不沾地地跑掉了。

这件事发生的时间很短促,一下就结束了。开始的时候,看见有戏可看,悄悄退回来的紫贤还使劲地朝我使眼色,告诉我有戏可看。后来,看见戏结束了,才加紧脚步追赶寒卿去了。路过宇轩的时候,她还意味深长地打趣宇轩:

"早知今日,那又何必当初呢。"

"哎,你说你啊,叫我说你什么好啊。"

紫贤小师妹说得很是揶揄,不过,我总觉得,尽管这是句损人的话,可她的口气中,还是高兴的成分多一些。

果然,就在当晚,紫贤就作为寒卿的特派专使,抵达了宇轩的旁边。我们到了教室时,紫贤早已在那里恭候多时,连桌上的书都已码好了。刚看到紫贤时,宇轩还有些不自在,搬了书就要走。紫贤可不干,拉着宇轩只是不放手:

"你为什么要跑,为什么跑啊?"

"你干吗要跑啊,看到我,你是不是觉得我是特别疯的女孩子啊?"

"我还和泽昆那样的人交往,是不是?一定是。可是,那跟你想的不一样。并不是他们说的那样。"

"我和他在一起玩,是有原因的。这和我爸爸有关系。我爸是个老封建。都这时候了，他还什么都管我。管得跟那大门不让出二门不让迈的地主老婆儿差不多。"

"我来这里上学，也是我爸安排的，让我来这里受些苦。"

"后来，来了这里之后，就遇到了泽昆。因为我爸管的原因吧，我特别喜欢自由自在的那种人。泽昆就是。那会儿，我看他穿着那样的衣服，简直像个古惑仔，我就想了，他肯定很洒脱，我就和他作朋友了。"

"结果，待时间久了才发现，他其实是个挺乏味的人。我现在早不去找他玩了。"

紫贤为了说服宇轩，一五一十地全交待，一边说，还朝我挤眼睛，要我给她帮腔，我也只得赶紧点头称是了。

其实，紫贤的话，也并不全是信口胡说。新开学紫贤爸爸送她来学校的时候，我曾与他有过一面之缘。我在那么多的家长中偏偏记住他，并不是毫无道理。一来，是他开了一辆极豪华的至尊奔驰轿车；二来，是他的那身派头。他西装革履，头发理得也是纹丝不乱，打扮得极得体。他已是那般年岁的人了，可那通身的气派，简直比那些新郎官们还要精神许多呢。在人群中，很是抢眼。不过，在我印象里，那张脸似乎不太和气，过分严肃。所以说，紫贤说的也就并非不可信了。

经了我们的一力说通，宇轩才不再那般过敏了，可他还是要走。紫贤哪里肯放，一手把住，使劲把他拽在了座位上。

紫贤确实是来作说客的，就在当天晚上，她就给寒卿带回了准确的消息。她急急地跑回来，面色凝重地告诉寒卿：

"我就说嘛，他确实有女朋友的。他那么帅气，咱们早就应该想到的。"

"我问他，他今天下午想跟你说什么话。开始，他还犹豫，不信任我。后来说他没有办法接受你，并不是因为觉得你不好，你是非常好的姑娘，非常好。他叫你千万别胡思乱想。实在是他有了朋友，没办法的事情。"

"他叫你谅解他，以后还是好朋友，只要你有什么麻烦，尽管找他，他都会帮你。"

"我看他挺烦恼的，你看怎么办？"

这个突如其来的消息，让那两个丫头很是意外。这是她们没想到的结果。后来，她们还想从我这里得到宇轩更多的信息，她们有些怀疑宇轩的这些话，还想更加准确地了解了解情况。可对这个我一点忙帮不上。宇轩就是那么个毛病，嘴最严的，平日里，不相关的话他很少跟人说。因此，我知道他的事情也并不太多啊。

可这又是件挺严肃的事，非搞清楚了才行。紫贤已经去问了一次，不好意思再去刨根问底。后来，紫贤想到了瑞青，并把这个信息捅给了她。瑞青老姐原本就是个嘴快的，一听说后，马上就去找宇轩问究竟了。她问宇轩朋友的名字叫什么，漂不漂亮，在哪里念书，以及他们交往的情况。对这些，宇轩倒不避讳，说他那女孩儿叫阿诺，在城里第二中学念书。他一项一项，回答得倒挺贴边，并看不出什么破绽来。

后来，这个事情也算是水落石出了，宇轩的确有女朋友。只是，这个结果多少有些出乎两个丫头的意料。为此，她们两个很是相对了，大瞪其眼。那会儿，我还挺替她们不忍的，逗她们们开心说：

"嗨，你瞧你们，多可怕啊。"

"使了那么大的劲，竟然在追求一个有家室的，人家有老婆。好么，差点犯了破坏人家美满家庭的错误。"

"还好，咱们抽身早，要不然，还真就成了小三儿了，您说呐。"

对于我的调侃，寒卿多少有些不好意思，可紫贤就有些不服气了，还顶我说：

"那有什么好怕的，大不了放开手就是了。"

"可什么也不做，等几年一毕业，被家里人嫁给一个你根本没见几面的人，那才叫可怕的。"

紫贤说得言肯意切的。在当时，我还真被她的话给说动了，觉得她们这些小丫头儿对自己的处境想得还挺多的，甚至觉得她们的坚持还真成了一种进步。

也是因为宇轩的这些话，他真就得到了大家的原谅。大家，包括寒卿在内，都不像之前那般看怪物一样看他了。尤其是寒卿，又像以前一样，敢偷偷地打量宇轩，偶尔地，也会很小心地和他说一两句话。一切冲突竟因为事态的变化，全都发生了变化。

不过，在我的心里，对于宇轩这个有女朋友的说法，却始终存着怀疑，老觉得这只是他的一个权宜之计。总认为他是为自己开托的。这种怀疑一直持续了好长时间，直到到了第二年春天，宇轩收到了一封信的时候，我才相信了这是真的。当时，宇轩正在遭难，也是在这时，来了一封信。还是我帮他从门岗那里带回来的。虽然，信封上面并没有来信人的信息，只写了"内详"两个字。不过，看那清秀的字迹，确实应该是出自一个女孩儿之手。接到这封信时，宇轩表现得有些怪异，拿了信，神情凝重地跑到没有人的地方看去了。直到这时我才相信，宇轩确实有女朋友。

现在想想，那时候可真够怪的，我竟然帮着寒卿整宇轩。要知道，宇轩可是我过命的哥们儿啊。这也足见爱情的力量有多伟大吧。在爱情里，大家往往是会站在认真的人一边。不过，当时，我之所以会有这样愚蠢的表现，实在是中了一个人的毒了。那时候，我忘了是从哪一本书上看的，说是一个叫做福子的学长，创造了一种"龟兔理论"，当然，我说的是"龟"，不是"王八"啊。说男生是乌龟，女孩儿是兔子。男生追女孩儿时，好比龟追兔子，非常困难，而女孩喜欢上男生时，就好比兔子追乌龟，很容易就会追到手，之间的隔膜厚不过一层窗户纸去，一捅就破。如果出现特殊情况，女孩儿被拒绝了，那多数是因为这个男生很骄傲，骄傲到鼻孔朝天，已经可以打下飞机来了。当时，我就是受了这句话的毒害，认为宇轩就是太过骄傲了、忽略了他会有难言之隐的可能。好在，我当时的过失并没有给宇轩造成什么大的危害，万幸得很。

从这件事情上，我也总结出另一个经验来，这就是，你很冒昧地要求一个人跟你处男女朋友，是很危险的举动。即便你很漂亮，哪怕是万人迷，也未必不会遭到拒绝。毕竟，谈男女朋友是件很重大的事情，人家是会很谨慎的。所以，你的中标率应该很低，面子多数会遭受到挫折。那么，怎么样既可以向别人示好，又能保全颜面呢？据我看，更安全的一些做法是，你不妨先跟那个人接近，和他做朋友，甚至可以明确对他表示出对他的欣赏。据说，能够坦诚地承认自己对别人的佩服，是一种难得的品质，很容易被人接受。然后，看看彼此是不是有进一步发展的可能，再决定是否向那个人表白。这样或许会更好一些。当然了，即使你和那个人作了男女朋友，那也不代表就可以天长地久了。因为，中学生谈感情，本身就很不稳定，而且必须就是件很冒险的一件事情。您说呢，小弟小妹们。

呜呼，男人哭吧哭吧，不是罪，嘎嘎。

第九章

水深火热

这是我人生中又一个难熬的夏天，一个火烧火燎的夏天。

客观地讲，这个暑假还是蛮有乐趣的，我有机会看了几场不算正规，但颇为精彩的足球赛。这是学校组织区里的一、二中踢的几场友谊赛。

学校的几个体育队因为要备战即将到来的秋季比赛，留在学校搞集训，所以，有幸观看了这几场比赛的全过程。

这确实是我看过的最好的现场比赛。最先，让我们长见识的，是二中那个绰号叫"狼"的守门员。这个看上去颇壮硕的大个子，个头着实令人欣赏。这可还是个狂妄的家伙，一连踢了近半场球，他竟全没当回事，一直靠着球门立柱上悠哉悠哉地抽着香烟卷。看那神情，压根就没把我们放到眼睛里。似乎觉得我们这边的球根本进不了他们的下半场。

不过，他们的球确实踢得不错，在开场一刻钟左右就组织了一次有效的左边路进攻，并把球轻松送进了球门。这可让人有些不自在。不过，进球不是最糟的，可气的是在进了球之后，二中的那帮人大跳胜利者之舞。开始，他们是各自为战地庆祝，有的摇头摆尾，有的扭腰涮胯，各尽其能。这还不算，到后来他们又聚到一起，大撞肚皮，大撞屁股，疯狂起舞。其实，在进球之后，我们这边也会有庆祝方式，可没有他们这般嚣张。恨得我们这边观战的，一个个咬牙切齿。

不过，他们的嚣张气焰立马就给自己带来了灾祸。为了报复，打击他们高涨起来的情绪，几个教练经过商议之后，把全能队"苏头"麾下的两个大徒弟杜兵和晋兵轰上了场。这两个哥哥可不是吃素的。两个"兵"是全校公认最强悍、最有冲击力的家伙。二者之中，尤其是那个晋兵为最，他也太壮了点，以至于都快成方形人了，身上的力量巨大，爆发力超强。他在跑道上只是起下跑，就是一般的好手也会被落出去好几米远。果然，这两个"兵"一上场就立刻发挥了效用。两个家伙在场上一通狂飙，左冲右突，积极抢断，简直就是两只饿虎撞入了羊群中一般，那叫一个恶狠狠，那叫一个立竿见影啊。几次下来，就把对方的队员搞得手忙脚乱了。最可发一笑的，是晋兵带的一次球。他哪里是在带球，完全像是在撞人了。凭自己身体结实，他左一下，右一下，一连撞飞了迎面来断球的两个人。其中一个直被撞得在地上连带着打了几个滚。到了第三个人，那厮简直早吓破了胆，哪里还敢守，干脆闪到一边，任由着晋兵带了球在他眼前呼啸而过，一路直下。这个奇特的场景让一边的我们大呼过瘾。

比赛有条不紊地进行着，可到了下半场，却有了麻烦。

因为是三个队在比赛，时间又只有一下午，受到时间与体力上的限制，三个队之间总共只安排三个半场比赛，各队与对手分别打半场，再以每队两个半场的胜负球去判胜负。这正中了一、二中的意，在剩下的半场，一中二中合力组了联队来与我们踢比赛。这可是危险的，据说，一中和二中经常在一起踢球，在配合上没有任何问题。于是，几个教练开始有些担心。

我们本区的区队就曾吃过这样的亏。区队在与邻区的一次比赛时，就遭到过类似的算计。当时，人家有甲乙两个队，上半场，他们用备用的乙队跟我们拼体力。而到了下半场，用体力充沛的甲队对付我们的疲惫之师，使我们大败。这一次，几乎出现了相同的情况，历史重演。所以，几个教练都很担心。然而，天无绝人之路，就在大家着急的时候，因为有事情迟到的足球队队长建泽竟赶到了。这建泽不是别人，正是建林的堂兄。尽管建林生得那般笨拙，却有一个非常厉害的哥哥。在球场上，这家伙可是个全能型的主儿。他的球踢得很流畅，能够在很短的时间里突然地组织起有效进攻，也能在失利的第一时间内迅速做好回防。往往一些看似非常凶险的"单刀球"、"扁担球"，只要他一现身，往往一下子就被化为无形了！他能把对手守得找不到合适的起脚机会。每到这时，后场上就像是多了一个守门员一般，人家往那一站，那个叫人放心啊。总的来说，这家伙简直是帅呆了，酷毙了，甚至有点难以比喻了！实在找不出更好的词汇来形容，这么说吧：他是那种甚至能叫人为他尖叫的队员。说实话，我是个不怎么太喜欢"追星"的人，觉得那样太肤浅。不过，或许是建泽球踢得太好的缘故，我是真心喜欢他踢球。他的归队立马就使大家消除了顾虑。

果然，建泽上场不久，本队的战力就大幅增加，不仅赶平了比分，而且还反超了对手一球。让大家倍儿兴奋。

可是，天意难测。在大家都认为我们会必胜的时候，又发生了变故。在离结束只有五分钟的时候，二中的体育教练赶到了。那是个二十五六岁的年轻人，很干净、很精神的样子。看起来，那些队员也都很敬重他，他一来，大家就叫了暂停，围了他讲述刚才的战况。然后，听他给出主意。

后来，在经过研究之后，那个教练自己竟然上了场，要与他的队员并肩作战。

首先，他们抓住那次边路球的机会，发起了快速进攻，并由教练将那一粒球打入了门内。他们这次进攻的速度出奇地高效，以至于我们这一边根本没有咂出味来。这还不算，在我们没有回过神来之前，他们又迅速发起了第二波进攻。这可真是奇怪了，先前早已露出疲态的对手，此时像是服用了兴奋剂，打了鸡血一般，又很顺畅地把第二粒球打入了门内，并把战果死死拖到了球赛结束。

不得不承认，城里这帮孩子确实技高一筹，尽管败了，可也叫我们心服口服。

比赛精彩是不言而喻的。然而，就是这般精彩的比赛，也没能让我觉得特别开心。

是宇轩出了事，因为一双跳高鞋。

这一年，自打春天伊始，宇轩就不再跟我们大家一块训练。每次活动完，宫教头给大家安排下训练课目，就领宇轩一个单独去开小灶去了。这还不算，有时，该到训练跳高的时候，大家还要帮着他抬垫子，搬立杆，给他伺候得好好的。

当时，对于宇轩的特殊待遇，不知道别人怎么想，反正我的心里是极不平衡。有时候，远远地望了在远处训练的宇轩，我就想了，这人是不是真的有命运一说呢？觉得宇轩的命实在是好得没法再好了，长得漂亮，个儿又高，人又聪明，世界上的好事，仿佛都叫他一个人占去了，很是嫉妒他。不过，偶尔也有叫人特解气的时刻，那就是宇轩带了伤。有一次，宇轩被宫教头给打了。作放松的时候，宇轩不时地撩起衣襟察看他肋上的伤痕。那是一条半尺多长，韭菜叶宽，又红又肿的伤口。后来，一问才知道是宫教头给打的：

"哎，我总是跳不好，把宫老师给惹火了。"

"他用绑丝给抽的。我没看见，被他抡了一下子。"

"哎，那东西打在身上可真够疼的。"

宇轩神情沮丧地说。看着他那副衰气样，我的心里不知怎的，竟然觉得特过瘾，像是暑天里灌了杯冰镇可乐一般爽。心说，你丫闪不是，你丫能不是。该，实在是该。多多地挨揍才好呢。那会儿，我心里乐开了花一般，那叫个爽。看来，这人的嫉妒心实在是挺可怕的，因为嫉妒，我竟对自己的好哥们儿有过这样的心思，后来想想，这实在是不好。后来，鸿飞老大也看见了宇轩的伤。不过，对这个，他竟有些不以为然：

"哼，这算什么，毛毛雨啦。你是没见过老宫打我，标枪都抡上了。"

"那家伙，不大会儿胳膊就肿了，足有那么老粗，看了就害怕。"鸿飞一边说着，手还一边比划着。

"头天是肿，第二天就青了。到后来，又青又黑，又是紫，都成那样了。"

"要是你见了那阵势，这根本就不算什么了。瞧你那熊样。"

鸿飞老大说得颇为雄壮，倒像是什么丰功伟绩，不向人展示展示就不解气似的。这叫我很奇怪，不知专业成绩很好的飞老大怎么也会挨打。后来，我从余辉师兄那里打听清楚了这件事。宫教头打飞老大是有原因的。据余辉说，是因为他自己偷懒的缘故：

"鸿飞老大啊，他怕跑长跑。每次宫老师一要跑长跑，他就请病假。"

"开始，宫老师还准假，可后来，就觉察出问题来了。"

"后来，又跑长跑，鸿飞又请假，宫老师就给了他一标枪。"

余辉师兄说的一点不假，与鸿飞老大比起来，宇轩确实勤快许多。他的勤奋也是学校里公认的。平时热身活动别人跑一两圈，他必定要跑三四圈。他也是学校里为数不多配用沙袋的几个人之一。不光这样，就连宫教头，也曾说过宇轩用功的好话。有一次，他给我们几个讲了一件事，说有一次，宇轩来问他训练的科目。因为当时他有点急事急着赶路，一时语急，就让宇轩跑五千米去吧。原本，这只是他说的一句无心之话，可宇轩认了真，真就跑去了。等宫教头办完事回来时，宇轩正在操场里跑呢，叫住他时，宇轩已经在跑最后一圈，且已经只剩半圈了。宫教头虽是把这件事当了笑话说的，但欣慰之情，却溢于言表。唉，很高明的攻心战术啊。

因为宫教头的小灶，再加上宇轩的努力，他还真成了。在春季的区运动会上力拔头筹得了第一名，而且还是与高中组的比赛。因为本校是专业学校，只能和高中组比赛。原本，该是鸿飞老大成绩最好的。而且，那时候，他已经有过两米的成绩了。可他即将毕业，忙着考试，已没有了机会，使宇轩轻易地以一米六的成绩就得了头名，稳稳折桂。当时，我姐也来比赛，因为听说有我师兄弟的比赛，还特意来看。据她说，这是因为跳高的技术含量太高，其他学校都未太用心培训，才使宇轩轻易赢的。这话颇有理，跳高的那些运动员中确实没有像宇轩这般人高马大的。可不管怎么说，白猫也好，黑猫也好，宇轩总归是赢了，还是大胜。就是欺负他们个矮了，怎么样。

然而，也正是因为有了这个好开头，宫教头开始催宇轩早些置办跳高鞋。鸿飞老大的鞋他是不能再穿了。因为穿的那一次，鸿飞老大就唠叨他了好久，嫌宇轩把他的鞋给穿大了。后来，宇轩就带了买鞋的钱准备买鞋。可不曾想，却出了事情。

原本，宇轩以为是学校帮他搞到鞋子，可宫头不打算管，让宇轩自己想办法。于是，宇轩就把钱又带了回来。结果，把钱给整丢了。那天晚上，大家在教室里聊天，宇轩突然记起来，因为忙乱，把搁钱的钱夹落在宿舍里了。就在他正要去取时，上课的铃声响了。直到下了课才去取。可他回来后说，钱夹已经不翼而飞了。当时，他还只顾了苦笑，说大家都是一个宿舍，怎么会为了几百块去做那种事。后来，是我们建议他去跟"刘斑竹"说一下，他才去了。

大家也都没什么咒可念，只能认栽了。这天晚上倒是平静地翻过去了。然而，不曾想，到了第二天早上事情却搞大了。过了一晚，宇轩丢钱的事就在班里传开了，到早上，已经传得沸沸扬扬。三亮和西平他们还在宿舍里替宇轩叫起了不平，说那小偷偷谁的钱也不该偷宇轩的。宇轩对大家那么好，还说宇轩家境又不太好，偷了他的钱，只是叫他为难。

于是，宿舍里议论得纷纷扬扬，都在为宇轩抱不平。不曾想，这些话却把宇轩给惹火了。我们几个正在外边矮台上吃饭，宇轩听了这些话就不干了，抬手把矮台上的饭桶给撩飞了，还吼起来：

"他妈的，我都够丢脸的了，还他妈说，这是不想叫我好过了。"

他一边骂着就冲进宿舍找说闲话的人打仗去了。看见宇轩在火头上，眉毛都立了起来，大家都闭了口不再乱说。宇轩闹了一场，然后转身跑了，非要回家。被门岗住的几个教练拦住才没走成。

不过还好，后来，宇轩买鞋的钱也有了着落。在出事的这天晚上，"刘斑竹"带头在班里捐的。捐钱的时候，还有情况出现。我看见王崮也给宇轩送了二十块。待到下课后，我特意把这件事告诉了宇轩。

说实话，在之前，我挺不待见王崮的，觉得他太霸道。不过，自篮球队解散之后，他的处境就变得可怜起来。原本，学校把他分到足球队作守门员，可他不干，带了石头他们几个师兄弟又回到了篮球队，坚持他们早已破碎不堪的梦想。也正是因有这样的举动，他可就没少受挤兑。许多人开始欺负他。光我自己就见过两次这样的事情。

一次，是与我们队一起打球时。当时，王嵩把宫教头守得硬了些，夹在死角里动弹不了了。本来大家是在玩的，不当什么。结果，宫头却用肘去撞王嵩的心口。当时，余辉师兄先看见，他悄悄地叫我看。看到这个情形，我们大家都挺尴尬的。王嵩先时倒没有恼，自己笑了笑。可过了会儿，还是拎了搭在篮球架上的外套默默地走掉了。

还有一次，是在上课。当时，王嵩正在睡觉。确实，那一段日子，他多数使用睡觉来打发时间。后来，云航的教练苏头来了，是来查班的。这天，他像只大猫一样，悄无声息地从后门溜进来。他轻手轻脚地走过来，悄悄地把王嵩后面的桌子挪开，闪出了地方，然后，在王嵩的后肋上，狠狠地踹了一脚。当时，有许多人看见了整个事情的经过，包括讲课的先生在内。只有当事人王嵩一个蒙在鼓里。我想，当时，王嵩一定吓了两大跳。这实在是一件既痛苦，又丢面子的事情。因为老看到王嵩受挤兑的事情，我还曾特意问过石头，说王嵩与其这样到处受挤兑，干吗不去作守门员。他个高，又有手感，应该不困难。可石头说，是他的心里受不了那种落差：

"以前，都是他一个人在场上出风头，他自己是球场上的主角。"

"去了足球队，他没了用武之地，作守门员又难免失球，丢了两次，他就摔球不干了。"

"他心里受不了那个落差。"

因为受不了落差，就要受人的挤兑。于是，王嵩就生活在这样的夹缝之中了。而处在这种窘境里的人，还能同情别人，实在是难得的。他这么做，大概也有与宇轩和好的意思。我告诉宇轩，也是想让他不要再记恨王嵩。

或许是天意吧，不久之后，偷宇轩鞋钱的家伙也落了网。

说来也是凑巧，一天，我在把铺上三亮的一间外套放回他铺上时，竟从他的口袋里掉出一张宇轩的小相片来。这件事马上引起了我的注意，再加上前些天刚发生的事情，我就存了心眼，把那张相片放在了铺盖下面。吃饭时，还故意地把地点从小良那里挪到了我这边。还故意地撩开那一角铺，叫宇轩看到。一看到那张相片，宇轩的神情就紧张起来，瞪了眼睛问我：

"平子，这张相片，你是那里来的？我只有一张照片了，在钱夹里搁着。"

看见事情有门儿，我就把事情的前后始末告诉了他。宇轩刚听完就急了，咆哮了起来：

"哼，亏我还信他，拿他当朋友，帮他的忙，他却在背后捅我。"

"我应该打断他的手，我该打断他的手，害我丢脸。"

说这些话时，宇轩的样子特吓人，他还从铺下抽了条大木棍子跑了。我特后悔，直怪自己嘴快道出真相，让宇轩惹出事情来，可就是我的不是了。不过，宇轩倒没去找三亮打架，他跑到外面体育器械那里，一通发泄，把那棍子打了个七零八落。宇轩当时的愤怒模样把三亮的哥哥二亮给吓坏了，生怕三亮吃亏，还跑去质问宇轩，是谁跟他说了闲话，认定是三亮偷的钱。宇轩也没给他好话，说他弟办事不机密，自己的相片从他口袋里跌出来。弄得二亮灰头土脸地回来，只等着他兄弟挨扁。后来，宇轩没有打三亮，连一根手指头也没动他。可也没饶他，他把三亮的一件外套挂在了自己身上，还得意洋洋地招摇过市。三亮也有意思，只是装聋作哑，只当什么也没看见，什么事也没发生。擎着个人头儿三晃两晃的，挺高兴。后来，过了好久，这件怪事才结束，宇轩把那件外套褪下来，丢给了三亮。三亮后来再也没穿过那件衣服，看来，他还是有些在乎这件事情。

曾经看见过一个故事，说一对父母害怕孩子被病毒感染，就花很多钱把孩子放到一个没有任何病毒的空间里。他们本来是为了孩子好，却不曾想竟然害了孩子。后来，这个孩子离开了那个没有污染的空间，一下就翘辫子了。因为他对所有的病毒都没有免疫力。我的意思是说，告诉孩子这个世界很美好未必是一件好事情，这样一来，估计不到世界的凶险，只会使他受伤，甚至会害死他。不如告诉他真实的世界究竟什么样。宇轩就是因为是个特别单纯的人，不知道世界上有坏人，就不时地吃亏。当然，如果有人非要说我在拐着弯骂父母们愚蠢，我也没话说。

起先，宇轩对于大家给他捐款的事情很有抵触情绪，说自己有钱被别人花，自己却需要别人可怜，很想不通。后来，在我们大家的劝说下他才接受了。不久后，宇轩一个人坐车去了趟省城，把鞋买回来了。

按理说，鞋有了，仇家也挨了损，宇轩应该高兴起来才是。可他没有，依旧生气，而且是真的生气了。以前，丢了班长的职位时，也没见他这么生气。那会儿，他还跟没事人儿似的，连学校纠察队的事情也总是放不到心上，还不止一次因为误了执勤的时间被带队老师排揎。后来，弄得我都记住了他执勤的日子，反过来不时地提醒他。可这一次却大不一样了。他是真生气了，脸上没了笑容，对人也苛刻起来。正是因为这样，宇轩一连跟人干了好几次架。

起先，宇轩跟青波干了一架。

一天中午，我们回宿舍时把喝水用的口杯落教室里了。打饭时就从桌上随便拿了个口杯，好打些水等吃完了饭喝。偏偏那东西竟是青波的。

青波是个不好惹的。这家伙在班里最是欺软怕硬，动不动就跟人干仗，尤其是专门欺负小孩子。以前，我就曾被他欺负过。那会儿，在球场里踢球，我总不时地被他磕撞到，不是被他踢到了腿，就是磕疼了头。有一次，在球已经被我踢出去好久之后，他竟还跑过来冲撞我，把我的腿撞抽了筋，摔了一跤。后来，看出他是在故意跟人撞跟头，我才开始处处注意他，躲着他。他就是这么样个家伙，有点原始祖先的残留，暴力倾向过重。

这一次，他回来看见我们动了他的东西之后，立马就跟我们唠叨起来。因为知道这家伙平时里就是个难缠的刺头，最爱跟人叫板，没事也要找点，何况是惹了他。就忙忙地跟他说好话，让他稍等一下，我们马上就好，吃完饭就还他。可他不干，而且，依旧唠叨，越说还越不像话，最后，连什么人格之类的话也全都甩了出来。本来嘛，就是用下东西嘛，一个宿舍里生活的人们，不至于的。可他一点都不通融，依旧唠叨。后来，我们之间的气氛就渐渐就有些不堪起来，宇轩有些听不惯，就把水倒进了我们的菜里，将口杯还了他。

原本，这事也该过去了，可青波还是啰嗦我们，说我们不自觉。后来，旁边的人都有些看不过了，说那口杯根本就不是青波的，是三亮的。听见别人这么说，事情就有了转机。宇轩就向值完日回来的三亮求证，问那口杯是不是他的。该着青波命该如此，在宇轩问时，三亮又偏偏只说了句半截话，说"是啊"。其实，那时候，他、西平和青波三个人是一块吃饭的，说那口杯是谁的也对。可三亮就是没说。于是，一接了他的那句半截话，宇轩就冲过去，把青波挤在门后暴扁了一顿。到了那时，青波竟连一声大气也不敢出了，白白挨了一顿。

　　唉，见过蠢人，却没见过这么蠢的。如果是自己很厉害，想打别人一顿，又要达到不出无名之师的效果。其实，处心积虑地从一些辨不清对错的事情上和对手纠缠、骂战，最终导致对手忍无可忍与你动手，然后，你把他给灭了，还让人说不出什么来，那也算是一种本事。有许多国家战争就是这么发生的。而自己挑起事端，又被别人灭了九族，那可就真是蠢到家了。没办法，世界上就是有这样的人。

　　而这之后没过多久，宇轩和小罗也发生了一次冲突。

　　这一次，也并不是为什么大事。上专业课前，回宿舍时，带钥匙的亚哲把钥匙落在宿舍里了，得跳窗户才能取出来。小罗看见就耍淘气，按着窗户不让进，刁难他。小罗平日里就喜欢发坏，最是淘气，大家也早习以为常了。可这一次，一边的宇轩不干了，推开小罗让亚哲跳窗户去取钥匙，还问他干吗为难人。宇轩这么做有些掰小罗的面子，他就有些不高兴，嘴里不干净地骂了两句。听见小罗骂人，宇轩便说小罗欠揍，小罗不服气也说宇轩欠揍。后来，宇轩就问小罗敢不敢跟他单挑，还说都不许叫班主任知道。

　　也是话赶话说急了，小罗下不来台，只得硬着头皮充好汉，跟着宇轩进了宿舍，还把门给关了。

　　小罗根本不是宇轩的对手。原本，小罗仗了自己有个校花姐姐，那些学长给他留几分面子，才在学校嚣张起来的。可这一次，宇轩一点面子也没留给他。于是，后面的事情就发生了。小罗被臭扁一顿，还钻到床铺下面去了，掰了大面子。

　　这件事情之后，宇轩的麻烦还没有完。不久之后，又和班里的小女孩儿雅兰起了冲突，大闹了一场。

　　更准确地说，这一次是雅兰在找宇轩麻烦。小罗挨扁的事在班里传开了，议论的人很多。当时，大家都在谈论这件事情，女孩儿们询问我这个事情的经过。大家纷纷责怪宇轩，说他对待那些恶人应该像秋风扫落叶般残酷；而对待我们自己人，则应该像春天般的温暖。而他怎么会变得那样，跟那些混账人一样，谁都欺负，一点不看大家整天相处的交情。大家谈论的时候，雅兰就在旁边听的，后来，听了一耳朵就急了，说宇轩也太过分牛气，谁还敢打了。然后，就去后面找宇轩的莅去了。

她倒是挺聪明，故意不露声色地激怒宇轩。她把宇轩桌上的书，一本一本的抛到地上和他头上。开始，宇轩倒是没生气，只是用手盖了书，说，"停止停止"，"别闹别闹"。可后来，一本书跌进后面的水桶里，就把他给激怒了。一下从凳上跳了起来，指了雅兰的鼻子吼她，让她把书捡起来。

其实，宇轩完全没必要这么做。雅兰虽长了个大个子，可年龄在班里最小，所以，大家平日里都得让她。也正是因为这样，她的脾气更显得冲些。

不过，这雅兰是个没心没肺的家伙，是人们俗称的犟毛驴，顺了她的毛什么话都好说，只是不能逆毛，若是逆了毛那她可一会儿也不干。她脾气非常执拗，一旦闹起来，连天王老子也敢啐一脸。

当时，宇轩却跟她犯起了浑，吼喝起她来。雅兰也不听他的，只是瞪着眼和他对峙，依旧丢他的书。直气得宇轩脑门上的青筋暴起，指着雅兰的鼻子说，要不是她是个女生，非扁她不可。后来，盛怒之下，宇轩就掀开门跑了。

当时，乱子闹得很大。宇轩直走了一节课才回来。显然他掉过眼泪了，尽管已洗过脸，可眼睑还是红肿的。他的额角上，还有两块核桃大的淤青。这让大家都很震惊，都说这家伙的气性可真大，竟用头去撞墙了。

他回来之后，像什么也没发生，低了头，默不作声地将地上的书一本本全收拢起来，又把他的桌子搬到角落里去了。人跟他说话，他也答话，可神情里却充满了冷漠，就像是和陌生人一样，充满警觉。当时，他那架势使得老韩韩也有些担心了，问大家，她做的是不是真的有些过分了？她再跟宇轩说话时，也不敢不小心谨慎了，生怕再得罪他。

唉，都是人才啊，都很善于消耗卡路里。

这一次事故之后，宇轩的脾气就更加怪了，一天到晚地阴沉着脸，看了谁都没有一点笑容。宇轩的臭脾气我知道一些，这个家伙啊，就是太爱较真。我生怕他再搞出什么事情来，可他又不是受人劝的人，心想，要怎么跟他说呢？我又怕他再出事，可又不知道该怎么劝，两头为难。

正因为这个，即便再怎么有趣的事情，一时间，也觉得没了兴趣。

和我一样不安的，还有石头和小良子。他们对这事也是忧心忡忡，不知道怎么才能让宇轩这死家伙的心情好些。表面上我们在强颜欢笑，但心里都藏着一丝不安。

后来，终于有了机会，学校旁边的镇子上竟然开了家游泳场。一听说，我们几个就高兴了起来，商量硬拉着宇轩去耍次水，好让他的心情好些。

后来，我们还真就去了。到了那里之后才发现，所谓的游泳场，只是个新建的养鱼塘而已，只是因为吸引了好多爱游泳的人，才临时改成游泳池。

池塘里的水有一点浑浑的，我想，大概是由于鱼儿在这里洗过澡的缘故吧。不过，这一点也不影响大家的兴致。我们刚到时，一个六七十岁的老爷子正站岸上，看样子是要来个后空翻呢！他活动了活动，一个倒栽葱就扎水里去了。等他从水里再露出了头，直叫不过瘾：

"啊呀，这水太浅了，不过瘾。"

"我的头顶都触到水底的沙子啦。"

他一边抚摸着没有几根头发的头顶，一边惋惜地对我们说：

"我小时候，咱们这里水位还高，打个深坑就能见到水，后来就不行了，得用扁担才能汲上水来。现在更不行了，都得是深水泵才行啊。"

"那时候，到处有水塘，可有得水耍，能钓鱼吃，还能抠到莲藕吃。现在可不行了。"

我们和老人家聊了几句，就迫不及待换了衣服下水。我们几个都是旱鸭子，只在浅水里待着。小良倒是会，可也只限打狗刨，是在他们山坡旁的水泡子里学的。挺笨的，看着就让人好笑。没想到二亮竟是个好手。他刚来就扎了个大猛子，一头就从池东岸游到了池西岸，这让我们都挺羡慕的。一聊起来才知道，他竟是个老手：

"不是跟你们吹，我一气能游好几百米。赶上我的，还没见过几个。"

"原来都说水库那里有个'虎狼滩'，一般水性的人都不敢跟那儿去。我就去了一次。"

"我游到那的时候，杨庄那的几个老头在那里游，踩着水。我一到，他们就问我是哪个庄上的。我一说，他们都怕了，赶紧游走了。"

"他们这些老头儿往那里踩水，也是比水性比胆量的。他们根本就没听说我们庄上有好水性的。害怕我游得远撑不住了拖累他们。"

"其实，我才不是逞能的。我为了能到'虎狼滩'里去，可是使劲地苦练一番呢，练得一气能游上几百米，一点麻烦没有了，才敢去那里。我也怕遇到什么麻烦。"

为了让我们见识一下，二亮还在水里一连来了好几趟，仰着游、侧着游、站着游，花样百出，叫我们几个大开眼界。他的表演使我们几个眼热不已，都跟了学。戏水的快感让我们大乐不已。

本来，我们几个是为了找乐子才去戏水的，却不想，刚刚高兴起来，冷不丁地又闹出一场乱子来。

大概是要招揽客人的缘故，游泳池的主人发下令来，说只要不用工具，客人用手抓到的鱼可以带走。于是，大家很是乐了一会儿，争抢着去摸鱼。可旱久了的人们没有人有这个能耐，玩了一会，大家就泻了气，不抱什么希望了。后来，大家又玩起了新花样，相互挽着胳膊，排起人墙在池子里赶那些鱼。因为人很多，排山倒海地过来过去，吓得那些呆头鱼上蹿下跳的，有的都跳上了岸。使得这些旱鸭子们兴奋不已。

就在我们只顾了玩乐时，岸上出了乱子。有一个在岸边看热闹的小孩子，检了条跳上岸的尺把长的小鱼，拎了就想给弄走。不想又被鱼场主家的公子给看见了，领了手底下几个小兄弟追了过去，还要动手打那个孩子，乱哄哄地吵作了一团。因为与我们几个毫不相干，我们都远远地伸了脖子看。谁曾想，在一边的宇轩却急了，也不言语，哗啦着水跑上了岸，光着脚就跑了过去，和那几个大孩子拉扯了起来：

"算了算了，让他拿走。"

"不许再动他，钱算我账上，我给不就完了嘛。"

宇轩挡住了那个小孩子，跟那几个大孩子对了面推推搡搡。那几个家伙全是小二十岁的人，一个个都挺瓷实，有的腰里还别着刀。那架势吓得我们几个都心惊肉跳的，生怕人打他，都赶紧跑了过去。后来，渔场主出面了，他大概是看我们人多，怕搅了客人们的兴，便喝退了他的儿子，慷慨地让那小孩子把鱼也带走了。

我们几个都被这突然的意外搅得心慌慌的。回来一问宇轩才知道，那小孩和他认识：

"他是我们对门王奶奶他们家的外孙子。"

"经常在我们家耍嘛，很熟的。"

"要是我在这看着让他挨了打，叫王奶奶知道了，不把我说死才怪呢。"

尽管这样做并没有错，可想想刚过去的一幕，还真是够叫人后怕的。闹了这么一场，我们几个全都扫了兴，又在那里待了一会儿，就拖拖沓沓地回了学校。

后来，即使听说那泳池晚上招待女宾，我们也都提不起劲来再去了。

因为这一场不愉快，使得败落的情绪重新又回到了我们大家中间。这一年的夏天，就这么熬人地过着。我们的心情老沉重着，万事都提不起精神来。这大概就是所谓的精神压迫，许多人被一个人的喜怒哀乐所影响，一同喜一同悲。证明了我们大家的感情好嘛。

倒是后来的一天晚上，意外地遇到了一件让人可乐的事。因为天气很炎热，晚上，我们常常去操场上歇凉。一天晚上，在那里歇凉时，我们认识了小良的师兄蓝飞。这人外号叫老乡。据小罗说，他以前很胖，胖得过火。后来，因为吃了一次夹生的豆荚菜，中了毒，老是拉肚子，后来竟因祸得福瘦了下来。这话不知是否可信，因为那老乡看上去还是挺胖的，不知他没瘦下时又会是什么样的架势。另外，在这之前，我一直以为那人挺内向的，很爱笑，但说话不多。一接触才发现，这是个蔫皮蛋型的家伙，很健谈，一直不停地和大家讲民间故事里面的小段子。听了会儿发现，他讲的是我们本地一个村嫂用烧饼换故事写就的《凤龙山故事》中的故事。也有其中的一些荤段子。因为看过那本书，就未太留心他讲什么，倒是其他几位老兄，被他逗得直乐。

后来，大家正聊的时候，丙班的大胖子张路来了。他刚一走近我们，老乡就冲了他嚷起来：

"哎，张路，你说，你拿什么打赏我啊，我现在可是有点饿了。"

谁曾想到，老乡这么一说，张路像得了命令似的，立马就变得恭敬起来，客气地问道：

"好说好说，你说吧，是吃火腿肠，还是鸡蛋肠？"

"你说，我立马去小伙房给你切去，那还不好说。"

后来，等老乡要了鸡蛋肠之后，张路真就得了令似的，跑小伙房买去了。本来，我以为这是他们师兄弟之间的客套话。心里还奇怪，怪不得这些人胖呢，见了面只提吃的，不胖才怪。他们这些胖子还真是懂得享受生活。他们的这一奇怪举动也叫旁边几个很好奇，都向老乡请教这其中的奥妙。后来，经老乡一说，我们才知道这其中大有玄机：

"啊，他是有短儿在我手里，要不，他会乖乖听我的？国际玩笑。"

"昨晚上，我起夜去小解，睡得迷迷噔噔的，出来就瞅见矮墙那里有个东西，还吭哧吭哧地直响。吓我一跳。"

"你们猜，怎么回事？原来啊，是张路，这家伙正在那里蹲坑呢。"

"这不，拿东西贿赂我么？昨晚说好的，为堵我的嘴。"

老乡的话让我们大乐，简直笑成了一锅粥。后来，张路回来了，看见我们几个笑得暧昧，就有些不自在，红了脸做解释：

"失误失误，失误，纯属是失误.。"

"抱歉抱歉，实在是抱歉.。"

"我不是吃东西吃坏了肚子嘛。来不及上厕所。".

"见笑了，见笑了，实在是失误 。"

想一想张路的话，真是够好笑的，还失误。不知吃坏肚子是失误，还是别的什么是失误。他叫我们又大乐了一回。这一晚，因为走了，我没有确认那鸡蛋肠的滋味如何。后来，回到教室，我把这个用一泡屎换了一份肠的讽刺故事讲给了宇轩听。宇轩听了，自己也忍不住，嗤地笑了一下。当时，尽管他在极力地忍着，可他胸口的一下起伏，还是被我看到了。而我也为能把宇轩逗乐的这点子作用兴奋不已。

我记得，直到这时，才终于又见到宇轩的笑容。这可真是个难得的笑脸啊。

呜呼，卧日。

第十章

脂粉世界

无论是好事还是坏事，只要发生得多了就成了好事。至少它能叫人与人之间相互更了解。

就因为发生了许多故事，瑞青老姐和老韩韩就把我看成了她们自己人，认准我和她们是一个战壕的，有什么话也肯对我说了。于是，我也就听见了关于女孩儿们的许多新鲜事，也了解到女孩子们的世界原来是这般纷繁复杂。

我先从老韩韩那里得知女孩儿们竟然也把班里的男生数罗了一遍，还选出了其中的五大帅。一天，闲聊的时候老韩韩很兴奋地向我介绍：

"咳，平子，你知道谁是咱们班女生选出来的五大帅哥儿吗？不知道吧。"

"这是我们刚刚评选出来的，有高仓，有二亮，有云航，还有吕晓。"

"怎么样，我们评的这些哥们儿，还算是帅吧？不过，帅归帅，并不是什么都好，就拿二亮说吧，一个大男生，却是个大破嘴，总跟女生抬杠，较真儿。小气鬼投胎一样，没风度。"

老韩韩正说这件事情的档口，被二亮给听到了，那家伙又摆出一副要跟人吵架的架式，说自己最讨厌人在背后说他的长短。这也让老韩韩赶巧似地印证了自己的评价，立马向我们求证，我们都笑。不过，听见我们是在说他帅时，二亮才不说讨厌人在背后说他的话了，转过脸去，很大方地任由我们说去。

至于老韩韩说的这五大帅之中，二亮、云航、高仓，大家是都认识的，对吕晓大家可能就有些陌生了。也是，吕晓是后来才转来的。至于说到他是帅哥，我绝对赞成，而且，还觉得应该排在几个帅哥的最前面才好。吕晓确实挺漂亮的，一张明星脸，黝黑的头发，眉清目秀，身材也是一级棒。不过，女孩儿们只知道吕晓是个帅哥，却不知道吕晓还是个街头小霸王。据小罗说，吕晓是他们街里的孩子头，很厉害。还有他的哥哥，据说也是个拼命三郎。说那家伙曾经一对六地跟人开过仗，而且在他拿酒瓶子开人脑袋时，不小心被爆裂的玻璃割断了手筋，可就是那样，他也没有丝毫地退缩，跑去取了刀依旧战斗。

关于吕晓的厉害，我从他的口中也听到一些。他刚来，因为不知底细，又见他长了一身的疙瘩腱子肉，我还好奇地问他，问他是不是打算搞体育的。他说是：

"原本是打算去足球队的，可后来我改变主意了。"

"我来之后就发现，体育队的人在操场里拉了个杠铃片跑，使劲地跑呢，简直像是头牛在耕地。"

"这也太那个了吧，简直是在侮辱人格，拿人当牲口看待，太伤自尊，费感情。说什么也不去了。"

对于吕晓的这番言论，本人不敢苟同，只能无语地笑。后来，倒是吕晓自己，竟不由得讲起他自己过去的生活来：

"哎，自从我大了点，上中学以后，差不多已经花了七八千块的医疗费了。太多了。"

"这都是因为我把人打了，打重了之后，我们家里人给人看伤花的。弄得我实在不好意思老去打架。不过，打了那么多次架，想想，竟没有为过自己的什么事情，全是朋友挨了糗，来找我去帮着出气的。"

吕晓说起这些的时候，一副很郁闷的表情，也不知他是在卖乖，还是真郁闷。让人特别想扁他一顿。不过，也是，如果已经看到吕晓这副身板，还故意去招他，那人的脑袋不是被驴给踢了，就是被门给挤了。

吕晓依旧郁他的闷，却也不折不扣地成了女孩儿们心目中的大帅哥儿，即便他马上牺牲了，鄙人也觉得没什么遗憾了。

我不光知道了女孩子们的"爱美"之心，在这不久之后，我还得知，原来，女孩儿们心里还有一杆保守的秤，她们心里的开放也并不是毫无界限。她们对我说起学校里一个叫曹香儿的疯女孩儿时，也是满心的厌恶与憎恨：

"你是不知道，听康晶说，那小妖精儿就是她们街里的，厉害得很。她来学校，或是周末回城里，从来都不花坐车钱，在路上随便拦辆车就是了，疯得没边没沿的。"

"这还不算，有时候，碰上那缺心眼的司机，还要敲人的竹杠。比如，她该下车了，见你还不肯走，她就带你去迪厅，去快餐厅、滑冰场，又是吃又是喝又是玩的，等钱花够了，她立马就让你走。若是不走，她还敢揍你，她在城里那一片认识许多街上的混混，她要是叫人，一嗓子就是一大帮的人，那可真是揍你没商量。"

"有一次，她坐的是一个脑袋有点问题的男的车，那男的就老跟着她，看她漂亮嘛。后来，曹香儿对人说，'哥哥，咱们玩个强奸游戏吧。'当时，那男的就跟着她去了。结果呢，人曹香儿在胡同里大喊强奸，招来了她的好几个同党，把那个男的身上的钱全抢劫了去。"

"那男的也是，被人小姑娘抢劫，真是丢脸。那曹香儿也是，真够贱的，又不缺钱，还玩什么强奸，真要是碰到硬主儿，看她还有好。"

对于老韩韩说的这些事情，我并没有感觉太惊讶。在这之前，我也留意到了那个女孩儿。这女孩子以前经常在操场上遛弯儿，全身的名牌货，一双超高的高跟鞋，一头拉过直的时髦发型，还浓妆艳抹的，很摩登。不太像个学生，简直是个在社会上混的老油子。呵呵，好像我很懂似的，我也不知道老油子究竟是什么东西啊，咱不是行家。后来，紫贤和寒卿还因为好奇，特意叫住她，看她挎在胳膊上的小包包。结果，她两个打开人的包包一看，其中除了有脂粉、唇膏、梳子等一些女孩儿化妆用的必备品之外，就是一些看似很精致的信件了。那信叠得蛮讲究，看上去很诡异。而且，在这当口，那女孩儿还向宇轩吹口哨，抛媚眼，还是很妖媚的那种噢。不过，我没敢对老韩韩她们讲这些，我害怕，不知道她们知道了那些东西又会有多么地大惊小怪。

女孩们真是可爱得出奇。在女孩儿们身边待久了，我还发现了另外一些有趣的事情。我感觉着，老韩韩和瑞青老姐她们对宇轩好像还有些不放心。当然，我也不能十分肯定她们的心思是这样，不过，她们的行为确实值得怀疑。

偶尔的，宇轩也会和我们大家一起凑了伙闲聊天。每当这时候，老韩韩她们就开始在宇轩跟前说舞蹈队几个女孩子的事情，比如她们会说：

"你们看，潇笑的嘴巴那么小吧，小樱桃一般，可她吃起东西来才破相呢。她总是向嘴里填东西，却又不咽，吃得两腮愣大，可难看了。"

"还有朱灵儿，别看她那么瘦吧，她可是我们女生中吃得最多的一个。别的人吧，一份饭都吃不完，还要倒掉一些，可她就不行，一份饭总是不够。"

"可她又不敢多打一份，生怕人说她是大肚婆、大饭桶。她又吃不饱，就蹭别人的饭，总叫人分一些饭给她吃。"

"还有冬妹和潇笑，你看她们两个，平日里是关系最好的吧，一天到晚，俩人谁也离不开谁。可她俩人的怨气才最大呢，她们两个都有点喜欢贾路，她们谁心里都明白，可就是谁也不肯让一步。"

"所以说，她俩之间的事情才奇怪，糊涂得不得了。"

她们经常在宇轩跟前说这些话。我不知道她们为什么单单地说舞蹈队几个女孩子的事情。或许是舞蹈队的几个女孩儿实在是很漂亮，她们有些镇不住吧。也许或者是宇轩曾从家里带了一些自家种的水果给我们几个要好的吃时，舞蹈队的几个花仙子一般的女孩儿都来向他讨要过，还和我们攒在一处大快朵颐吧。 总之，她们对之好像很有些防备。在那几个女孩儿之中，她们对欣薇尤其说得厉害，她们不止一次地说：

　　"你不知道吧宇轩，欣薇她们家，一共有四个小孩子。前边是三个女孩儿，最后一个才是小子，他们家真是轻女重男。简直就是老封建。"

　　"她们家还很不民主，几个姑娘都很受委屈。"

　　"听别人说，如果欣薇考不到大学，很快就会嫁人。他们家的孩子太多的缘故。"

　　她们总是说起这些，关于欣薇家一些很琐碎的事情。而且，还故意把这些话说得很值得玩味。她们这么说来说去，却很少说到体育队里女孩儿们的事情，即便有，也多是些无伤大雅的琐事。比如，紫贤把冬季学校配给的牛奶全用来保养手和脸了；还有寒卿，她们家有两个女孩儿，她的妹子也很漂亮，也是她们学校里的校花；寒卿以前也留过长头发，长头发那会儿，她还是很清秀的；还有，她爸爸是某一个局里的大局长等等。总之，都是这样一些正面得多的事情。

　　不过，也难怪，体育队的女孩儿们通常都很牛气，而且，往往牛气得出乎人的预料。

　　而类似这样的事情，我也知道两出。

　　一次，区里举办运动会，跑女子四乘四的时候，短跑队的康霞起跑时被人把鞋给踩掉了。通常情况下，这种正式比赛，上跑道的运动员穿的都是有大长跑钉的铁钉跑步鞋，只这一下，她的脚就被人给踩得血兹呼啦了。当时，看到这个场景，把在一边作侍应生的我们都紧张坏了，料想着比赛算是没戏了。康霞先是着急地喊叫了一声，却并没有因此就退场，还很快地一蹲身，把踩掉的鞋后跟提了上来，然后狠下心死命地往前赶。由于她的坚持，并没有让全队的成绩受影响，依旧轻松地折桂，得了头名。

　　很厉害吧，专业队的那些女生一般都不怎么娇气。除了这个，我还知道短跑队柳儿的一件牛气事。这件事发生在暑假里。一个晚自习的时候，不知从哪里飞进来只核桃个儿大小的屎壳螂，在教室里嗡嗡地乱飞一气。当时，那只大号的臭虫子还引起了我的兴趣。于是，一直目不转睛地盯着它，还在心里直祷告，心说，可别叫它飞走了，好等到下了课被我逮到，好好地研究把玩一番。我这么不住气地默念着，不想这事还真就成了，在我念了不知有多少遍时，那只小东西大概是有点累了，一敛翅膀，生生地从半空里跌了下来，还不偏不倚地落进了柳儿的后衣领里。

当时，我早已以二百六十匹的速度给耳朵上装了架足够大的避雷针，专等着柳儿那一声天崩地裂的呐喊。按理说，我的推理应该不会有什么大问题，我就亲眼见过舞蹈队的那些女孩儿，只因为很远处的一只小小蟑螂就大呼小叫的。那会儿，我还只顾了庆幸，幸好自己有了心理准备。可我的如意算盘打错了，柳儿并没有像我想象的那般尖叫起来，她只是扬了下手，一伸手，把那只跌在她后领里的大虫子给捏了出来，还嘟哝了句不知什么话，然后一丢，就把那个可怜的东西丢在地上摔报销了。当时，我对这个柳儿的佩服竟然凭空地升高了一百八十度，甚至都有点想要以身相许了呢。不过，确实，若是那东西突然掉进我的领子里，我就未必能够那么镇定。

其实，很早的时候，我就听见大家在背地里管短跑队的女生叫"霸王花"。当时，我以为是因为他们队里的女孩子多，且多是漂亮的女孩儿，人才那么叫的。而后来，当我知道了这些事情之后，才深刻地理解了大家叫她们"霸王花"的深层含义。

这一段时间，我们一帮子男男女女整天地瞎混在一起，生活得轻松又快乐。我们还因此分享了瑞青老姐的后现代生活。

有一天，在我们几个闲聊天的时候，瑞青老姐突然地问宇轩：

"宇轩，最近，高中部的那个宗华提出来，要跟我好了。"

瑞青老姐说的时候，满脸的春色，很是得意的样子。说完了，看着宇轩笑。

那个宗华，我倒是认识。他和他的那帮子兄弟经常在操场里踢球，而且也确实是学校里最厉害的足球队之一。这是因为他们班过于团结的缘故。这是我们所缺少的。

说起他们这个班来，也确实很有意思。这个班级差不多是学校里最时尚与前卫的。

他们班里有许多的新奇事情，有玩滑板玩得很好的，还有几个人是玩黑管和萨克斯一类现代乐器的，很有一番前卫景象。不过，他们班里最大的特点，还是内里特别的和气。那时候，他们班里的男生曾经集体地理过光头，有过集体佩戴鸭舌帽的仪式，给学校提供了不少趣闻。也因为这样，他们竟然还敢教训学校里号称是最厉害的杜兵爷。按理说，他们是些玩音乐的，都是些手无缚鸡之力的小白面书生，可他们就这么干了。

有一天，在作放松的时候，杜兵竟然哭着从宿舍里那边跑了过来，痛哭流涕地向他的教练和郑头诉苦，说那帮子人把他给打了。当时，我们奇怪得不得了，怎么也不敢相信杜兵那样厉害的人也会被打。那个杜兵的脾气很暴躁，平时里说话都是直眉瞪眼的，很凶。

我记得刚到学校不久，在操场里打球，因为捡球慢了些，那个杜兵就嚷了起来，说我会不会打就来凑热闹。他的声音亮得吓人，简直像是在打雷。他的话或许并没有什么恶意，可听来，真真的特吓人，以至于我赶紧知趣地把球传给了他。后来听人说，杜兵因为曾经与人打架，用刀扎伤了人，被学校开除，才转来我们这个私立校的。总之，大家都知道他是个暴徒。然而，就那样个厉害的人物，竟被人打，实在是很奇怪。

后来听说，是杜兵自己的问题，是他招惹了众怒才挨揍的。知情的学长说，杜兵向来是个爱充老大的，平时总是欺负人，不是招了这个，就是欺负那个。后来，这个班里的一帮子人就纠集了个联盟，都埋伏在宿舍里，等杜兵一回来，大家一拥而上，揪住他一顿饱揍。事情就是这样的。

他们这个班是很不错的。只是，这个宗华嘛，据我看，形象却一般得很。后来，瑞青老姐又接着往下说：

"开始，宗华有些喜欢丙班那个傻帅，他还给她写了封信，说是想跟她好。"

"不过，傻帅并没有同意。这样，宗华才又回过头来给我写信的。"

"后来，那个傻帅又后悔了，又想跟宗华好。这是宗华跟我说的，他说决不会再跟傻帅好。你说，我能相信他吗？"

"你说，我是不是应该相信宗华啊。我觉得，他对我确实挺好的。"

瑞青老姐就这么着，不紧不慢地说着这些事情。那个叫傻帅的女孩，我也认识。开始，我还挺纳闷，不知道好好的一个女孩儿，别人干吗叫她傻帅。后来风闻说，那姐有点花痴倾向，不管是谁，只要是个男生，对她好那么一点点，哪怕是多说了几句话，或是多给了两个笑容，立马就会被她给缠上。然后天天缠着你，还跟你要这个，要那个，整天地粘着你不放。之前，曾见过她和耿峰腻歪过一段时间。那时候，那两个人只要一见面，也不管是什么场合，都会起腻。粘粘糊糊、酸酸溜溜，直叫人觉得肉麻，以至于总叫人联想起潘金莲与西门庆那对宝物来。

后来，瑞青老姐突然问起关键性的问题来，她说：

"唉，宇轩，你说，他已经约我见面了，就在今天晚上，我该不该出去？我该怎么办哪？"

"比如，我是说假设啊，他要是提出来要吻我，那我又该怎么办啊？"

瑞青老姐问得好肉麻，以至于叫我都有些打冷战了。宇轩倒是很平静，说怎么会呢：

"他是在跟你玩玩吧，若是真心谈朋友，没有这么干的吧，第一次约你？"

"我不是说假如嘛。那要是换了你，你跟你女朋友，会怎样？难道不会吻她吗？唉，你们那时候，是怎么相处的？"

"我也不知道了，早忘了。可至少不会一见面就提出来亲人家吧。不过，也不完全是这样，他要是亲亲你的额头，亲亲你的手呢，这好像也没有什么，不算太过分啊，是吧？"

他们两个嘀嘀咕咕地说了好长时间。谈了许多的问题和可能。瑞青老姐的表情一直很神秘。我一直觉得，他们两个当时的谈话，并不是完全限于那些表面现象。我觉得，只怕瑞青老姐还存着另外的心思吧，她那么聪明，又是很懂人情世故的一个人，怎么也犯不着向宇轩那个老夫子、老古董去请教情感上的问题吧。那很值得怀疑，确实值得怀疑。

为了验证我的判断，瑞青老姐并不单单只为向宇轩请教那个问题的问题，过后，我还特意地去探了探她的口风。我装着一本正经地问她：

"唉，老姐，你的约会进行得怎么样啊？宇轩教你的招数使上了吗？亲成嘴了吗？"

我还故意问的尽量严肃，开始，瑞青只当是什么民生国际的大事，还认真听我说话，可只一下就明白了我问这话是有目的的。并且以为我洞悉了她的小心思，立马就红了脸，一副贼人胆虚的表现，嗲怒着要捶我，害我告饶不止。唉，姑娘心，海样深，真是捉摸不透。直到现在，我也没有弄明白瑞青老姐和宇轩谈话的真正用意。

不过，这一切，还真是叫人开心和愉悦。这是我记忆里，一段难得的开心时光。

呜呼，撒有娜拉。

第十一章

武林高手

在我们班里还有另外一个有意思的人。这就是建林老兄台。

说起这一位的事情，简直能够乐死人。刚来不久就听到他的一些趣事，不过，并没有引起我足够的注意。之后不久，又听到了他的另一件稀罕事，忘了从谁那里听到的，说这家伙极怕老鼠。当时我还不信，他那么强壮的一个人，怎么会怕一只小耗子呢，觉得实在可疑。为了这件事，我还特意地试探了他，不想真是这样，他怕耗子简直怕到魂魄出窍的地步。

路过甬路旁的杂草丛时，我故意对他说，草丛里有只小耗子，并且说得跟真的一样。没想到，只这一下就把他招翻了，一下跳起来有三尺高，在那里又蹦又跳，还一口气跑出去好几十米远去，躲在树后面胆颤心惊地朝我询问那只耗子有没有跑掉。当时，他的表现简直叫我不敢相信，觉得他大概是在故意逗我玩呢吧，实在是太夸张，太具有戏剧性了，比看滑稽戏都怪异。

建林就是这么位有意思的人物。在这一年秋天，他又办了件稀罕事，喜欢上了高中部新生里的一个女班长。

我之所以说建林老兄"又"出了件事故，是因为头年的冬天他曾经出过一次事故。

头年冬天，也不知他从哪里搞来本叫作《大成拳》的武功秘集，说是很厉害的一种拳术，然后就认认真真地练习起来。他所谓的武功，也就是从最基本地扎马桩开始练起。开始，他自己对自己的这些功夫还挺推崇，时常一边站桩，还一边问大家，他练得像不像什么"怀柱式"，什么"伏虎式"，等等的一些招术。不过，大家对他不但没有什么好话，还纷纷地拿他开起了玩笑，打趣他，说他发神经。这样一来，他就有些兜不住了，不敢再在人前炫耀。

为了躲开大家的嘲笑，他还把练习武术的时间改在夜深人静大家都睡着以后。可他坚持在深夜里进行的事业，又吓到了那夜里起夜的兄弟们。也是，大半夜不睡觉，还伸着胳膊站在别人床边上，是怪吓人的。因为害怕再落埋怨，建林又痛下了血本，把夜里练习武术的地点改在了远离我们宿舍的西墙边的厕所里。可万没想到，反倒捅出了个更大的娄子。他竟又吓到了一个起夜的女教师。

您大概要说，爷们儿，不对吧，男生在厕所里练功夫，怎么会吓到女教师呢？忘了吃药了吧你！唉，要不怎么说"天下之大，无奇不有呢"？这样的怪事，真就发生了。事情是这样的，一天早自习结束回到宿舍，从外面赶回来的小罗刚一进门，就对着大家咋咋呼呼地嚷嚷：

"嗨，我说，哥们儿们，特大消息，特大新闻，就在昨个儿晚上，学校里发生特大新闻。"

"昨晚上，后面宿舍区的季老师出来小解，因为是大半夜里，又很冷，季老师为了图省事，就进了宿舍楼近处的男厕所，反正夜里也没有人嘛。谁知，她刚一进去，就发现，厕所里站着个人，伸着胳膊，正对着她的脸。"

"季老师哪里见过这个东西啊，'哎哟喂，我滴妈呀，僵尸！'她尖叫了一声，也顾不得撒尿了，一夹裤裆，转身就跑。吓得她险些都回不来了。"

"季老师回去把她见到僵尸的事情赶紧跟张老师说了。那张老师可是个胆大的，心说，那要真有个僵尸啊，倒还好了呢，非捉回他来卖点钱花。然后拿上手电就奔了过去。到了那里一看，哪里是什么僵尸，那就是个鬼嘛。"

"哎，兄弟们，你们猜，这个'鬼'是谁，猜不出来吧，就是咱们建林啊。"

"到了那里，张老师掐着建林的脖子就给拽了出来，把他狠狠地扇了几巴掌，一问还是在练什么鸟法功，又给他揍了几巴掌，连那本书一并给没收了。"

大家被小罗带回来的消息逗得简直乐翻了天。连小罗也被自己的演讲给逗乐了。大家随兴又拿建林狠狠地开了次心，痛痛快快地涮了他一顿。本来，大家以为这件事到了这里也就算是过去了。谁想建林这家伙脑袋长草，又生了新点子，竟然玩起绝食来。早起时，建林先是饿了一顿，到了中午，他又是粒米未进。开始，大家还没有太在意，以为，一会儿等他饿了就好了。可到了晚上，他还是没有吃东西的打算，大家就有些沉不住气了，怕他真给饿坏了，纷纷过去劝他。当时，小良还直笑他，说：

"建林啊，你自家饿着，是你自己难受还是别个人难受？别跟人治气，犯不着，还是吃饭吧。"

面对小良子的一番好意，建林不但不领情，反倒摆出了一大通的道理来：

"哎，你是以为我是为那点儿事挨饿啊，我的肚量才没那么小。你可小看我了。"

"其实，我这也是练功，通过忍受饥饿来锻炼自己的忍受力。这也是一种修行的方法，功夫中的一部分。"

大家因了他的话更加地笑他，二亮听了也感起兴趣来，奔过去，扳了他的头直晃他，还喋喋不休地数落他：

"就你？跟个圆肉蛋似的家伙，还来练功，你丫做大梦呢吧？"

"你知道泰森是谁吗？你知道霍利·菲尔德是谁吗？你还敢提练武功！"

"他们能一秒钟打出六七次重拳去，能一拳打碎十公分的水泥板。就你，早已全给打落缰了，还他妈地练什么功夫，你还是省点劲吧。"

面对二亮的数落，建林只剩了傻笑，也不和他争辩，只依旧我行我素地固执己见，照饿不误。

当时的劝说都以失败而告终，后来，看见劝不下来，大家也就不再劳神，各干各的去了。倒是后来宇轩的一番话，反叫建林给改了主意。

这天，在去教室的路上，宇轩很随意地向建林问起了关于他练习功夫的一些情况：

"哎，建林，你早已经练习了一段时间你说的功夫吧，有什么收获没有？"

"你练的究竟是什么拳术？"

见宇轩真心真意地问起他所执迷的事情来，建林还来了精神，滔滔不绝地向宇轩讲起他的功夫来：

"噢，当然有啦。比如，我刚开始练习时，只觉得很难受，全身都不对劲儿，腿上像是有无数的蚂蚁啃骨头，特痒，特难受。可后来，这些症状随着练习的深入便逐渐小起来，练起功来只觉得很舒服，腿上的力量增大了不少。"

"至于我学的这武术，是中华全部武术的集大成者呢。要不，他的名字怎么就叫《大成拳》呢？开创这一门功夫的老师，也是取的这种用意呐。"

"他的原理是先从外家功修起，然后才是内家功，也就是所谓的气功。不过，我并没这么练，反正我也不用它打架，就没有练习外家功。我只是练内功，强身健体，磨练自己的意志。"

"据这本书上介绍，就是一般觉悟很高的人，天分很高，究其一生，也不过只能参透这本书中十分之一二的奥妙。而若能够领悟到书中十之二三的精髓，那就能成为拳术界中顶级的高手了。"

后来，一时得意，建林还掏出来一个装潢很精致的笔记本来炫耀：

"其实，我还有一本练功心得。全是我摘抄那本书上的精华内容，还有我自己练功时的心得体会。"

"据书上说，到功夫练成的时候，拳者可以切金断玉，飞檐走壁就如同儿戏。就是破墙穿屋，也是轻而易举的。因为到这时，人的身上能有千斤之力。"

建林说得神乎其神，弄得我们大家都是一愣一愣的，不知道建林的这滩水有多深了。听起来还真是蛮有煽动性的。可宇轩却并不以为意，反倒拆解起建林的不是来：

"你说得也忒玄乎了吧，是武侠小说吧？"

"还有你说的穿墙破屋，只怕是以前的土坯墙头吧，换了现在的水泥墙，他还能？那不是说笑吗？还有，飞檐走壁，那是在以前过马车的小街巷上穿越吧？巷子窄，房子因为要省砖瓦，也很矮的吧。"

"再说了，什么东西不是都有个极限吗？百米跑，九秒多；跳远，七八米远；还有武警的功夫，奥运会上的拳击、跆拳道、柔道等武术，一般的好手对付三五个壮汉，不在话下，再高点，对付七八个，这都有可能，可也没见你说得这么玄乎吧？"

"还有，至于说切金断玉，那也不是不可能。可是，人是血肉之躯，不是得有极限不是，你说得太玄。要知道，我也经常在拳场里耍，这些东西，略微听到过一些。"

宇轩一边说，一边直摇头，而他说得我们几个反倒心明眼亮起来，都觉得他说的有道理。于是，都附和着声讨建林。开始，建林还想维护他的练功心得笔记，可后来，就渐渐皱起了眉头。后来，他竟然把怀里那本挺精致的笔记本给掏了出来，还三把两把生生把它给扯碎了。

这可是件大快人心的事情，大家都很高兴，新鲜我们这位老杠头竟然也有碰到落败的时候。

一直嚷着要忍耐饥饿的建林，心里一明白过来也就饿了，自己又好好想了一上午，到了第二天中午时，就真的想开了。跑去"南天门"，买了两包泡面，外带一斤油炸蜜果。这天中午，他就那么悠哉悠哉地躺在铺上，把那些东西全给塞进了肚皮里。吃完了还不算，还向正吃包子的宇轩求援，说自己的肚子还在嚷着要吃的。因为见他说得可怜，宇轩就慷慨地送了一个包子给他吃。几口吞了一个包子之后，建林又叫唤了起来，说宇轩的包子实在太好吃，要再吃一个就美气不过了。建林的又一次秋风，把宇轩给吃疼了，尖声叫了起来：

"啊，建林，你是不看着我们这里有一大盆包子，要打劫啊？我们可是每个人五个，你刚才吃得可是我自己奉献的啊。"

"算了算了，看你聪明，还是再奖励你一个吧。"

后来，宇轩就递一个包子给他，弄得我们几个直喊建林，叫他可悠着点，刚开的胃口，千万别给撑坏了。

建林的事情解决得不算太完满，但也算是顺利结束了。然而，就在我们大家沉浸在喜悦里的时候，吃完包子的建林突然又吐出了一个妖蛾子来。他躺在铺上，一本正经地对我们说：

"哎，宇轩，我经过深思熟虑之后，做了这决定。我说给你听听啊。"

"我思来想去，觉得那功夫还是有用的。尽管不一定会像他说的那般厉害，可强身健体，他总是行的吧。"

"我就用它来练习，以强壮身体，来防身就行了，也不会仗着身强体壮去欺负人。"

"所以，我打算从张老师那里要回那本书。"

我们刚为建林说了些聪明话感到高兴，听到他又要去向张头去要书的话，大家几乎都把刚吃掉的东西又吐出来。我们都觉得那事有点玄。而良子更是表示难说：

"哼，叫我说，难。这个张老师是最疼他们家里人的。不太好说了。"

"以前，小磊在看着他的小女儿的时候，不小心叫人孩子摔了一跤。本来嘛，小孩子嘛，哪有不摔跤的，可张老师就心疼坏了，愣是把小磊给揍了两巴掌。"

"更何况这一次，建林又是吓到了人家老婆，难说了。不挨揍就已经是万幸，还敢再找麻烦，危险，危险。"

对于建林这次要去向张头索要书的事情，我们几个都不太抱什么希望。其实，这也不能全怪我们悲观，关键是学校里确实存在着许多做事不合乎身份的人。

比如石头的教练，史头，别人竟然跟他取了个绰号，叫"老皮皮"，意思是说他像周扒皮，而且是加倍的苛刻。就连他的徒弟石头他们也这样称呼他。确实，那人的名声在学校里极坏。以前，我不太清楚他是个怎样的家伙，只是看出大家都不怎么喜欢他。或许是因为他太爱占小便宜吧。初夏的时候，老皮皮曾来我们宿舍向石头索要熏蚊子的火绳，向石头交待完任务之后，还递给石头一个超大的塑料编织袋子，那神情好像在说："哼，看你不给我多拿些。这么大的袋子，拿少了，你好意思。"

后来，学校给几个教师分了单元房，为了这件事，他又来找石头。要石头给他整几盆花装饰新家。石头很为难，他家里并没有花草。后来，是我从家里整了几盆花才给他解了围。

老皮皮就是这么个家伙，爱占小便宜。后来，从甲班里转过来的薛峰说起他来，那才叫恶心。

"这个老皮皮，只干那种丢人事。"

"那时候，小培的父亲经常给他带些猪手来。心疼他嘛，怕他吃不饱，好在夜里加加小饭儿。"

"老皮皮的鼻子灵极了，就像是狗鼻子，大老远地就闻到味儿了。他去人宿舍里查夜，问人小培，问：'你拿了什么东西？'"

"小培知道逃不过，就说是猪手，那老皮皮就叫人拿过来给他看看，小培没办法嘛，就递了过去。"

"你们都猜不到老皮皮接下来该怎么办了。黑暗里，小培就听见一通凶猛的声音，吭、吭、吭，然后，猪手递回来了。小培接过来一摸，上面尽是大坑，全是被老皮皮给啃的。"

"那猪手上才有多少肉，全被啃光了。"

薛峰确实是这样讲给我听的。当时，因为觉得他讲得仿佛有些过于夸张了，就说了句：

"不会吧？真的假的，这么恶心人？"

不想，只这一句，还惹得薛峰不高兴了：

"怎么，你信不过我？我堂哥大岗就是小培他们一个宿舍的，他亲眼见的事情，还能有假。"

薛峰说得那般肯定，叫我也不得不信了。不光是老皮皮，学校里还流传着关于教头们的许多传闻，比如说有一个教练，在这里，就不说名了啊，实在是有些太那个。据说，他在上大学的时候，就是个惹事的祖师爷。仗了我们区里的学生多，尽是老乡，又赶上他拳击、散打、太极全在行。真可谓"流氓会武术，谁都挡不住"，谁都敢欺负。打架斗殴，惹是生非，无所不为其极啊。以至于这位爷在毕业要走的时候，班主任竟十分开心，还抚掌而笑，说了句：

"唉呀，我的上帝，你这家伙，总算是毕业走人了。"

按理说，人在毕业离校的时候，感情都会很复杂，都会很留恋，尤其是在这师生之间，一日为师终生为父啊。在古代，灭九族的时候，老师可是逃不掉的，亲族啊。可是，这位爷却不是。

光听了这话，就不难想到这位爷大概是副怎样的架势了吧。而这位爷在教了好久书之后，仍旧是一副很不规矩的样子。一次，他就在来学校的路上，把几个查车的交警给打了。原因是他觉得那几个交警违规执法。而这件事情，就是他自己在操场当着我们的面讲的。而且，对于自己以一打四的战绩，神情颇得意。

其实，学校里还有不少类似这样的事情和传闻，也正是因为这些东西，我们几个人才担心建林老表要不回来书。我们几个很是担心，生怕他不去要还好，一旦去要书，不一定又要惹出什么好事情来。

不过，我们几个的担心算是多余了。后来，老建林还真把他那本惹出了那么多麻烦的武功秘集给索要了回来。于是，这件事也就这样过去了。

但也只是这么一件事，就把建林兄的呆劲、执拗劲全都暴露了。从那以后，跟他开玩笑的人就更加多了。有的人拿火柴在他熟睡的时候燎他的手，燎他的胡子；也有的人吓唬他，说他如果是再这么样呆下去，只怕以后连老婆也讨不到了。对这些愚弄，他从来都不在意，还和作弄他的人陪笑脸，一笑了之。有时，我们问他为什么要忍，不跟人计较，他只说，反正他们又没有打我，我身上也不缺块肉。不过，在这些玩笑之中，建林老表也并不是毫无忌惮。他最害怕的是别人问他的年龄，问起来，总是不说，要不就说个很小的年龄。每当这时，大家就故意地拆穿他：

"你才是十三岁，那你妹子有几岁了。"

"十四岁啊，"

"哈哈，你妹都十四岁，你才十三岁，有没有搞错？是不是你生出来，又返炉去了，又跑回去度了一年的假。那你可是个回炉烧饼啊。是不是啊。"

"我也不知道了，反正，刘老师告诉我，我档案上是十三岁。"

每到这时候，建林兄就显得很狼狈，很怕别人知道他的真实年龄。

对于建林兄，小良子的评价却颇高，说他是"大愚若智"了。为此，他总是为建林担心，觉得他的处境艰难。不过对于他的这个评价，我一直不肯认同。虽然，他未必算得上"大智若愚"，但他的这种处事方式还没有糟到不可救药的地步。至少，他比那些总自以为聪明，处处算计人，结果得罪人得罪得没了退路，受人白眼的人强。比如我就是，呵呵呵。

而就是这么个爱耍宝的哥哥，在这年秋天，喜欢上了高中部新生的班长，而且是非常着迷的那一种。

那些天，他一天到晚地等在宿舍的窗户前，只为能大睁着眼睛，看着那个女孩儿从教室回宿舍时经过我们的门前。他会一直目不转睛地盯着那个女孩儿，从教室的一直到宿舍门口。这么样的一幕风景，他就这么痴痴地看，直到结束。

开始的时候，我们还有些不以为然，觉着他慢慢就会忘记，哪一个少女不怀春，那一个少年不多情不是？不想，这家伙还认了真。后来，开始整天整天地写信，弄得跟真事似的，还向人打听那个女孩儿的姓名及情况。这叫我们几个人不由得不安起来。后来，为了一探建林中毒的深浅情况，我还特意和他聊过一次。我问他，那么多女孩儿，为什么偏偏会喜欢上她。他竟讲了一堆的故事出来：

"其实，我喜欢她，既不是因为她漂亮，也不是因为她们家有多少多少的钱。"

"你知道吧，我最初喜欢她，是因为她的那个背影。她和我以前认识，或者说喜欢过的一个女孩儿特别像。"

"以前，在我们矿上，那个山西矿主有一个比我大些的女儿，不仅长得特别漂亮，还特别善良。她从不欺负人，说话，做事也都特别地有分寸，从不拿别人的短处开玩笑，对谁都特别好。"

"在我眼里，她就是一个活着的仙女，菩萨。那时候，我就偷偷地喜欢她，可我不敢对她说，觉得自己跟人家一比，简直就是蠢猪笨牛，土气得不得了。"

"后来，那个女孩的爸爸调动工作，她就跟着一起搬走了。"

"也就是前些时候，看到这个女孩背影的时候，我慌张得差点把眼珠子给瞪出来，以为是她，我又见到了她。"

"到后来才知道，她们两个人只是长得特别地像，并不是同一个人。不过，后来，经过我的观察发现，她和那个女孩不仅在容貌上特像，就是在行动上，也特别像。处事特别公道，待人又和气又实在，要不，她怎么会被选成班长呢？"

这些天，建林一直生活在自己给自己编织的美梦里。整天地写那些东西，写了又改，改了再写。后来，他真把信给那女孩儿送去了。他采取的方式更是英勇，自己亲自上马给人送去。

这天，建林一老早地就回了宿舍，专心致志地坐在宿舍里等那个女孩儿出现。后来，那个女孩儿终于出来了，慢慢地向宿舍这边走来。看见那女孩儿出来，建林就带上装备出发了。他用一本书夹着写好的信，迎着那女孩儿走了过去。在与那女孩儿走过对面时，他叫住了那女孩儿，然后打开书，把那封信捧在了女孩儿面前。虽然不能听到建林说些什么，但知道一定是要那女孩儿拿走那封信。可那女孩儿并没有那么做，没有说话，只是绕开建林，依旧不紧不慢地走掉了，一副无动于衷的样子。正在宿舍里观景的我们，把这一切都毫无遗漏地看在了眼里。这个结局肯定有些出乎建林的意外，应该把他吃惊坏了。失败的建林突然就发起狂来，疯狂地跑起来，瞬间就从教学楼东边跑得看不见了踪影。然后，不多久，就从教学楼西边跑了出来，然后跑到操场里狂奔去了。建林本来就个不高，可他跑得又是那样快，两条小短腿就像是戏水鸭子，不知疲倦地交替。

之前，从来没见过建林的情绪这么剧烈地波动过，他内心里的波涛，大概不会比他外面的表现逊色丝毫吧？他肯定很伤心。

正如我判断的，他成了学校里流传的爱情至上论的又一个受害者。

蓝蓝的天上白云飘，地下的哥哥在狂跑。

呜呼，欧完儿了。

第十二章

英　雄

去年暑假，我们家发生了件有意思的事情。爷爷过寿诞这天，家里面来了许多人。小姑也从城里赶了回来，还带着她三岁多一点的小女儿。这件有意思的事情与我的小表妹有关。

因为要招待客人，母亲忙不过来，我就成了她的"小力笨儿"，帮她做跑腿的伙计。我替母亲去后院的菜地里摘些蔬菜，小表妹也非要跟着去帮忙儿，于是，我便带她去了。到了菜地，看见那么多的蔬菜，小丫头高兴得手舞足蹈的。从小在城里长大，没见过地里的蔬菜究竟长得什么样，所以她很兴奋。还紧忙着帮我摘菜。

后来，那小丫头儿突然就安静下来，站在地边上盯着那些菜看。我看出来，她是想摘个东西吃，于是自作主张替她摘了一个自以为她会喜欢的，已经熟透的西红柿。可她连那东西连第二眼都没有看，依旧站在那儿盯着菜地看。于是，我又忙不迭地摘了一条黄瓜递给她。可她却仍旧没有动心的表示。依然默不作声地盯着菜地看。这样一来，我就没有丝毫办法了。当时，除了这两样菜之外，其他的就没有可以生着吃的东西了。我便站在那里发傻，看她究竟是喜欢上了什么东西。结果，我的急慢举动还让小姐姐儿不干了，撅起了小嘴儿，气哼哼地跑走，找小姑告我的状去了。

后来，她还把小姑带了来，要小姑为她撑腰。于是，我便一五一十地将刚才发生的事情讲述给小姑听。小姑听完也很纳闷，便问她的小乖乖究竟想要什么东西。结果，那小丫头儿一下就指准了一个巴青巴青的西红柿。原来，她从小在城里长大，见过黄瓜，也见过熟的西红柿，就是没见过青的西红柿。还认准了那东西好吃，非要一个不可，并且，对于我们告诉她这东西并不好吃的建议，丝毫不予理会。于是，我只好摘下了那东西，交给她，然后很紧张地看她如何去吃那个光看着就让人牙酸的东西。果不其然，这小家伙儿在那个东西上咬下去之后，脸上马上就露出了难过的表情，并很痛恨地将那个费了好大的劲才搞到手的东西丢在了地上。这场景把我跟小姑给乐的。

当时，我还想呢，总以为很聪明的我们人类，在很多时候都是很盲目的，会很轻易地被一些东西光鲜夺目的外表和灼灼的光彩所诱惑。以至于做出很荒唐的事情来。

我们很是乐了一大阵。

可欢笑之余，我却突然地猛醒。想到曾几何时，我自己不也是那样个盲目崇拜偶像，却崇拜了一肚子失望的家伙么？只是，我所崇拜的对象，有点不同罢了。我崇拜的是个人，是那个叫"火腿儿"的前辈。

在我的眼中，他曾经一直都是个无懈可击的英雄级人物，英雄的光彩几乎都快与日月同辉了。至少，那年暑假，他在我的眼中还是那样高不可攀。

这年夏天，我们留在学校里搞集训的时候，火腿儿学长也放了假，在学校里待了大概一个礼拜。早上，他经常穿着件连体的瘦身运动衣，在操场里和他的师弟师妹们一起训练。我们此时才搞明白为什么人家会有那么好的成绩。首先，人的肌肉明显地要比正常人多出一分，其次，人的肥肉控制得又非常好，简直就是精瘦精瘦的，几乎看不到多余的赘肉。这样一来，想不出成绩，大概都难了。

不过，除了远远地看到他之外，我们并没有更多与他接触的机会，倒是二亮不时地带回一些关于他的信息，多数是关于他的成绩特别好一类的话。后来，在火腿儿学长陪着跑了半程马拉松之后，更是让他兴奋得天上地下的。有好些天，他总是不断地向我们大家重复着这些话：

"你们知道他跑得有多快吗？我都尽了全力跟着人家了，人家还问我，'跟好了没，要加速了啊！'人就开始跑动了。呵，咱就眼瞅着人在咱跟前一点一点就远了。你想追，累得你眼珠子爆出多高，气也喘不上来，腿也软了，要多惨有多惨。"

"可人呢，跑出大老远去，颠颠地人又跑回来了。到了咱跟前，人开始陪着咱倒退着跑，一边跑，还能和咱聊天呢，连大气人家都不带出的。"

"只跑了那半截子马拉松，我都快累得拉稀了。要是想练到人家那水平，还真得好好吃几年苦呢。"

火腿儿陪二亮跑的这次半程马拉松都成了二亮的精神图腾了，使他总处于亢奋的情绪之中。看来啊，还真不能小看偶像的力量。

不过，除了这些传说之外，火腿儿学长差不多就成了一个谜了。这些日子，他总是神龙见首不见尾的，除了训练的时候，白天晚上都很少能见到他。后来，据冬妹说，除了训练，火腿学长一般都是跑城里的网吧消遣，她曾见过他。那时候，冬妹她们时不时有一些演出，有一次，在她们坐了学校的校车去城里作表演时，看到了骑着自行车往城里赶的火腿儿学长。她说，火腿把车骑得飞快，都赶上她们的校车了，还冲她们那些女孩儿们挥手。

当时，学校里的人对这个火腿学长都很好奇，但又都不甚了解。所以，关于他的传说也就格外多，而且多是很神奇、很不可思议的事情。在那些与火腿学长比较熟的学长中有一种说法，说像火腿学长这样级别的运动员，已经得到了一种通体黄色的腕表。说这种腕表，一方面，可以在运动员跑动中看看时间，好使自己更好地分配体力。同时，这种黄色的腕表也是一种特权的象征，带着这种腕表的运动员在跑越野赛，或是训练，在大街上跑过时，所有的车辆都要停车为他们让行。这是一种类似于"小黄帽"的东西。很厉害。据说，火腿儿在最初得到这种腕表时，还有些不适应。在一次训练时，由于不习惯，给一辆行驶了一半绿灯的车让了让路，结果，招来了教练的一通训，说他这样做会打乱呼吸与频率，在大比赛中，很可能会影响到他五六秒的成绩。让他以后再不能犯这种低级错误。不知道是否属实，有点让人发飘。

自此，火腿儿学长的形象在大家心里就更加成了一个谜，而且，因为总隔着一层面纱，这个谜显得更加神秘莫测。后来，我们倒是与火腿学长接触过一次。一天，我们正在器材室里的那张好球台上打球，踢完球的火腿学长也来了，坐在一边看我们打球，还告诉我们，说我们买的那个球可能是个新式足球，踢起来舒服，但这种球只适合在草地上踢，在其他地面踢会影响到足球的使用寿命。我们几个都挺高兴，觉得他不像我们想象的那般高高在上，竟挺和气！

然而，我们几个还没有高兴完，这家伙就使了坏。听见打饭的钟响过之后，这家伙一步蹿了出去，还随手带上了门，并把锁头给锁了上去。这一次，把我们关了好长时间，器材室是全密闭地，门窗上都有铁网。我们全被耽误了打饭。我们也被这个火腿儿的疯狂举动给吓到了。

在学校，恶意的玩笑大家通常不敢随便开，学校里的值勤教师特别多，难免会被撞上，这是要遭受难看的。火腿儿竟然敢这么随便地干，显然是有他的教练给撑着腰。于是，我们更加不敢招惹他，生怕再被他给耍了。而他头上的那种光环也随着这件事情的发生而更加地明亮。

到了后来，就是这一年金秋的省运会上，在万米比赛，火腿儿跑到最后第六圈时，头上的光环也没有陨落。而且，直亮得我们心潮澎湃、豪情万丈，只等着他的胜利到来。

话说这一年，作为省里最优秀的运动员之一，火腿儿要参加比赛。我们学校为了叫孩子们更近距离地欣赏大型比赛的精彩与感受激烈的竞争气氛，积极地组织我们到省体工大队去观看比赛。这一次，我们是作为观赛者与运动员身份的火腿儿再一次相遇。

我们刚刚一踏进体工大队，就被这里的一切吸引了。进门后，我们路过一个狭长的甬道时，看到旁边的一个练功房里的一个横杠上，直直地垂挂着好几个小孩子，看上去她们都还很小。因为距离远的缘故，感觉她们有些像挂在挂钩上的白条鸡。其实，她们是些五六岁大的孩子。按理说，这么大的孩子还懵懵懂懂，应该在父母跟前享受安逸的。不过，后来听火腿学长说，别看她们年岁小，可用不了几年就会开始参加大型比赛并出好成绩的。体操运动员的训练通常都从儿童时代开始。对了，这些天，火腿儿好像一有空就跑来跟我们待在一起。而且，态度也好得不能再好了，跟我们介绍各种各样我们没有听过的情况。

除了这些小孩子，体工大队里的新鲜事多了去了，我们还撞见了省里的排球队。那些家伙，真是高了去了，全是高人。平日里，在电视上见他们，也不觉得很高。可走近了才发现，他们其中，就算是最小号的那个，也跟宇轩那么高。这一群人，高得简直像是一群大骆驼。还有投掷区那边，那家伙，三几百斤的大力士多了去了，看看这一个，像是能踢死牛，再看看那一个，又好像能坐死虎。真是看着就叫人过瘾。

其实，这里的东西不光在感官上让人感觉舒服，实在是真正地卧着虎、藏着龙，说不定与你擦肩而过的，看上去并不怎么起眼的某个人就是个全国冠军。我们就曾撞见过这么一位。一次，我们在一个赛场边上看比赛，和我们一起看比赛的有一个约有七十几岁的老爷子，和一个看上去蔫头搭脑的二十岁上下的小伙子。那个老大爷在讲旁边体育馆里的足球比赛，说自己刚从那里出来，又说体育馆里噪音太大，吵得他心脏受不了。后来，老大爷问起这个年轻人，问他是不是也有比赛，年轻人就说昨天刚赛完，八百米跑，一分五十二秒的成绩。这个年轻人说得轻轻淡淡的，却把一边的我们几个惊得目瞪口呆，都很崇拜地瞅着他看。后来，我们把这件怪事讲给火腿儿听，他说，这大概就是这一年最好的八百米成绩了。到这时我们才知道，这个看上去并不是很威猛，简直有点瘦弱的小伙子就是个全国冠军。

不光这样，即使在体工大队里见到了世界冠军，也不必大惊小怪，因为，这里本来就是高级运动员们汇集的地方。在这里，我们就曾见到过邓亚萍。因为运动场馆特别分散，要看不同的比赛，就要不时地换场地。一次，在我们大家转换场地的途中，有一个看上和邓亚萍长相十分相像的人，骑着辆小自行车，一晃一晃地骑过去了，手腕上带着条亮闪闪的手链子。当时，我还忍不住对几个哥们说："那不就是邓亚萍吗？"我说话时，这个人还冲我笑了一笑。后来，问起火腿儿来，他说，这也并非不可能。体工大队旁边就有家"少年乒乓球训练基地"，说不定，她就是过来给做下指导的。我的天哪，还真是"就有此理"。总之，这里的一切都新鲜有趣。因为有这些厉害人物的存在，使得我们对火腿儿愈加推崇。火腿儿能与这么些厉害的人物们同场竞技，自然也就不是等闲之辈了，他的成绩肯定也达到了一定水准。至于他到最后究竟能否取得好成绩，更是我们关心的。

没过多久，就有火腿学长的比赛了。一万米长跑。这天，我们大家悉数到了这个体育馆。连教练们也没有脱落的。我们都在期待着火腿学长取得好成绩。后来，比赛开始了，并有条不紊地进行。而火腿学长的成绩也非常令我们满意。本来，起跑之后，他的位置只排在中间看前一点的位置上。这个成绩是不很突出的，因为参赛的人很多，足有大几十号，这个位置实在不怎么算好。不过，几圈过后，他就逐渐赶超到前边去了，排在了第三名的位置上。算是整个集团的第一阶梯位置。据那些师兄们说，这样的位置对于他之后的比赛非常有利。确实，因为是超长距离比赛，后面的队员逐渐地与他们这个阶梯拉开了距离，而且，看上去距离还在逐渐拉大。连我们这些外行都能看出来，他们都很难再对前面的几个队员造成威胁了。

说实话，他们当时的速度真是快，快得简直叫我们咂舌。在跑道旁边放置着一些很大的显示器，显示着他们的成绩。而二亮一直都在给大家讲着他们每一圈的时间，说这些运动员第一圈的成绩是一分，第二圈的成绩是一分零八秒。他们一万米比赛中的一组八百米都能跑出两分零八秒，简直是神速。而他们这些运动员就是这样快一圈，慢一圈，有条不紊地进行着比赛。我们则静静地等待着看火腿学长与那另两位在最后时刻能拼个什么结果。他能赢，自然最好。

我们大家都怀着紧张的心情，等待着胜利的到来。看起来，最坏的结果也坏不到哪里，至少有铜牌可拿，基本可以提前庆祝了。可就在这时，意外情况却突然出现了。就在二十五圈的比赛已经进行了大半，跑进十九圈时，火腿儿却出了状况。他的脚步突然变得凌乱，他打了一个趔趄，然后，头一沉就栽到了塑胶跑道上。看到这个意外情况，我们全都紧张地从座位上站了起来。伸着脑袋想看清楚究竟出了什么事情。我们还没有意识到事情的严重性，以为火腿学长只是摔了一跤，他还会爬起来跑完比赛。可情况并非这样简单，火腿学长并没能站起来。待在操场边上的医务人员全都奔了过去，他们用毯子把火腿学长严严地包了，然后迅速地抬下了场。

现场的情况很混乱，我们很紧张地瞅着火腿学长被抬走的那个通道。不知道究竟出现了什么状况。坐在后面一直面色凝重的何教练开始频频打电话。后来，过了很久，大概有多半个小时，来了一个四十岁上下的中年人。看上去，又黄又瘦，很衰气的样子。他站在何教练前面的脚地下，很愧疚地向何教练讲述着发生的情况：

"哎，这孩子太本分了，通常啊，我是怕这些孩子瞎花钱。周一的时候，我一次只给他们十块钱。"

"别的小孩呢，花完了就会找我来要。可这小孩儿呢，一次也没来向我要过。"

"孩子们都大了嘛，怎么也能照顾自己。谁知，这孩子他，脸皮太薄了。"

那个教练讷讷地向何教练解释着自己的清白。直到这时，我们大家大体才搞清楚，原来，火腿儿是因为营养不良休克在了赛场上。也是到直到这会儿，我们才知道，火腿儿遇到是个吃兵肉、喝兵血的教练。

知道火腿儿并不会有生命危险，我们这才稍微放下心来。可人群中的愁云却不能散去，都说因为这场病，火腿儿很可能错过了好机会。

最开始，我还有些不以为然，觉得，这不过是一场比赛嘛，以后还可以再比。怎么说，好在人没有什么大问题嘛。后来，那些有经验的学长们道出了其中的玄机。说运动员取得好成绩，是很困难的，要得天时、地利，再加人和才能获得成功。运动员的身体状态存在高峰期，一旦过了身体的高峰期，成绩也就过去，回不来了。而这年，从年龄上说，差不多正是火腿儿的高峰时期，以后就不一定再出好成绩了。

　　他们这么一说，我就明白了。我们宫教练也曾说过这样的话，只是我没有意识到他说得有多严重，没太放在心上。这年春天区里的运动会跳高比赛刚开始那会儿，宇轩就打算上场的，可宫教练不许，说会影响体力，还对宇轩说了上面这番话。后来，到了一米四几的时候，才要宇轩上场。宫头还告诉宇轩，说在赛场上，也讲究战略战术。上场过于早，会影响到体能，高水平的运动员一直会跳到最后，必须得保持体力。同时，也不可以专跳最后的那几跳，怕活动得不充分，会影响到成绩的发挥。还说他自己就曾经吃过这样的亏。说在他大学最后的一年，有省里的比赛。当时，他的成绩是最好的。也正因为他的成绩特别好，又很稳定，他就有些大意了。满以为，在别人都不跳了之后，他去跳几下，拿了成绩就走人。结果，他就吃了亏。这年，都已经是四月天气了，偏偏还下起了小雪粒子，因为没有充分热身，他的身体就有些僵。试跳了三次，结果都撞了杆，使得他没有任何成绩。他就是当时很有名的"无冕"跳高王。

　　后来，他们又说，这一年的成绩对于火腿儿尤为重要。要是取得了好成绩，他的工作大概就有了着落。可若是没有成绩，他大概只能算是平头老百姓一个，从哪里来，还回哪里去。他的文化成绩已经荒废得捡不起来了，根本干不了别的。到这时，我才真正地为火腿学长的处境担忧起来。

　　不过，这还不是最惨的。火腿儿的身体状况都已经这样了，可第二天，他又被教练逼着到赛场上参加另一项比赛，五千米长跑。说实话，我们也都非常希望奇迹会出现，尽管知道他的身体存在着严重问题，可还是希望上天庇佑，叫他获得好成绩。可上天并没有显圣，在跑完第二圈之后，他就开始出鼻血。后来，他又跑过来时，胸口的衣服上已经被鼻血打湿了一大片。于是，他不得不退了场。

　　后来，大约有半个小时，处理过鼻子之后，他就赶到我们看比赛的看台上来了，鼻子上还堵着棉球。何教练问他，身体不好怎么还要上场。火腿学长便说，原本正在输液，可教练还想叫他去场上试试。结果，还是不行。后来，何教练又问起他来，问他十块钱怎么就能够挨过一星期。火腿学长就笑嘻嘻地给大家讲起来：

　　"是啊，那个，我也发愁啊。后来，就琢磨呗。"

　　"我就买馒头吃，馒头便宜，在这里，一块钱可以买到八个馒头。那八个馒头就够我吃一天。菜？吃洋葱头呗，剩下三块，也只能买洋葱头了。"

"说实话，刚开始吃，那洋葱头还有些甜味儿，不算难吃。可后来，吃久了，浑身上下都是洋葱头味，连打个饱嗝都是那种味儿。"

"这辈子不叫吃洋葱头，我大概都不觉得遗憾了，吃那东西吃得太久了。"

"有时候，伙房里的大厨师会偷偷给我一罐子豆酱吃。那些东西平日里也不觉得多好，可吃葱头吃惯了，再吃那东西，觉得还真是特别好，特别香。"

火腿学长像是讲一些有趣的事情似的，笑容满面地讲着这些听来就觉得悲惨的遭际。早就听说火腿儿的家境不太好，不过，只是说他的父母身体都不好，经济条件差些。直到此时才知道，一直被我们这些小孩奉若神明的他，处境原来竟是这样的可怜。

后来，我们又得知，这些高级别运动员的伙食标准是很高的。第二年春天，参加省运会预选赛回来的宇轩，带回来许多可乐。我们还奇怪，他怎么这么大方，平白无故舍得请我们喝饮料。一问才知道，这些东西是他用没吃完的两张饭票换来的。据他说，他们当时的伙食标准非常高，一天差不多三十块钱。他的两张饭票就换来了十斤饮料。也就是说，火腿儿的伙食被教练克扣得很厉害。

这绝对是个悲剧的现场讲述。至少对于火腿儿来说是这样。可在大家的脸上都是一片冰霜的时刻，他的嘴角却始终挂着淡淡的微笑。

也正是从这时候起，火腿学长光怪陆离的形象在我的心中彻底地崩塌了。那些人为赋予他的过多的神话色彩，全都剥落掉了。当然，他还是一个很了不起的人，至少很能吃苦耐劳。我觉得他很可爱，也是很有志气的人。

也就在火腿的这件事情发生不久之后，学校里来了许多位身材很高大，带着工作牌的人员。后来，学校里便有了传言，说来的这些位，全是省体委的工作人员，他们是来检查我们学校的伙食情况的。检查的结果是，我们这个学校的伙食质量太差，根本就不能给运动员食用。不过，这些话只是作为流言流传一阵，以后就再也没人提起了。

呜呼，唵嘛呢叭咪吽，天灵灵，地灵灵，蛤蟆老鼠都成精啊。

第十三章

降　妖

真是奇怪，自从"火腿儿"的事情发生以后，学校所有的神秘色彩全都消失得无踪无影了。既然被许多孩子视若神明的火腿儿都倒台了，学校还有什么可神气的？

所有高高在上的表面文章之下，仿佛只是些并不高明的东西。先前，一直高高笼罩在我心头的光环也消失不见了。说白了就是，整个学校掉价了。而我却不同，觉得天空变得高远，空气也变得没有先前那般生硬了，呼吸起来顺顺畅畅的。生活变成了生活，简单却很快乐。

在轻快的生活之中，唯独留下一点小不痛快，那就是宇轩。

这年秋天，宇轩曾去市里参加了一次跳高比赛。为此，我们哥们几个很替他高兴，毕竟他是我们之中最出息的一个，第一个参加正式的比赛。有荣誉自然是开心的事情。可宇轩对此事却不以为然。比赛完回来，像是没事人一样，对于比赛的情况只字未提。这就不能不让我们猜测了，觉得他可能是没能取得什么成绩，不好意思对大家讲吧。后来，我没忍住，还是问了他，这时侯他才懒洋洋地说：

"噢，得了个第二名。"

这个回答很出乎我的意料，赶紧将这个好消息告诉了那哥几个。大家也都很高兴，忙向他祝贺，没想到他自己竟有些怵起来，直说丧气话：

"我本来也觉得不错，第二名嘛，可宫老师说，让我千万别高兴早了。"

"他说，这比赛并不算大，有许多厉害运动员根本就不来参加这种比赛。"

"哎，真是头疼啊。"

按理说，比赛获得了成绩该是高兴的事情，没见过他这样的，自己给自己找那么多的不自在，不熟悉的人肯定会以为他是得了便宜卖乖呢。于是，我们都劝他，不必想那么多，过一时算一时，痛快一天算一天。可他哪里听，依旧独自一边待着去了，还带着一脸的忧郁，看着就让人不爽。

不光是这件事，对于其他的事情，宇轩也提不起什么精神来，总是一副很消沉的样子。沉默寡言的，不是必要，通常连句话都没有。不久前，训练时，他鼻子突然出了血，就跑到旁边的水池那里用水冰下，止血。对了，这段时间，他经常流鼻血。现在想来，他的身体已经开始出现问题，只是我哪里知道这么多。

还是说这一次吧，本来嘛，很简单的事情，让别人让一下，自己加个塞儿洗洗嘛，可宇轩却处理不了。他去的时候，有几个小学妹跟那里洗衣物。因为宇轩不言语，人都不给他让地方。宇轩真就仰着头儿站在那里等了。后来，过了好半天，被我们看见了，紫贤和寒卿将那几个小女孩儿骂了一通，人才让他加在前面洗了。真是搞不懂，这家伙是怎么想的，脑袋被驴给踢了，还是被虫蛀了。

确实，宇轩这家伙真的有点怪。他总是爱愣神儿，经常能看见他在看着什么东西愣神，也看不出是在想什么，亦喜亦忧的，面无表情。不了解的人肯定会以为他是个在思考人生的大哲人。

这还不是宇轩最大的毛病，这时候，他也学坏了，而且是贼坏贼坏的，尽跟人倒歪歪。

不久前的一天，因为一点口角，云航和小罗师兄弟两个搅起了火，而且打得挺凶。打到最后，彼此揪着对方两把长头发，怎么也不肯放手。时间一久，这对难兄难弟的奇怪亲密方式就招来了学校许多爱瞧热闹的，围在窗户那里给叫倒好。这让我们大家都有些不自在，毕竟是家丑不可外扬嘛，叫人笑话。不过，大家一点办法没有，一直撺人，可那些人就是不肯动身，依旧起哄。后来，夹在我们中的宇轩突然使了大坏，抄起桌上满满的一盆水，冷不丁冲着窗户全泼了出去，只这一下就把那些看热闹全给赶散了。当时，那些人中夹杂着好多个学长，这些人哪一个也不是好惹的。因为被泼水，那些学长还都冲了宇轩呲牙的，要不是看见我们宿舍里的人都已剑拔弩张，说不定就冲进来围攻他了。

后来，宇轩玩得就更绝了。因为云航与小罗的怨气都很大，胡扯着头发怎么也拉不开，许多人帮着掰手指也分不开。后来，宇轩挤了出来，让大家都让开，说由他处理。本来，大家以为他有什么高招，谁想到，等大家闪开以后，这家伙一蹲身，钻俩人下面去了。他蹲在两人正中间，然后往起一站身，一下子就把两个人应声断开了。人是分开了，也不好再去打了，可在两人手里，都有几缕揪下来的头发。

好么，这哪里是给人拉架，完全是在分大饼嘛。宇轩的这一举动让小良子那位极品怪胎也惊叹不已。小良子对云航师兄弟两个的意见也挺大的，不待见他们两个满嘴溜火车的劲头，尤其是讨厌云航，嫌他是个最没正型的，跟小女孩打交道时，动不动就跟人说："怎么，要谋杀亲夫啊。"刚开始，看见他们师兄弟两个干到一块，小良子还幸灾乐祸，笑他们是"狗咬狗，一嘴毛"，可看见宇轩这么给人拉架，吓得直缩脖骂娘：

"这狠贼，真不是个省油的货。"

"平子，这家伙是不是疯了？"

这件事情出来之后，我们都怀疑宇轩有些疯了。确实，宇轩真存在问题，尤其是他处理问题的办法，实在叫人不敢恭维。之前的一天，宇轩曾处理过老梁的一桩子事情。他当时处理事情的方式也是叫我们直咂舌头。

老梁是在学校里淘泔水的一个老头儿，家住在学校前面不远处的果园里。除了淘泔水喂猪，老梁还种了不少水果，有草莓、葡萄、苹果和梨子。等果子成熟的时候，就来学校里兜售。据说，老梁的园子里竟然种着一棵拔丝梨树。这是一种极少见的品种，结出的果子又香又醇，甜到可以拔出丝来。因为太甜的缘故，经常会招来那些聪明的乌鸦啄食，连它们也知道那东西好吃。只是这个品种太少了。由于这个原因，这种梨子很贵，在梨子的盛果期，其他梨子只能卖到几块钱一大袋子时，这种梨子仍旧可以卖到十块钱一个的高价，决不还价。

这天，老梁来学校叫卖他的葡萄，偏偏赶上学校在调试饭票制度，要用新饭卡了。因为饭票的量很大，一时替换不下所有的。于是，全兑换成了一些很久前就退下不用的饭票。这全是些半斤票，可只能顶二两用。老梁来学校叫卖他的葡萄，正赶上这种饭票，就上了当。因为不知情，有人就用这些大面值的假票兑给他用，而他还从西边的宿舍一直卖到了我们宿舍。

我们也留意到了这种现象，知道老梁吃了亏。可也不便告诉他，毕竟宿舍里有人贪图便宜，正跟他交易，说出来，定要得罪人。只是自己不去买，不贪便宜就罢了。可一边的宇轩就不行了，一看见，就不管那些人情世故，向老梁头说：

"哎，大伯，你别卖了，这饭票不对。"

"这一张是二两，顶着半斤卖，你就吃亏啦。"

宇轩的心思不可谓不好，是在帮助人，可他的性子好像太直了，一点弯都不去绕，就像是胡同里捉猪，直来直去。他这样的性子，难免要得罪人，这才是我们最不放心的。做人要厚道！圆滑也很重要，不想丢了小命的话！

后来，为了叫他明白他的这些毛病缺点，我们还明里暗里地跟他说了几次。

在当时，听见说他的缺点他倒是挺谦虚，说自己是有许多不足，希望大家多批评帮助，态度也挺和气。可过了后，说话、做事依旧我行我素，仍然是这种倒歪歪，放响屁恶心人的架势。这让我们很头疼，可拿他又毫无办法。后来，情绪积压久了我竟也有了施暴的想法，决定把宇轩暴揍一顿，叫他好长长记性。我当然非常明白，光我自己是不够的。我打不过他，就是再加九个我也白给。我最先想到的是小良子，他是大力士么，应该能打败他。可我刚把这个想法说出来，就把小良吓坏了，还赶紧地跟我这个有疯狂思想的家伙划清界线：

"我，疯了嘛！我打他？我吃饱了撑的没事找挨揍玩啊！"

"你是不是吃错药了，还是吃饱了撑的傻掉了。怎么出这个馊主意啊？"

小良子一副惊吓过度的样子，摸摸我的额头，看我是不是在说胡话，还左顾右盼的，生怕让宇轩知道他跟我是一伙的，给自己招来麻烦。不过，小良子嘴上虽然这么说，可内心里对宇轩多少还是有些不服气，不服气没有他力气大的宇轩凭什么当老大。又经了我一煽乎，他的心里也就有一点活动了，决定跟宇轩比划一下，看看他两个中究竟谁更厉害一些。

这样想着，小良子就决定要跟宇轩比试了。可他的心里总是不安，一点底也没有，不知道自己胜算有几何。也难怪小良子害怕，宇轩身上实在有叫人害怕的东西。就拿他的吃饭来说吧，就够吓人的。小良子的饭量就挺大的，大包子曾经吃到十个，平日里也要吃五个大馒头，公认的饭桶。而宇轩偏偏要吃到六个才够，一定要压他一头。最多的一次，这家伙竟吃过八个馒头。一天中午，我们先买到了馒头，就让他带回去。因为饿，回到宿舍后他就着点咸菜啃馒头。后来，等我们买完菜回来时，发现少了八个馒头。问他，说没有借给别人吃，我们这才知道是他给吃了。弄得他也极不好意思，只比划，说八个攃到一起，要好大的一个地方，他的肚子怎么能装得下。

这还不是他的强项。宇轩最厉害的是喝稀饭。通常，稀饭可以多要一些，不算钱。因此，每当这时候宇轩便要满满的一大桶（不好意思，饭量太大，我们用桶吃饭），而他自己一个人就能够全喝掉。他自己喝得也不快，一口一口，不紧不慢地喝。可还是给人一种山呼海啸的感觉，令人感到害怕。他就这么呼噜呼噜，把一大桶的饭全都灌到肚子里，这少说也得有五六份的量。每次喝完的时候，他的皮肤好像和肚子通了，饭从口中喝进去，又变成汗从皮肤上渗出来。你能清晰地看到宇轩身上出了一层的鸡皮疙瘩似的汗,滴溜溜地往下淌。真是叫人眼晕呐。

可就是这样,宇轩还总是喊不够,时常挨不到饭点肚子就空了。去打饭的路上饿得发牢骚,总叨咕,说地球是个大馒头多好啊,也不用排队,饿了趴地上就吃,多过瘾。一副饿死鬼投胎的嘴脸,让人无语。

因为饭量大,我们在打饭的时候不止一次被值勤的纠察队查住,人怀疑我们给人捎饭。也是,宇轩六个,小良子五个,再加上我的三个,整整十四个馒头。四个一丁,三丁半,一大撂,快够一个女生宿舍吃一顿了,怎么能叫人看了不眼晕。

除了这个,小良子还很顾忌宇轩身上的冲击力。以前,我们总替宇轩担心,生怕他在跟那些学长打交道的时候吃亏。他的身体条件不错,可也得看跟谁啊,跟那些学长比,他毕竟还是小孩子。可后来我们就不这么想了。看起来,宇轩比他们的身体素质一点不差。一次在操场里踢比赛,抢球的时候宇轩和邵兵学长正对面撞在了一起。当时,我们直替他捏一把汗,生怕他会被撞得很惨。结果,他一点事没有,推了球跑了。而邵兵学长就惨了,四仰八叉地躺地上起不来了,模样十分悲惨。后来,京员学长还不服气,跟了宇轩去断球,俩人一路狂飙。后来,宇轩突然来了个急刹车,屁股只那么一撅,就把后面飞奔过来的京员学长整个撞出去,飞了。从此,我们知道宇轩的身体素质非常好。

因为这些事情,都不能不使小良子有所顾忌,自然,他的谨慎也就无可非议。

为了这些,他开始了对宇轩的深度摸底工作。他要全面地摸清宇轩的底细,好使自己在以后的对战中不会太被动。

于是,我们设计的一场危险活动正式开始了。

开始,小良子先和宇轩比较了手头上的劲头。一比下来,叫小良子脆弱的心灵很受伤。他一个有名的大力士,竟然败下阵来。他的右手倒还行,抓好的时候,也能赢宇轩,抓不好也输,和宇轩算是战成了平手。他的左手拿宇轩没有一点办法,每战必败,总被宇轩捏得呲牙咧嘴。这让小良子特受惊吓。

接着,他又跟宇轩比赛胳膊上的力量,这一下宇轩可惨了,两个胳膊全不是小良子的对手。这也难怪,小良子的体重几乎比他重一半。小良子有一百八十多斤重,而宇轩才不过一百二十多斤。这个体重是暑假的时候他在学校的电子秤上秤的。当时,他一秤完就尖叫起来,说自己瘦了好多:

"啊，我怎么这么瘦了。过年时，我还秤过，有一百四十多斤。"

"就算去了毛衣毛裤，也差不了这么多啊。"

"我可是瘦多了，太瘦了。"

当时，宫教头还笑他，说他一个跳高的，越瘦才越有利。自然，他的这个体重怎么跟小良子比？

这么一点胜利和优势，让小良子又振奋了不少，又领了宇轩去比较。他们去天梯那里手扒着往上攀援，又去单杠那里，两手一上一下地扒住立柱，像表演杂技一样把身体撑起来蹬空，让身体和地面保持平行。他们两个都能轻易地做到。

比了许多项目，宇轩能做到的小良也悉数不落地能做到，这让他高兴了好一阵，觉得打败宇轩全不是不可能，他的力气是足够完成的。于是，我们决定，到该对宇轩采取行动的时候了。可就在我们高兴，快要采取行动时，却出了意外。一次，在大家讨论力气的时候，宇轩意外向我们透露说，他身上的破坏力有时候

会变得非常巨大，连他自己也不知道这是怎么回事：

"我也不知道这究竟是怎么回事，挺奇怪的。"

"从小，我身上就有一种坏毛病，爱发燥。一高兴，或是一发怒，身上燥起来就受不住，老爱搞破坏，什么东西到我手里也变得不结实了。"

"腕子粗的锹把，只要我什么时候一高兴，那种劲一上来，一下就能给他颠断了。"

"不光这些，就是金银铜铁、钢筋，什么也经不住我动它，砖头，不用工具，就用手捏，我能一点点把它捻成碎末。还有，八毫粗的钢筋，我轻易就给他它揪断了。从小好像就没有见过结实东西。"

"其实，这还不是关键问题，每当这时候，我对疼痛就很迟钝，一点疼痛感都没有。人吧，在力气上都差不太多，多数是因为顾及疼罢了，一旦不怕疼，人是什么事都敢干的。你看我的手腕，是不是要比别人粗很多？那全是练打沙袋练的，先是疼，过后，受到刺激的手腕自己就变得粗壮了。"

为了让我们见识一下他的神力，宇轩还找来了张旧凳子，表演掌劈凳子给我们看。这家伙，还真是的，一掌应声打了下去，好像那不是他的手，倒好像是他仇人的脚，咔嚓一下，一寸多厚的板凳面真就应声掉下来一长条，顺着势劈成了两半。

因为好奇宇轩身上的这股子燥劲是什么，我还起了疑心，怀疑这或许正是他爱跟人打架的原因。我也特希望是这样，这样一来，就证明宇轩爱打架的毛病，是因为他有疾病，不是他的人品原因了。为此，我还特意问宇轩，问他是不是因为一燥起来就会打人。

没想到，我刚一说完，他竟显得特别奇怪，反问我他什么时候打过人了。还说：

"我要是在燥的时候打人，只怕，他们早就住院去了吧，还有机会在这里喘气？"

"我什么时候打过人？就是教训教训他们罢了，让他们懂懂礼貌。"

他的话叫我感觉很意外，他对自己打架的事竟然没有什么意识。后来，与宇轩深谈之后了解到，宇轩在小的时候有点霸道，因为从小身体就要比同龄人好很多，差不多要高一头，壮三圈。偏偏，又最受不得委屈的，不允许别人欺负他一点。于是，别人一惹到他，他就揍人一顿。

"于是，人家长就找我家去。那时候，因为我经常闯祸，往我家里找的家长特别多。后来，我哥给我下了死命令，不许随便打架，要是那样就得挨揍。只有别人在得罪我三次之后才可以动手。"

"那时候，我是真的有点浑，差不多的孩子都被我欺负过。"

"不过，现在，你见过我欺负人吗？我揍的全是些不懂规矩的家伙。"

因此，据他的说法，他打的全是那些混账到该打的人。嘿，他倒成了救世的英雄了。

"那些家伙，不知道天高地厚，爹妈在家舍不得动一指头，惯坏了，在外头显横。"

"我就是替他爹教训教训他们，让他们学学规矩。"

开始说这些话的时候，宇轩一边说，一边坏笑。可说到后来，竟是一脸的神圣感。一个爱打架的，竟还神气活现，不知道得意个什么劲儿。宇轩的理论可真够怪的，别人的儿子，他狗拿耗子多管闲事，操闲心，奇了怪了。听到他的这些怪论时，我觉得十分好笑，就问他自己就没有被人欺负过，不知被欺负的人心里有多委屈吗？我完全是好心，想叫他将心比心，换位思考一下，体会下被欺负者心里的感受，好叫他不随便就欺负人。没想到，我的话他只听进去一半，不但没有丝毫反省的意思，反倒还骄傲起来：

"哎，你还别说，我还真就没有被人欺负过。大孩子们吧，他们倒是能打得过我，可他们不敢，有我哥呢。那些小的孩子，就是比我大上三五岁，也是白给。有时候，我们不是也去别的街上玩嘛，每当这时候，别的孩子都是秉神凝气地，不敢高声说话，怕招出一些大孩子来，受人欺负。我从小就没有注意过那些事情，就是有些大孩子出来找麻烦，也是被我给揍一顿。"

宇轩说的可真够气人的，让人憋火，恨不得立马揍他一顿。

然而，正是宇轩当时打凳子这一下，把小良子这些天攒下来的斗志全给打没了。不管我再怎么催，他都不提跟宇轩打仗的事情了。问他，什么也不说，只是装死。原来，他是记住了宇轩的话，怕宇轩真的能"切金断玉"，要是这样，他可就惨了，非让宇轩把他这身骨头给卸巴了不可。

第二个星期来的时候，小良子从家里带了两根八毫粗的钢筋。他特意带来，要宇轩表演断钢筋给大家看。

开始，宇轩只是不干，说是费傻劲。可经不住大家的起哄，并答应请他吃一顿，他才答应表演了。他先把钢筋条子掰成了个浅浅的"S"型，然后，叫小良子使足了吃奶的劲把住一头。把牢之后，他就发了力。他憋了口气，首先左右猛地一绞，只这么一下，钢筋就冒了烟了，他又迅速左右绞一下，那钢筋的节上就发红了，跟着，他的手只一揪，就把钢筋像揪面条一般，撅成了两段。

宇轩表演的这一招让我们开了眼界，禁不住更加叹服宇轩的神力了。不过，正是这一下，也把宇轩自己给害了。因为这一下，反倒叫小良子心里的石头落了地。他感觉自己把宇轩的底全给淘出来了：

"哼，我还以为宇轩有多么了不起，心里怕得不行，以为他真能切金断玉呢。"

"其实啊，也并没什么了不起。揪断钢筋的事，我也能做到。只是我从来没想过自己还有这潜能，这下我也知道了。"

"宇轩的故事，我看得也差不多了，哼哼，也该我来露一手了。"

小良子一副奸人当道的嘴脸，不过，这个表现让我很满意。于是，我们开始密谋如何实施计划，叫宇轩吃顿瘪，服了气。

我们终于实施了谋划了很久的计划。一天下午自由课的时候，大家都在操场里待着，宇轩又趴到双杠那里待着出神去了。我们两个商量好了之后，就悄悄朝着宇轩摸了过去，一场混战也随即开始。

战斗先由小良子挑起，他先发制人，扒着双杠来了一个飞铲，正中宇轩的腹部。我们的偷袭立马叫宇轩警觉起来。他马上就调整了状态，抖擞起精神，开始和小良子对战。宇轩的攻势很猛，他毫无顾忌地追着小良子撕扯，左一下，右一下，狠命地和小良子招呼。一边打，喉咙里还叽里咕噜地发出那种叫人害怕的咆哮声，像是恶狼在扑食。只一会儿，宇轩就明显占了上风，并且仍旧以很快地速度向小良子不断地发出进攻。

原本，我们说好由小良子进攻前面，由我去抱他的后腿。可到了时候，我一下就慌了，两腿沉得像灌了铅，怎么也走不到跟前去。实在是宇轩的样子太可怕了。刚才还蔫头耷脑的他，一精神起来，完全像是换个了人，简直像一只发了怒的雄狮。当然，主要还是因为我们的心不齐啊，做不到"打虎亲兄弟，上阵父子兵"。

宇轩的凌厉攻势，实在太猛，一会儿就把小良子搞得撑不住了，只有招架之功，没有了还手之力。后来，宇轩的气势把小良子的脸色也给吓白了，他怎么样挣脱，也拖不开身。宇轩一直追着他拼命撕扯。为了不被宇轩摔倒，小良子只得来了个"金蝉脱壳"。他一猫身，将身上的毛衣全褪给了宇轩。

直到看见小良子服了软，认了瘪，宇轩才停止了攻势，笑了好一阵，才将衣服丢还了他。这毫无道理又千真万确的败北，叫小良子和我很是郁闷，闹不懂事情怎么会发展成这样。小良子站那里直愣神，像是在忏悔自己多吃了那些白米饭。

后来，心里解不开疙瘩扣的小良子，又领了宇轩去了楼后面，到假山石那里比力气去了。小良子先上，他紧好腰带之后，一运气，就把那块约有千斤的大个碾盘辊子石戳了起来，还翻了个个儿。换了宇轩，他直泻气，只是翻起了那块约八百斤重左右的碾盘辊子石。显然，宇轩的力气没有小良子大，可眼前一目了然的事情，换了情况结果就大不相同呢。郁闷。

蓝蓝的天，灰灰的地，事情就是这般的没道理。我们让宇轩吃瘪的计划算是泡汤了。绝对郁闷。

我们的愿望落空了。可我觉得，既使我们的计划实现了，叫宇轩受点挫折，也未必能叫他的脾气有什么大的改观。

培植他这种狗屁性格的温室或者说土壤还在，事情并不是非此即彼这么简单。

我们生活的这个环境里，人人都在宠着他，往高里抬举他，就连校长先生那般有智慧的人，也在惯他的臭毛病。你说，这宇轩怎么能好得了？

这时候，我们经常到后面的教工楼那里去打乒乓球。这里有一排十几张球桌。和我们经常打球的除了甲班里的李逵他们几个小孩子之外，还有丙班里一个长手长脚的宏亮小伙子。他最擅长打削球，削球也有长处，一些看似丢掉的球，也是能救活。削球打起来很好看，很具有观赏性。据二亮说，他二叔，也就是三亮的老爸，曾经在区职工赛上得过名次。不过，他自己的技术也只能说不错，而三亮就更惨了，是那种能说不能打的一路假货。

因为经常去后边，见到校长的机会就多。一次，在我们打球的时候，校长先生把宇轩给叫走了。还叫他端了脸盆去给他打些水洗车。他自己则站在一边看宇轩干，还和他扯闲话：

"咳，宇轩呐，是谁给你理的头发？太难看了。"

校长先生也注意到了宇轩的奇怪发型。说实话，宇轩的发型理得实在是很难看，脑袋的四周理得挺短，唯独头顶上留着，很凸起的样子，好像只在老电影里见过那种头型，实在怪异得很。他理完头发一来我们就发现了，可谁也不好意思说他。关键是就是说了也没用，宇轩对这些生活细节从来都不怎么感兴趣。其实，他自己穿的运动服都是女式的。那时候，学校配发运动服，因为男生多女生少，发到最后的时候就缺货了。给谁女式运动服谁也不乐意。教练给他他就接，什么话也不说。因为是给大家解了困难，谁也不好意思笑话他。到后来，在第二年发市里的专用运动服时，又是宇轩要的女装。不过，后来，这身衣服落到我的魔手里。

确实，宇轩对这些琐事似乎从来都不太不放在心上：

"噢，这个啊，是我爹给理的。他非要给我理，也是好心，我就给他理了，就是手艺差点。"

"有空去澡堂里找法生，就说是我说的，让他给你再理理。"

说完闲话，校长转到了正题上：

"宇轩，你现在给我洗车，心里边有没有什么想法啊？"

"你现在是擦车，而我现在是坐车，有没有想法？"

"你知道吧，现在的情景叫我想起了我还小的时候。"

"你现在，是给你的先生擦车，而我小时候，是给我的先生买鸡蛋。"

"那时候，我的先生经常会给我一个小柳条篮子，再给五块钱，让我去帮着买鸡蛋。"

"现在，五块钱已经算不得什么了，可在那时候，一个鸡蛋才几分钱。买五块钱的鸡蛋，那是很奢侈的。现在，我这个买鸡蛋的孩子已经坐到车了。你现在为我擦车，以后也一定要坐上自己的汽车。"

校长先生不紧不慢地与宇轩聊了半天。开始，看见校长先生叫宇轩去给他擦车，我心里还挺别扭，觉得他不尊重人，拿宇轩当小工。可看了一会才发现，校长先生是借叫宇轩干活的档，和他说说话，给他鼓励的。

这一来，我就不能不对校长先生少了一份恶感。其实，以前我就留意到，校长先生的家人都非常好。他有一个女儿，在我们本校念书，比我们高一届。很文静的一个女孩儿，学习非常刻苦，据说，在班里也入围三甲。他还有个儿子，因为未到入学的年纪，跟在父母身边，也是个很懂事的小孩子。他经常在球台那边打乒乓球，有时也和我们打。我一直很欣赏他，那么一个小孩子，从来没有因为他年纪小就耍赖，要人迁就承让。相反，倒是格外自觉，和我们一样地打球，赢了站台，输球就下马排队，很有家教的样子。自然，这样一来，就不难理解了，必然是校长先生对子女严加管教的结果了。

正如我预料，校长先生确实是个有心人。第二年春天植树节当天，他就曾毫无保留地展示他的有心。

那一次，是全区所有的学校都来植树的。开始，大家一样的植树，倒也没有什么两样，一个脑袋两只手。可到了中午，大家就分出高低不同了。这天，其他学校都是由孩子们自己携带食物与饮水。因为是体力活，饥饿来得很快，未到中午，那些孩子就开始分散着进食。因此，到了中午，场面就显得冷冷清清的。我们就不同了，我们是由学校供给食物，吃的是方便餐：包子；而且呢，无限量地供应；开水也是管够的。于是，到了中午，我们全都聚在一起美美地开餐，那气氛是相当的好。其他学校就惨了，饮水问题都得不到解决，胆子大的来我们这边的饮水桶灌些水喝，那些胆子小的只有干渴着，惨兮兮的。

不过，这依旧是后话，却说此时，校长先生的涵养还引起了我的好奇，很是好奇他的家庭。为此，还询问石头，校长夫人又是个怎样的人。不过，石头只是笑，不肯说了。后来，再三追问，他才勉强说：

"我呀，也不是太了解。只知道她的乒乓球打得很厉害，是咱们学校的这个，冠军。"

"不过，我听我哥哥他们说，她的脾气不是特别好。有一次和校长吵架，用东西把校长的头都给打破了"。

石头的话叫我有些失望。不过，我自己很会解嘲，说家家都有本难念的经嘛，就将这件事别过去了。

不过，总的来说，校长先生还是个挺成功的人士吧。然而，就是这样智慧的人也在极力地抬举宇轩，他还能改得了臭脾气？

不过，也难怪校长先生会器重宇轩，实在是宇轩有厉害的地方。这不，就在这年冬训结束素质测验时，他就曾露了一大鼻子脸。

每年年底的素质测验，都是大家最关心的事情，这可是大家拿一年的辛苦换来的心动时刻，能体现出那一个人所有的本事来。因此，大家都很关心这件事。在这素质测验中，又要数最后一项中长跑八百米的测试最迷人。与它相比，其他成绩一般差距都不太明显，谁也比谁强不会太多。这八百米就不同了，更能体现一个人的综合实力。其中大有意趣。

也因为这样，大家的目光都落在了最后的八百米测试上，尤其是最后的一组。这也是当年的最强阵容。最后一组，排头的重担无疑落在了长跑专业的二亮头上。本来，他们队里有好多高手，可毕业班里的老马、雨彭、大杰子一帮师兄弟全都毕业，走掉了。而后来，成绩不错的老木也中途转学走掉了。高中部倒是有几个，可他们的成绩增长是不明显的，说起来，还是二亮这个少壮派有前途。排在二亮后面的，就要数全能队的曹屯了。曹屯也是学校里的一流人物，立定跳，可以跳三米多，对于全能队来说，中长跑也算是专业了。曹屯也真是学校里除长跑队以外最厉害的队员，春天时曾跑过两分十八秒的成绩，也是不二的人选。这家伙确实很厉害，后来在念高中的时候，还成了省里的十项全能项目的纪录保持者。

在其后的就要数到宇轩了，在学校里算是不错，而他的成绩在我们队里是最好的。

于是，在准备完了之后，测试就正式开始了。事情是以一种没有悬念的架势开始的，因为成绩摆在那里，一开跑之后二亮就领了队，摇头晃脑地跑到前面去了。其次是曹屯，再次是宇轩，一切正常，毫无悬念。这种队形保持了很长时间，一直保持到了后半圈下弯道时。这时，队形也早已发生了些微小的变化，二亮已经和曹屯他们拉开了不小的距离，而且距离依旧在拉大。可就在大家都以为别无悬念的时候，却出了状况，跟在曹屯后面的宇轩突然发了力，迅速地超过前面的曹屯，并以超快的速度直追前面早已二十米开外的二亮。突然的变故马上让操场上的气氛紧张了起来。

拉锯战就这样打响了。后面的宇轩像是一台大功率的跑车，以极其迅猛的速度迅速缩小与二亮之间的距离。前面的二亮一听见身后追赶的脚步，也加紧了脚步地切换。其实，这就是所谓的战术了。教练们往往把成绩相近的队员搁在一起，引起竞争，以激励队员发挥出更好的成绩。他两人一路狂奔，尽管宇轩的冲刺速度大大高于二亮，可终因前面两人的距离太大，在冲刺过终点线时，前后差那么一肩，只能屈居第二。不过，他们两个都跑进了两分二十九秒，大超了前辈曹屯。

宇轩的彩可真是出大了，几个教练都很惊喜，还都连连向宫教头道喜，都说宇轩小子想闹事，还想超人家长跑队的人，简直是造反。还非得要宫教头请客，给大家发烟抽。宫教头还真就慷慨了一回，把烟拿出来充公了。吃工资的教练们通常是很小气的，因为烟草有定量，在人多的时候是从不敢把烟外露的，宁可自己忍着烟瘾，也不会掏烟，怕烟不够抽。宫头这次还真是高兴了。

宫教头只顾了发烟，没留意到烟草不够。在剩了他一个人时，才发现烟盒里没烟了。他也不好意思言声，把烟盒团了，站在一边不言语。这可比"起个大早，赶个晚集"、"吃那啥也赶不上热乎"还要惨，连戏都没有。后来，被苏头看见了，笑了一气，说抽烟的人经常遇到这种尴尬事，发到最后没了自己的烟。还要分一半给宫教头。而宫头竟也慷慨起来，掏五块钱出来让我再买一盒烟去。这可真是件史无前例的壮举啊。

对于宇轩来说，竟还不知足起来，急得直跳脚，大呼上当。说自己吃了长跑经验少的亏了，要不然，说不定就干过二亮了。

他只顾了自己蹦，却没留意到二亮的教练何教头早就不高兴了。何教头白了他一眼，腆着大肚子气哼哼地走掉了。

这时候，因为宇轩的成绩优异，在学长中间流传着一种说法，说照这么样下去，宇轩上清华都很有希望。这种说法叫我们这些哥们儿一个个喜气洋洋的，以后可就有在清华念书的师兄弟了，光荣啊。

呜呼，偶也。

第十四章

夜　奔

说来，简直令人难以置信，就在这年春天，像平子小太岁这么乖、这么听话的孩子，还有过翘课的经历，而且，还是次货真价实的"夜奔"翘课。

　　算来，全是西平和三亮两个人的主意，是他们策划的这次行动。当然，这只是个幌子，他们还没有这么大的影响力，最终叫我下定决心跳墙头逃夜的是宇轩。我放心不下他，才不惜涉险陪他犯错。

　　事情挺出乎人的预料，就在这年正月，宇轩出现了意外情况，很突然的腿就疼起来了。开始，只说腿的膝关节疼痛，在做完热身活动之后，疼痛的情况就能缓解。可后来越来越严重，渐渐影响到了日常训练。就连平时里我们最热心的篮球课，也被他打了折扣。以前总是满场跑的他，竟开始偷懒，一开战就会挂着腿，歇在场边上，为此，宫教头还发了很大的火。

　　一天，宫头实在再看不下去他的难受样，就安排他去摸篮板，还允诺他，要是他能够连续五次摸到篮板，就准许他休息了。可就连这个宇轩也没做到，连续跳了五次，一次都没成功。要知道，在之前，摸篮圈对于他来说早已是小菜一碟。而他今儿的表现把宫教头真惹急了，过去就给他胯上来了一脚，说让他立马滚，回家看病去。宇轩只得拖着残躯走了。

　　第二天中午，宇轩就返校了，说是上午看过医生，吃过药后腿很快就不疼了。下午，宇轩倒没上训练课，可也没闲着，跑去球场里玩去了，一直到下了专业课才回来。他一回来，就很高兴地向我们几个夸耀，说他下午竟然把篮球灌到篮筐里。我们几个起初不大相信。那时候，宇轩练习扣篮早不是一天的事情，经常去学，可跳得总是不够高，老差一点点，以至于总是扒到篮圈，把那篮圈扒得都有些下坠了也没成功过。他这么说，大家怎能信。因为这个，他还特意叫了大家去看。结果他还真成了，一只手里拎着件外套，三步上篮，竟稳稳地把球拍了进去，叫我们几个是艳羡不已。

　　可大家并没有高兴多久，在这天晚上，宇轩就开始受罪了。晚上起夜时，我就听见他因为疼痛不时呻吟。第二天早上起操时，宇轩竟然瘫倒在床上动弹不了了。这让大家惶恐不已，赶紧给他叫来了校医。经过校医地询问、诊看，判断宇轩先前服用的药物之中可能含有激素成分，使宇轩借助激素药的效用透支了体力，导致虚脱，只能让他多休息，除了这个，医生也别无他法了。后来，休息了一整天，到了下午时，宇轩才渐渐显好，能够试着下地了。

尽管情况有了好转，可宇轩却不敢再去上训练课了。这让宫教头为了难，因为接下来是一连串的省运会、市运会与区里的运动会，所以他很不甘心，硬是拉着宇轩去参加了一连串的比赛，可终因宇轩的身体状况不好，一无所获。据宇轩自己说，因为腿胯疼痛的缘故，到最后，他连人家跳远的沙坑都跳不进去了。

本来前途一片光明的宇轩，被突然出现的意外搞得很上火。这段时间以来，他总是满腹的心事，郁郁寡欢，愁眉不展。宇轩刚一出情况，立马就被西平和三亮两个给留意到了，还来拉拢宇轩，要叫他一起出校玩玩去。看见宇轩不愿意，他俩又极力地说服他：

"去吧，去吧，只当是去散散心嘛。"

"就是就是，再说，我们对这一带又不熟悉，就当是给我们带带路。"

"是啊是啊，就当时给我们帮帮忙吧。"

他们两个一力地鼓动，结果，宇轩架不住，竟然答应了他们。这结果让我很不安。一来，这是在犯错误，被学校逮到是要受处分的。更主要的是，和宇轩一同出去的是西平和三亮他们两个，这很叫我担心。在我的记忆里，宇轩好像没有得过他们一点好处，相反，还总是在吃他们的亏。本来，我不同意宇轩去，可他决定的事情又不会改变。这样一来，我只能舍命陪他出去呗。石头也不放心，决定一起去。后来，看见我们几个出去，二亮又不放心起来，担心三亮吃亏，也要一起去。只有小良子是好孩子，不肯去。

于是，我们一行六人便上路了，达成了这一次锵锵"夜奔六人行"。

这可真是一次不同寻常的半夜路行，让人记忆深刻。

出了学校的墙头之后，我们先是对这次夜行的方向产生了分歧。我们都决定向西走，往城里去，那里热闹，我们可以去网吧。可西平他们不干，说那边不安全：

"嘿嘿，这个你们可就是外行了。你们不懂。"

"就在前几天，老耿、老宋他们刚在城里堵了一次网吧。逮住了一大帮，一点数，二十七个。好嘛，全是咱们学校跳墙逃夜的。牛疯了吧。"

"这几天，学校查得最紧了，几个执勤教练，一听说有逃夜的，拿上标抢，骑了摩托就赶去了。逮住了，还不被打死。"

"兄弟们，安全起见，咱们还是朝东走吧。给逮到了，可不是好说好话的，非要了咱们的小命不可，还不够他们练拳脚的。"

内行话啊！确实，这些天，我们也曾影影绰绰地听到过这些事情，知道西平的话并非是空穴来风。见这么说，大家只得赶紧一路地朝东走了。又害怕闹出动静，都闭了口，一路疾走。直走出了好远，确定安全了，大家才又轻松下来。

路途漫漫，黑夜长长，因为总是走，很无聊。三亮便找一些闲话来聊，他们先嘲笑了丙班里的李广一番：

"这个傻丫的，真够蠢的，还愣充大尾巴狼。"

"那天，他们班主任让他骑了人的摩托车，去给人买药。这丫可好，回来时，刹车太急了，摔了个大跟头。"

"就在操场那里，把这傻帽压那里了。人和车都倒了，可还没熄火。这丫也不知道熄火，还在那里加油门，那人和车像是摔跤似的一个劲地在地上打转，真是笑死人了。"

"人班主任是没看到，要是看到他那么整人的新摩托，肯定心疼死了。"

"那傻货，真是糗大发了。要是有点自尊，早妈的撒泡尿，跳里边淹死了。"

讲完这些，三亮他们又讲起了他们那里的事情：

"我们那里，有个叫军子的，特能打牌，耍钱的时候，捣起鬼来，一百个也不是他的对手。那牌要得，跟活了一般。那钱赢得，海了去了。"

"不过，马有失蹄，人有失手。有一次，人在耍千的时候就大意了。本来呢，他是出了俩大牌，一个呢，是个同花顺。那不是大牌嘛。出这样的牌，那还不玩疯了吗？可他还有一副牌，更大，就是个'豹子'。原本，他就是打算靠这副牌整人的。结果呢，他发牌的时候，大意了，把那副大牌发人那边去了。嗨，这可要了老命了。要是到咱们这样儿的，这牌准玩不成了。"

"可要不怎么说，人家行呢。就是这样，人还敢干呢。他瞅见那人那里钱不太多了，跟人猛整，就是不跟人开牌。"

"后来，那主儿就没钱了，跟人借，谁也不借人。那家伙牌大嘛，不肯就那么算了。就跑家里去取钱去了。那么大的牌嘛，胆子壮。你们猜，到最后那牌开没开？"

"开？谁跟他开牌，有钱了，人还开牌，开玩笑。不跑等什么，军子等人一走，把桌上的钱划拉了划拉，赶紧跑了。"

"要不说人能过好呢，全妈靠了手黑。"

一路上，三亮咄咄地讲着牌场里的事情。在这之前，三亮就喜欢讲那些事，喜欢讲玩牌，喜欢讲打台球。他讲得也挺在行，比如说怎样在玩牌时捣鬼，怎样做牌，怎样把好牌发到自己手里。还有怎样两个人合伙架空另一个人。再有，在打台球时，如何打跳球，如何打转球。并且，还讲边打球边养球才是高境界，等等。总之，他说得仿佛都很在行。不过，据我看，他也不过是过过嘴瘾而已。那时候，他们也在学校里玩牌，每个周末回学校，在点到前，他们总会玩一会儿。我觉得，这其中，宇轩赢钱的时候应该更多一些。有一次，宇轩手头没有零钱，便向我借了几块。后来，他们玩完牌，宇轩在将钱还给我之后，手里还有一些钱，看上去有十块多。因此，我断定，三亮是个嘴货而已。

后来，三亮又说起了他们那里的另一个人：

"我们那里，有个傻孩子，叫小马。真是傻得跟个马似的。"

"那时候，根本没人跟他在一块耍，嫌他傻嘛。他为了叫我们跟他耍，就给我们送东西。什么东西都给我们。"

"有一次，人给了我们一人二百块钱。当时，可把我们几个美坏了，觉得占了大便宜。"

"可刚过不久，就听见人说，我们那里的面粉厂失窃了，被人给偷了。"

"这一下，我们就明白了。当时我们还奇怪，他给我们那些钱上粘了许多白乎乎的东西。这一来，事情就清楚不过了。"

"我们立马找了他来，把他哄上山去。起先问，他还不承认，被我们上了一套刑之后，就全妈招供了。"

"你们猜，小马是怎么整的？他知道人面粉厂的人那天都出门串亲戚去了，就翻墙进了人家。把人搁钱的柜子给撬了，找到人盛钱的箱子。这家伙更猛，用鞋带把俩裤腿一绑口，将那一箱子零碎毛票全倒裤筒里了。真他妈的黑，连那些钢镚也一个没剩。"

"后来，他知道瞒不住我们，把钱给我们几个全分了，一共有一千四百多块呢。"

"那段时间，我们很是富了一段日子。有钱他妈的真好。"

"这小马总是偷，胆子渐渐就大了。后来，还打过一个加油站的主意。白天踩好了点，晚上等加油站的灯一灭，就过去了。"

"小马干别的不行，可这一行里他能得很。过去一下就扒着人的后墙上去了，瞪着眼睛往里头瞧。后来，人正要抬腿往里头跳，一条腿已经迈进去了，却突然急哩倒腾从上面掉了下来。我们就问人：'怎么，你又下来啦？'人说得更过瘾。人说，人只顾了往里头瞧，正要往里头跳，低头一看，四个大明灯，俩大藏獒，正瞪着眼瞅着人呢。吓得差点没丢了魂掉下去。"

"就差一步，这要是真下去了，还不得真让狗给撕巴了。一说是被狗给咬死的，不用人说，大家伙也知道是怎么个回事。"

这一晚，三亮喋喋不休地说着这些叫人听来很震惊、很别扭的事情。其实，三亮他们那里还有比这些更加惊人的事情。

确实，三亮他们那里的一切都是这样怪怪的，就连算起来比较正常些的二亮，做出事情来也和正常人不一样。有一次，建林在二亮的铺上休息，把口袋里的饭票全掉在了他的铺上。当时，二亮倒没有昧良心，还主动把捡到饭票的事告诉了建林。可就在大家很欣赏他的做法时，他却提出了要求，要建林必须给他百分之二十的回扣。他对这做法还颇说了一番道理。他说，自己要是捡了钱不还人，良心上过不去。可如果他还了人，得不到回报，心理又会不平衡。后来，事情还真就这么定了，由建林谢了他六块钱的饭票告终。

三亮他们那里的事情真是够怪异的。有时候我自己也在想这个问题，我觉得，三亮他们只是生活在那样一种鄙杂的环境里才造成那样的性格。在我的身边，好像或说是肯定也有这样一个小小的、微缩的阴暗世界。只是我有意或者是无心地，从未试着去走近它、涉猎它罢了。

这一晚，我们就在这无休的闲谈之中，漫行于夜色之中。后来，路上还发生了另一件很惊险的事情。走了不知有多久，我们遇到了一辆大概是因抛锚停在马路边上的桑塔纳汽车。本来，这也不足为怪，可因为我们队伍里有个三亮，事情就有些不同了。在距离那辆车还很远的时候，三亮就发了话：

"看见那辆车没？"

"我能把它的后视镜给它掰下来。"

三亮突然的一句话，叫我很是震惊，不知道他干吗要掰人的倒车镜，那个镜子对他又有什么用途。觉得他不必干这损人不利己的勾当，主要的是，还危险，就说他：

　　"你掰这个干吗？又没有用。"

　　"小心人给你逮住了。"

　　不过，对于我的劝告，三亮并没听进去。他悄悄地蹭在了后面，把那个倒车镜给生生揪了下来。就在他干这个勾当的时候，我们个个都是神经高度紧张，随时准备着在车主赶上来的时候，撒丫子狂奔逃难。当时的情景，真可谓惊险。这可真是，准备着，准备着，时刻准备着。后来，三亮赶了上来，很是英雄地把那个镜片向我们闪闪，然后就丢进路边的草丛里摔碎了。

　　就在这时刻，我还悟出了一个道理，这就是："朋友，如果你想心惊肉跳，那么，就请交个胆大包天，且很不安分守己的朋友吧。这样一来，你的愿望会随时得到实现。而且是居家、旅行的必备良品。"

　　我们依旧接着走。又走了一会儿，就到了宇轩家的村庄附近。这里我们来过，在这年春天植树节植树的时候，我们曾从这里路过。

　　对了，就在植树节的当天，还发生了一件好笑的事情。那天，大家在教室里等着班主任来点名，然后在出发的间隙，班里的状元女郎，田雨，突然发起了狂。手里拿着一封信，跑高仓那里，把信狠狠地拍他桌上，指着他的鼻子唔里瓦拉地大骂。高仓小伙则坐在那里，脸红一道白一道。当时，也没听清楚田雨大小姐骂了些什么话。不过，那神情一目了然得紧啊，显然是好色的高仓太骄傲，把妞泡到了田雨头上。然而，他却不曾想到，田姑娘不仅功课出众，还是个好女孩儿，良家妇女。高仓兄把马屁拍在了马蹄子上，而且，用的还是自己的脸。

　　好了，还是说这一天的事情吧。后来，到了大街路口，三亮和西平两个停下脚步，说什么也不肯走了：

　　"哎哟，实在走不动了，都走了大半夜了。"

　　"现在要是能吃口泡面就好了。"

　　"是啊，是啊，要不还真的走不动了。"

　　直到此时，听到他们两个人的话，我才醒悟。意识到，三亮和西平两个从头至尾导演的这场"夜奔"，最终目的或许只是为了一盆泡面。

确实是这样。西平和三亮两个特别喜欢吃，而且，为了吃都有些不顾一切了。这时候，宇轩的优等生优惠卡可是我们的大宝贝，时常可以打到很丰盛的排骨炖土豆，或是红烧茄盒一类的好菜，都特好吃。可差不多有一半的机会都被西平和三亮两个死皮赖脸地求告了去。宇轩竟也慷慨，真就忍了我们的口儿，让给他们。不过，三亮他们的财政上好像有不少问题。每礼拜刚来时，他们两个会特阔绰，穿戴得很整齐，皮鞋也擦得锃亮，还抽很高级的香烟，又尽是拣着又香又辣有滋味的吃喝，很是耍派头。可到了末了，往往又开始犯愁了。伙食费见了底，整天为吃饭发愁。烟也没了抽，都拿了木棍子，去掏床底下以前阔绰时丢下的长烟头。然后，几个人围了，你一口我一口，过烟瘾。这个"夜奔"的晚上，也正是快到周末的时候。

不过，尽管心里对他们两个的作法有些瞧不上，可走了大半夜，肚子还真是有些空空的，饿得难受。我们也建议宇轩弄点东西吃吃。宇轩倒也麻利，叫我们等着，自己去叫开了一家小门市铺。时间不长，拎了一袋子香肠之类的肉食，还有一嘟噜啤酒。然后带了我们进了间旧庙里，点了他买来的蜡烛。

我们几个也不客气，在地上坐了，开始大块朵颐。一通胡吃海塞，很快就风卷残云消灭了这点东西。这一晚的食物很美味，因为实在是太饿了。吹熄了灯，我们几个又起了程。

后来的事情更加证明我的判断是正确的，西平他们两个确实是为了这一顿吃食才策划这次逃夜的。显然，宇轩请的这顿吃食的规格远远超出了他们两个的预期，酒足饭饱的他们，对宇轩竟十足地恭维起来，直夸宇轩人实诚：

"其实，招待朋友就应该厚道些。在我们那里，如果是逢年过节招待客儿，都是六个或者八个以上的碗碟。"

"不过，有些人就不行了，说得好听，可一到事情上就后撤了。"

"前几天，五子他们庄上过庙会，我们也没指望他会招待我们，就是去转转。"

"小五子见了我们连句大话也不敢说，连让让我们都没有。"

"就是，这还不说了，他在那里给他爹妈看着糖果摊子，眼前摆了那么多的糖和瓜子。愣是连说叫我们吃都没有。"

他们两个人说得很是寒心，口气中也不乏对宇轩真城地感激和肯定。这一来，就更加印证了我的判断。

　　或许是因为吃了东西，又喝了些啤酒。身上开始变得舒服起来，酒精的作用，使得血液在身体里左冲右突，格外顺畅，人开始渐渐变得飘忽。先前因为逃课而产生的紧张情绪此时开始变得轻淡，而在学校时的那股子压抑气氛，也渐渐变得弱小了，只觉得很兴奋。唯一不便的，是因为喝多了黄浆子，老是想撒尿。本来，对在路上撒尿的行为，我从前是很鄙夷的，但又实在忍耐不住，于是乎，也只得这样干了。一路上，我们几个人不断地轮流开闸泄洪，畅快得无法形容。在以前，我的老友闪光最不耻那些七尺高的人在路边或是旷野里撒尿。他常在看见这种情况时，站了那人身后大呼："嘣兔子！"他解释说，如果你对了那样的人大喊"嘣兔子"，他自己还新鲜呢，搬着他自己的水泵四下里找打兔子的人，殊不知自己就是他找的那个家伙。因为在功能上两种行为确实十分相像，一经说笑，竟像是很有意思。我把这个典故讲给大家听，他们也都笑，后来竟大声地起哄，大叫"嘣兔子"。

　　这一夜快乐的旅程就这样在欢笑声中接近结束。按理说，这一切也该结束了，可就在这时候，三亮和西平竟又要玩新花样。

　　大家在说闲话的时候，无意间问起了宇轩的热水壶。这么一说我们才发现，宇轩的热水壶已经有好几天不见了。宇轩特别爱喝水，为了这个，他还准备了个很大的热水壶。不想，有了这个热水壶之后，班里喝水的人也莫名地多起来，使得我们不得不每节课都去打水。后来，宇轩的水壶一不见，还真有些不习惯。此时一问才知道是给丢了：

　　"丢了嘛。那天晚上，我在小伙房那里打水，顺便就在那边厕所里多看了会儿书。"

　　"看书久了，把时间忘了。出来一看，热水瓶早不见了。"

　　"人大概是觉得有人大意，把水瓶给丢那里了吧。"

　　原来是这样，弄丢了。三亮和西平两个听完竟有了气，问宇轩水壶是不是小伙房的人给拿走了。宇轩也搞不清楚，只知道去学校的各个宿舍都看过了，并没有找到。这一来，他们两个人可有了话说，立马就编排起小伙房的不是来：

　　"哼，小伙房的这帮哈孙们，最是势利眼，狗眼看人低了。"

　　"有一次，小伙房里炖肉汤喝，我就给了他三块钱，叫他给点肉汤。这家伙还嫌我的钱少，不肯给。说久了，把那条猪尾巴给了我。哼，这他妈不是成心地跟我过不去嘛，给我那个东西。"

"就是，就是，他们就是势利眼，眼里头都是学校里那些有钱的兔崽子们。那天，他给人雷杰冲鸡蛋时，酱油搁少了，雷杰不算他，叫他再添点，老大不肯，嫌麻烦。结果呢，雷杰把满满的一份饭全泼给老大了，把打饭口那里弄得一塌糊涂，也弄了老大一身。就那样，他也没敢怎么样，吆呵了两声，自己打扫去了。"

"他们就是这架势，一帮他妈的哈孙，软的欺硬的怕。"

一路上，他们两个替宇轩骂了小伙房的活计们好一通，还说了些小伙房里老大和老二媳妇一些不干不净的传闻。后来，西平还有了给小伙房一点颜色的主张：

"哼，叫我说，咱们得收拾他们一下，叫他知道知道，该怎么夹了尾巴做人。"

西平这个提议一出，大家竟都踊跃地赞成起来。经过商议，决定用石头捣毁小伙房里的窗户玻璃。一有了计划，大家又重新来了精神，不约而同地加快了脚步，好尽快赶回学校实行我们的计划。

然而，赶到学校的院墙外时，这才发现我们进不去了。在学校里，墙头上有好些抓挠，上下很容易。到了墙外，一丈左右高的墙头，光溜溜地很难攀附。对于这个，三亮他们两个也没料到。以前，他们都是晚上出去，白天再回来，都是大模大样从门口进去的，没留意到墙头很高。我们都有些犯难，知道要费劲了。

倒是宇轩有办法，他自己蹲下，让我们踩了他的肩，然后，他站起来把我们顶上去。全部顶上去，轮到我们把他弄上来时，他说不用，然后一下拔起来，扒到了墙头，身子一晃悠就爬了上来。免了大家的一番手脚。

进了墙头，我们几个一通忙乱。各人捡拾各人的砖头、石头，又分配个高的砸上头，个矮的砸下面，好增大杀伤面积。敢情，做坏事也很需要些计划和心思的！商量妥当之后，我们就出发了。到了小伙房的窗户跟前，数数一二三，然后就是小伙房的窗户玻璃爆裂发出的清脆的声响。大功告成！我们几个人撒了丫子一路狂奔，只顾了逃命是也。奔进宿舍，甩掉脚上的鞋，先蹿进被窝里再说。

这一夜玻璃的破碎声，还有杂乱的脚步声，都比我想象中要响亮。第二天早上，小伙房并没像往常一样营业，全歇了工。我还偷偷溜过去看了一下，一共坏了五块玻璃。看起来，整个店面像是瞎了一只眼睛的老汉一般无精打采。很是有感觉。原来，人的血液里都蕴藏着办坏事的基因，只等着开发而已。

然而，这件事竟也就这么过去了，悄无声息，甚至连想象中的骂街之举也没出现，难道是反思了？真是叫人印象深刻。

噢，我的"夜奔"，我伟大的"夜奔"。这就是我干过的坏事。

呜呼，雅各系。

第十五章

练 爱

对于男生来说，女孩儿天生就是杀手。虽然，这只是我的一家之言，却也并非毫无道理。

一天，紫贤遇到了麻烦。上专业课时，她哭着脸来找我，诉苦说：

"嘻，平子，你说，泽昆只顾了这么闹，学校会不会开了我啊。"

"要是因为这个被学校开了，那人可就丢大发了。真是丢脸。"

紫贤的神情有些慌张，让人觉得很好笑。中午的时候，我已经影影绰绰地听说，泽昆领了他爸爸来学校闹了。跟教务处的人作交涉，说非要教务处命令紫贤跟泽昆和好。本来，我还以为这是句玩笑话，哪里有这么办事的人。不想，竟然还是真的。真是人才啊，只听说女生缠着男生的，男生缠着女生的事情还真是第一次听见，处女听啊。

在最初，我觉得泽昆这个人好像很有城府。确实如此，他这个人在人前人五人六，尤其是跟人说起话来，眼珠子叽里咕噜地转，让人觉得他很有心计似的。后来了解深了发现，事情并非如此。头年暑假的时候，足球队的黑胖还有西平他们几个都在我们宿舍玩扑克牌。后来，泽昆来了，站在脚地上和这几个人唠些闲嗑，还说他之前遇到的一些事情：

"你说，老何怎么样，在学校里，那说话，做事，是不是够霸道？"

"可他也得看跟谁，像咱哥们儿，他能不掂量掂量，给咱几分面儿？"

"那天，我耳朵上带着刚打的几个耳钉，刚从教室那边过来，就碰到了老何。说实话，当时，我还真有些害怕，生怕他给我摘了去。"

"那老何走过来，拽着我的耳朵看了看，说要给我摘了。结果，他只那么一说，转身走了。你说，那是不是给咱面子？面子大了去了。"

他站在那里和这几位聊了一会儿，后来，转身出去了。泽昆在时，一直很客气的这几个人，一见泽昆走开了，立马就变了态度，还骂上了脏话。黑胖说：

"瞧见没，这丫孙子准又是到女生宿舍那边去了。"

"一定又是给紫贤下跪去了。这家伙已经一连给紫贤跪了好几天晚上，一跪就是一整夜。哈哈哈。"

"哪里他妈的有这种事，求着人女生跟他和好。这孙子，简直是给男生们丢脸。"

黑胖他们几个人对泽昆一个劲儿地骂，意见还真不是一般的大，简直是恨得牙痒。他们正发牢骚，泽昆又折回来了，还端来了一大桶的鸡蛋泡面给几个人吃。黑胖他们还很客气，只说不太饿，叫他搁在桌上。可后来，等泽昆说还有事走了之后，这几个人忙跑过去围了那桶面，像是饿狼一般把面吃了个精光。末了，还把桶放在地上，几个人围了它大开方便之门。办完坏事，几个人都带着胜利者的微笑一溜烟跑了。

气氛挺尴尬的，黑胖他们几个的做法叫我觉得特别扭。我已经躺下准备睡觉了，看见这些，又怕看见泽昆回来拿他饭桶时的尴尬场面，只得又起了身，到外面躲躲清静去了。

有了先前的这些经验，这会儿发生的事情也就不显得太突兀了，这就是免疫力的功用啊。同时，我又想，好一个紫贤，把事情搞到了这么严重的地步，自己竟又害怕了。要知今日，何必当初。可又一想，也许不尽然，并不一定是紫贤的过错，或许，实在是紫贤自己太过漂亮，太有魅力，把泽昆给迷得三迷五道也未可知呀。于是安慰她说：

"谁叫你太有魅力，叫人家怎么能不迷上你。"

"不过，对于这个，我也没什么好主意。要不你找宇轩，这家伙最有办法了。"

我向紫贤推荐了宇轩。这可不是我在推脱责任，实在是宇轩确实是个好宝贝，在前些天，他就曾给康晶处理过一件类似但并不比这个小多少的麻烦。

那次，康晶遇到了麻烦。也是一个下午，我刚走进教室，就听见西平正跟人讲说花边新闻：

"嘻,嘻，兄弟们，你们知道刚才发生了什么事情？特大新闻！"

"就在刚才，我刚过来时，看见京员在月亮门那里，把康晶给抱住了。"

"而且，而且，还在她的胸脯子上摸了两把。牛吧，太妈牛了。"

西平的话说得一惊一咋的，引来大家一片惊讶，都说不会吧，太夸张了吧。可西平一听，还不干了：

"怎么不会，我刚才在东边过来，就在月亮门那里,我亲眼看到的,怎么会假！"

"当时，康晶从南天门那边过来，京员就躲在门后边,拦胸把她抱住了。"

西平说得很是理直气壮，要不是我也看见了这一幕，怕是也要相信了他。至于这件事情，确实发生过，可全不像西平兄说得这般玄乎。当时，康晶确实是从南天门那边过来，京员学长也躲在小拱门后面，等康晶走过来时，京员一下跳出来，拦住了她的去路，还对着她比手划脚，示意想抱抱她。后来，康晶白了他一眼，绕过他走掉了。这件事情发生时，我正好从东边过来，事情的经过也就全落在了我眼里。康晶和京员之间隔着好一段距离，一点不像西平说得那般露骨。这就是阮玲玉为什么说流言可以杀人吧，还真是啊。

不过，京员学长的行动确实够鲁莽，而另一个主角康晶，其实也好不到哪里去，这也是个极其桀骜不驯的主儿。她可够得上是个厉害角色，脾气极其不好，很狂悖、乖张，一点不像她们舞蹈队的那些个小姐妹。尤其是她的这张嘴，是最不把门的，什么话她都敢说出来。有一次，也不知道她和紫贤打了什么赌，刚一走进教室，就冲了后面的紫贤嚷了起来：

"紫贤，怎么样，还是我说得对吧？没错吧！"

"还跟我抬杠，你的眼睛是长到屁股上了吧。睁大你长在屁股上的眼睛好好看看。"

康晶正走在讲台的位置上，她说得又很大很大声，又很突然很突然，惹得全班的人都好奇地朝我们这边看。紫贤倒是很沉得住气，只当什么也没听见，不搭理她，可见是习惯了。我就有些撑不住了，像大驼鸟一样，赶紧拿书把脸给盖住了，生怕被人给敲出害羞病来。康晶就是这么个人，婆婆辣辣，很叫人头疼。然而，正是卤水点豆腐，一物降一物吧。康晶偏偏就对了京员学长的胃口，于是放着如花似玉的美女们他不追，偏偏赶来招惹她。看来，也是个喜欢吃小菜儿型的。

对于京员的纠缠，康晶有些反感。就在事情发生的当晚，她就赶来找宇轩寻求帮助了。快到熄灯时间时，康晶从教室外面走了进来，站在讲台上，朝着宇轩嚷：

"宇轩，我遇到了麻烦，我被京员给缠上了，他老是骚扰我。"

"可我有一点都不喜欢他，你说，我究竟该怎么办啊？"

康晶姑娘竟也成了可怜虫儿，可怜巴巴地望着宇轩给她出主意。宇轩可就有些使坏了，连头也没抬就出了主意：

"噢，这个啊，是有些麻烦，可也挺简单。"

"对付这样的人，就得来点猛药，来个你浑我比你更浑的办法。你就给他找个强大的对手，叫他自己知难而退吧。"

宇轩说得极其轻巧，倒好像是在儿戏了。不过，康姑娘才不是好糊弄的，接了他的话，说：

"那好吧，我就选上你吧。"

"我觉得你就挺好的，就是你吧。"

康姑娘说得也是既清楚又干脆，可这一下，把宇轩给害惨了，咣荡一声，丢下手中的书本，很狼狈地逃跑了，连凳子碰倒了都顾不得去捡。

人才啊，前面听宇轩说话时，完全像是个风月场老手，在和女孩儿调情。而一旦来真的，却现了原形，看来是个"银样蜡枪头"，色大胆小的。奇怪奇怪，莫非是惧内的，还是家有河东狮？未曾考证明白。

开始，我还没把宇轩的这个主意放在心上，觉得他可真够损，损得发臭，简直像是烂鸡肠子，给女孩儿出这样的主意。可后来，这件事还成了真的，只是康晶选择的男主角不是宇轩，而是云航君。

康晶把自己的座位搬到了他那里，粘粘乎乎地与云航君做了同桌。显然，云航君作男主角比宇轩更合适。原因是，云航是老生，和京员那些人的关系都很熟悉。既然康晶做了云航的"女朋友"，那么，京员再怎么混蛋，也不好再纠缠了，"朋友妻不可欺嘛"，这个道理他是不会不懂的。而另一个便利是，云航是自家地里长大的小伙子，康晶不用担心他会有什么不规矩，反倒只怕是康晶欺负云航君的时候多吧。这样一来，宇轩的主意倒还真的成了个好宝贝了。

后来，据我自己想，宇轩的这个主意，只怕也是康晶最好的选择了吧。像她这样平日里疯疯癫癫，又很烦人，通常不把班主任放在眼中的女孩子，如果真按我自己设计的，去找班主任诉诉苦，还真未必会得到班主任的什么好话，说不定还会被数落一顿平日里太疯癫。就是找家长去处理，也未必处理得很干净。

自然，我再向紫贤推荐宇轩，可就全是好心加好意了。就在这天晚上，紫贤真的找宇轩出主意了。不过，因为这老两位的糊涂劲儿，还搞出了场小小的误会来。

晚上，紫贤把她遇到的麻烦一五一十地告诉了宇轩，很恳切地等他出主意。可宇轩听了，一点也不着急，反倒调侃起她来：

"噢，这么回事，没问题。"

"你跟他们装次傻呗，来个一问三不知。你看他们能把你怎么样。"

"不过，也难说。有时候，这种事情闹大了，这办法也会不灵。"

因为宇轩的态度过于散漫，就引起了紫贤的大不满，自顾自地嘟哝起来：

"哼，算，算，我知道别人都靠不住，没人肯真心帮我。"

"我自己想办法。大不了我花钱，花钱找道上的朋友帮忙。"

"要是他再敢纠缠我，我就雇人教训他一顿。看他还敢胡来。"

紫贤的这一番话，叫宇轩瞪着眼看了她好一阵，像是从未见过她，然后呵呵直笑：

"呵，还真没看出来，你还是个花木兰啊。"

"'我就是道上的，英雄，你就雇我吧。'紫贤，我发现，我真是越来越喜欢你了。"

宇轩的这些话说得也很直白，以至于连一边的我们几个，也肉麻得不得了。他这么一说，使得紫贤一下变了脸色，而且是大变脸。我敢肯定，紫贤姑娘此时的心跳肯定有二百五下，要是没有那么多，至少一百二十五下，也总是有的。因为，她此时的神情确实很慌乱。也正因为她过于地惊慌失措，就使得我们这一块儿的气氛都变得暧昧起来。于是，待在旁边的我们几个赶紧闪人，逃离了这个战场，只当什么也没听见，让他们两个继续肉麻。

不过，这件事很快就整明白了，是紫贤自己想歪了。她在慌乱过后，平静了一下，便开始小心翼翼地向宇轩试探，问宇轩刚才说的是不是真话。开始，宇轩还挺纳闷，不知道紫贤为什么这么问，当他意识到自己刚才的话有些冒失，使得紫贤误会了他的意思时，也立马红了脸，忙忙地解释起来：

"不是你想的那样。不是你想的那样。"

"我说的喜欢，是，是我对我姐姐那样的喜欢。"

"你明白吗？你，有没有明白？我可没别的意思，真没有。"

真是特有意思。我就说嘛，宇轩不像是那种好色之徒。不过，也难说，谁保得齐呢，不色就不叫男人了。紫贤也真是好笑，竟然想到那里去了，意志不坚定啊。更主要的是，她还会不好意思，真是太搞了。

其实，在这之前，她和宇轩之间的暧昧就没少发生，比现在"出格"的事情发生的多了去了。自打她搬来宇轩这里之后，除了偶尔去陪陪寒卿，就很少离开宇轩了。而且，她竟把着对寒卿的那股子依赖劲，也多数转接在了宇轩头上。平日里，就连上课，也多是挽着宇轩的胳膊。这种事情，光我就见了不知有多少次。我是语文科的课代表，每次去旁边的楼上交作业，都能从教室后面的窗户，看到他们两人像连体人一般紧紧地挨在一起。这条楼梯又是教学楼上所有教师每天都上下的必经之地，他们之间的事情，大概早就说不清了。

宇轩这家伙还有一种令人不好意思说的臭毛病，最爱摸人的小耳朵，不管是谁，只要一坐得挨他近了，准保被他给摸摸耳朵。据他说，耳朵骨硬的人有骨气，而耳朵软的人，很可能是小人。至于男生的耳朵软，这人长大后必定会怕老婆。那会儿，他总是这么说，也总是摸人。自然，挨他最近的紫贤是不会少了被他这魔爪摧残的。可就是这样，也没见紫贤有过恐慌的表情。宇轩说出来这样一句话，她还害羞，实在是很奇怪。真是有意思。或许这就是那些大人说的，有些事情是只能办不能说滴吧。

事情就是这样有趣。后来，事情搞明白了，紫贤又有些不知足了，缠着宇轩厮闹，问他姐姐是不是很漂亮，他干吗喜欢他姐姐，是她很疼他吗，比她还漂亮吗？而宇轩，只得在那儿含糊地应付她。

直到这时，紫贤才不再惊慌了。这件事情，也真如宇轩说的一样，不了了之，没了音讯。到这时，紫贤才彻底放了心。

紫贤与泽昆这件事情发生之后，我是挺同情女孩子们的。觉得，不管怎么说，手无缚鸡之力的她们，终归是弱势群体，应该给予尊重。

而她们，也应该相应地自重些，毕竟大家虽然是生活在一个还十分和谐的社会里，可各种各样危险的事物还存在，各种各样叵测心思的家伙还存在。往往她们的一些不合适行为举动，不和尺度的衣着打扮，会被当成是挑逗，从而给自己带来麻烦。在外国不就有这么一项调查嘛，说女性的衣服暴露比例增大，遭受骚扰和侵犯的机率也就相应增多。所以说，女孩子中规中矩些，还是比较好些。

我确实这么想，后来发生的一件事情，叫我更加确信了这种看法。而且，我对女孩儿们处境的艰难也有了更深的体会。

一直到现在，我也没有想明白，当时的我究竟是怎么了，怎么会有那样的行动。我仍旧觉得自己是做了一场梦。

这个梦是从美婷把她的座位搬到我旁边开始的。

很突然的，美婷就把座位搬到了我旁边，她的这个举动让我感觉有些不妙。原来，在班里，只有彼此有好感的男生女生才会把座位挪在一起。莫非……我不能不多想了。

之前，我就留意到了她。这个女孩儿的情绪好像一直都很消沉，总是郁郁寡欢的。确实，情况就是这样。后来，她搬到我的旁边与我作了同桌，仍旧一直就没有跟我说过一句话，仿佛全当我不存在。整天的，只是抱着《全唐诗》或是《宋词集》研究。而且，还不时嘤嘤哝哝地诵读：

"红笺小字，说尽平生意。鸿雁在云，鱼在水，惆怅此情难寄。"

一边读，还一边不住地慨叹：

"这首词好，真好，见字如见人，真是通了灵了。"

有时，她又会念：

"满纸自怜题素怨，片言谁解诉秋心。"

读完了之后，她对这首词又是一阵很伤感地评头论足。

后来，她又读过一首更为伤感的词：

"绿杨芳草长亭路，年少抛人容易去。楼头残梦五更中，花底离愁三月雨。无情不似多情苦，一寸还成千万缕。天涯地角有穷时，只有相思无尽处。"

她总是这么伊伊哝哝地念呀读啊，而每次读的时候，又总是很感伤。后来，她又读了下面的这首词：

"睡觉来，脸霞红印枕，鬓儿还是不整。屏间麝墨冷，眉峰压翠，泪珠弹粉盈盈。堂深昼永，风帘露井，相思近日，带围宽尽，恨无人与说。当初，脔灯朱幌，淡月纱窗，年少风景。可恨，栏高路迥，云雨梦，遥遥无期。待相逢，先指华邵教看，再把心期细问，问询空遁了青春，君怎生意稳。"

她幽幽地诵读着，念到最后，脸色蜡黄，悲凄地竟然快要掉出眼泪来，嘴唇儿索索地抖着。看着她这般难过，我心里竟有些不忍，禁不住深深地叹了口气。没想到，我的这声叹息竟被她给听到了。听到我的声音，她很匆忙地收敛起刚才的神情，还很勉强地堆起一脸的笑意来，笑着对我说：

"唉，咱们中国的古诗词，真是太美了。可惜只是无人能够懂得。"

"那些人，只知道口口声声地念着词句，却未必全懂得该怎样去读诗词。"

"诗词根本不是那般读的，没得白白玷污了。中国的诗词太多了，没有一个人能够读得完。即使读完了，又能怎么样呢，又不见得全能理解得了。无非是囫囵吞枣而已。"

"读诗词时，应该带着一份心情。不管你是哪一种心情，在诗词里，你都能够找得到。那些，仿佛就是你要说的话，而且，它比你说的还要好，还要透彻。它比你还要了解你自己。"

"啊哈，你的表情告诉我，你不相信。你说，世界上有那么多人，那么多事，在诗词里，都能找得到？唉，当然都能找到了，不管你是情场失意，仕途得意，不管你是哀婉痛惜，还是意气风发，总之，你什么都能找得到。"

"唉，只是没有几个人能够懂得它的美妙。"

她就这么嘀嘀咕咕地说着，既像是对我说，又像是在自言自语。说到最后，她脸上的笑容已经不见了，取而代之的，依旧是哀伤的表情。而这，也让我惆怅不已。

后来，她又一次诵读起了哀怨的诗词来：

"无端饮却相思水，不信相思想煞人。"

就在她诵读着这句诗的时候，眼泪竟从她憔悴的脸颊上静静地淌了下去。她完全陷在了深深的愁苦之中。看到她难过成这个样子，叫我再也忍不住，对她开了口：

"你，干吗要这么伤心？你还这么年轻，又这么漂亮。"

听见我对她开口说话，她只是对我淡淡地笑了笑，轻轻地说了句：

"你不懂，你只是个小孩子。"

然后，又自言自语似地说：

"唉，一头牛怎么能知道，世间还有可以用生死相许的爱情呢？是啊，有几个人能够懂得呢？"

不知道为什么，她的这句话突然叫我生起气来，心说，她怎么能说我是头牛呢。其实，她说过的这些诗词的意思，我全懂。而且，我也知道她为什么这么伤感。不就是她喜欢的那个甄平毕业走了吗？然后，她想给他写信，写了许多信，却不知寄向何处嘛。相思的苦楚还时时地侵扰着她，她为此变得消瘦，变得憔悴嘛。她不是还要把她对他的相思统统告诉他，叫他愧疚吗？因为相思，她都有些焦急起来。这些，这一切，我全懂。我只是不敢冒昧地说出来罢了，我怕唐突。而她，竟然说我是头牛，这让我很气愤。于是，我把积压在心底许久的话，一股脑地全说了出来：

"我懂，我什么都知道。"

"你不就是犯着相思病嘛，你不就是'孤灯不明思欲绝'嘛，你不就是'卷帷望月空长叹'嘛，你不就是'天长路远魂飞苦'嘛，你不就是'梦魂不到关山难'嘛。"

"可我也得劝你一句，这么聪明的你，难道不知道'在山泉水清，出山泉水浊'的道理呢？你不知道'但见新人笑，哪闻旧人哭'的道理呢？"

"难道你会不知道吗，你只是一直在自欺欺人吧。还这么伤心干吗，你这么个聪明人。"

我一说完这些话，美婷就止不住哭出了声来。她一会儿哭，一会儿笑，像看怪物一样地打量我。且喜且惊，且羞且悲，又满眼仰慕之情地打量着我。于是，我又接着说她：

"你大概也知道'君不见高唐明镜悲白发，朝如青丝暮如雪'吧，你大概更知道'人生得意须尽欢，莫使金樽空对月'吧。"

"你还年轻，来日方长，只要自己积极地面对生活，什么样的幸福找不到呢？不懂得珍惜的人，还有什么好留恋的。"

我说这些话的时候，说得很缓慢，很真诚。我的话，每一句都叫她很吃惊，我说一句，她就应一句。这一会儿，她乖觉得像一只依人的小鸟，满脸的羞怯。后来，见我说完，她才哀哀地说：

"是啊，你说的这些，我何尝不懂得。可是，不是有句话还说，'拼，而今早已拼了，忘，则怎生便忘得'吗？真的是身不由己的。不过，听完你的这些话，我的心里早已经宽敞了许多。以后，我会好好生活的。"

于是，我的这些话，还真地解开了这个可怜姑娘的心结，使得她又重新回到了快乐生活的轨道上。于是，她又开始了幸福的生活，直到永远永远……

在这里，我不得不承认一个错误，之前我所叙述的这些，关于我自己与美婷的浪漫故事，全是我自己杜撰出来的。这些故事虽然不是没有发生，可发生的和我所讲的这些却并不一样。

你知道，我们大家，尤其是男孩子，都有一种英雄情结，总想着要做一回英雄。可生活中，英雄往往很难做到。而说起自己真实发生的事情，往往又很困难，医不自治嘛。涉及到自己的感情领域，人都是会有所顾忌的。所以，我才不惜花许多心思来给自己编撰一个英雄形象的故事，这也就不难理解了吧。

对了，还是让我重新讲述一遍真实的情况吧。其实，我只是有点好奇，不知道美婷为什么会突然把座位搬到我的旁边。也不能怪我的好奇心这样重，实在是这个问题对我太重要了。只怪老天太过偏待人，他在造我的时候，有些吝啬，把我造得有些过于袖珍了。虽然也算是明眉秀目、玉树临风吧（额骄傲），可在女孩子眼里，怎么也提不起男子汉的气度，怎么也逃不脱邻家小弟的形象。丫丫个呸，找谁说理去呢！

而美婷突然的到来，这般暧昧地到来，就不能不叫我有些想法了，于是乎，神经就开始紧张。是啊，这可是很难得滴，这是第一次有个女孩儿对我做出了仿佛超越一般友谊的举动。于是，我开始努力地研究，想从一切迹象上搞明白，究竟是我的什么地方吸引了这个女孩子，什么又才是我的魅力所在。额想骄傲。

可后来，过了好一段时间，我也始终没有看出个所以然来。我只是发现，美婷就是个很普通的女孩子。她和许多女孩子一样，特爱说笑，好像总有说不完的话题。她总爱讲的，是她们一帮小女孩儿去城里逛街遇到的新奇事，或是在途中遇到的一些危险事，再或者是一些与帅哥邂逅的艳遇。其次，她还爱讲他们家里的一些事情。这其中，她讲得最多的是她的妹妹，每一次说起来，她都很高兴的样子，总是絮絮地说：

"你知道吧，我妹的命可大了。她才这么大，可早闯了好几次鬼门关了。"

"原本，我妈说，她是没有打算要她的，可她的肚子却一天天大起来了。"

"为此，我妈妈可着急了，吃了很多药，想把她给吃没了。可不管我妈怎么折腾，她就是不消失，肚子依旧一天天的变大。"

"后来，我妈妈又开始担心了。据医生说，吃了那么多药物，就是头牛，也该给吃傻了。我妈担心坏了，生怕生下一个傻子小孩儿，要不就是缺了眼睛，少了鼻子。那可就太惨了。"

"可后来，我妹生下来，一点事情没有，还白白胖胖的，我妈才不再担心了。"

"她呀，可漂亮了。你看我，这么瘦吧，她可是很胖的，胳膊上一圈一圈的胖纹，像个洋娃娃，可好玩了。"

"后来，一个算命的，说我妹命特别大。开始，我们还不信，算命都爱说好话嘛，可后来就不能不信了。有一次，我们一帮小孩儿在我们家的屋顶上玩耍。结果，我妹不小心，从上面跌下去了。我们一帮孩子吓坏了，争着往下挤，去救她。可还没等我们下来，她自己一个人倒先跑回来了。还没事人一般和我们笑呢。"

"你说，奇怪吧，她身上真就一点伤没有。那么高的房子，下边还有许多大石头。要不是她的命大，说不定会摔成什么样。"

美婷总喜欢说起这些，我还曾问过她，有没有因为有了妹妹，就觉得父母疼她少了些，心理不平衡。因为，我就见到过有些孩子，因为觉着弟弟夺去了父母亲的疼爱，记恨他，一旦见到弟弟，就对他下黑手。我一问，她还笑，说哪里会，她反倒因为觉着有了个妹很开心。看起来，美婷就是个很开朗的女孩儿。只是，偶尔的，阴郁的表情会掠过她的面庞，那么年轻、漂亮的面庞。每当这时候，她就仿佛沉浸在一种愁苦的情绪之中。不过，每次，只要一发觉我在看她，她就会马上收起这种神情。然后，很好似地冲我笑笑，表示自己失态了。我见过她好几次这样的神情，每次都是这样应对。每当这时，我也只得跟着笑笑，只当什么也没发生。

我的脸上装着无所谓的样子，可心里却并不能平静。忧郁王子嘛。其实，我早已经听说过关于美婷的一些事情。开学军训那会儿，我就发现，美婷从未来过操场。每当大家在操场欢乐地游戏、玩闹时，她总一个人孤零零地站在操场外的树荫下，看着大家玩儿。因为好奇，我还问了别人。于是，我就听说，美婷有先天性心脏病，而且，还是很厉害的那一种。她不可以做剧烈运动，也不能情绪过于激动。要不然，会犯病，死掉。而且，我还听说，美婷因为身体有这种病，只能活到三十一岁。至于为什么她只能活到三十一岁，我并没有想搞明白。因为，经他们这么一说，我的心里就只剩下莫名其妙的难过，对于她为什么活到三十一岁就不太关心了。当然，主要还是因为自己的脑袋缺根弦。

我仿佛也真的发现，美婷真的生得很娇弱，仿佛连她鼻息，也是丝丝游游，一磕碰就要中断了似的。于是，开始为这个女孩儿挂起了心，觉得她是何其地不幸。不过，后来，当我逐渐发现，她平时里还是挺快乐，并不是整天愁云密布地生活，才渐渐收了忧虑，不再为她担心的。

美婷的突然到来，又重新激起了我的这个心事。于是，不自觉地陷入了一种无以言传的忧虑之中。

一方面，我不断为美婷姑娘的命运难过，另一方面，我又开始为与美婷在一起相处，而感觉快乐。在与美婷绵绵延延的接触之中，我渐渐坠入美婷给我带来的快乐之中。我像是中了毒，以至于逐渐陷在这种快乐里不能自拔。于是，我犯了错，做了那种我向来不耻的，以为只有那种自制力很差，顶没有出息的男生才做的事。我忏悔，深深地忏悔。

这段时间，我开始渐渐变得魂不守舍，只要一小会儿，只是很小的一会儿见不到她，心里就变得没着没落的，总觉得有什么地方不对头。我仿佛体会到了什么叫做"一日不见，如隔三秋"的感觉。我开始无可遏制地迷恋美婷，总想和她待在一起，说说话，哪怕只是这么静静地待着也感觉很美好。这种感觉开始死死地纠缠我，以至于使我有些开始害怕起来。因为，我发现它开始渐渐影响到我的功课，不能安下心来学习。我不得不学会了逃避，逃避这种莫名的感觉。于是，这段时间我时常跑到教学楼后面去听薛峰兄吹箫。

其实，与世杰子比起来，薛峰兄的箫吹得一点都不好。世杰子是学笛子专业的，除了吃饭睡觉之外，他的笛子从不离身，走到哪里吹到哪里，以至于别人随口哼的一段旋律他都能跟着和下来。可是，或许是他吹奏得过于溜的原因，我老觉得他吹的曲子都是一个调门。我还是喜欢薛峰兄的吹奏，尽管他只会几首曲子，吹得也是铿铿锵锵不流畅。可我还是觉得很有感觉，像我踉踉跄跄的心情，像正在难受的人百转千回，愁肠万结的心情。

这段时间，我觉得自己一下子长大了，开始思考许多重大，而且严肃的问题。比如，美婷这样一个青春年少的女孩儿，为什么会赶上这么样一个命运？还有，如果这样一个女孩子突然告诉我，她喜欢我，那么我又该如何抉择呢？因为，我必然会受到家庭以及其他一些方面的压力，他们肯定会阻拦我，我又该如何面对呢？我开始考虑许多类似这样的问题。我在生活这个泥沼中苦苦挣扎，甄别着这些介乎是与非之间的诡辩，怎么也得不到完全的解答。厉害吧，我竟然把自己当成情圣了，还在考虑情感问题，真是个人才啊。

此时，我只知道自己陷在苦恼之中，却不知道自己也已经陷进了别人为我准备好的温柔陷阱里。不过，奇怪的是，随着陷阱的陷落，反倒使我无以排解的万端忧愁消失得无影无踪。

这件事发生在期末的考试之后。期末考试的成绩一出来，就有了怪事情。瑞青老姐把我叫住了，还笑话我怜香惜玉。

当然，怜香惜玉的事情确实有，我坦白。考试的档期，我给美婷抄了我的试卷。考试前，美婷向我提出来，要我在考试时给她通通水。当时，我连啵儿也没打一个就同意了。

我是这么想的，美婷是个连生命权利都没有的人，就不必遵守那些繁文缛节了吧？在最后的生命里，能高兴一点就该让她高兴一点。在有生之年，得个好成绩，管她是如何得来的呢。

于是就做了。只可惜，这姑娘太实心，抄得太狠了点，以至于在张榜时，我们两个一前一后高居在三、四名的位置上，洋洋洒洒，蔚为壮观。

曾经看过一个故事，说是一个金发女孩儿牵着一头猪走进商店，别人就说，怎么牵这么个东西。谁知道，那只猪开口了，说，没办法，刚才抽奖抽的。这个故事是嘲笑女孩子愚蠢的。以前，还觉得很刺眼，讽刺得太厉害了。不过，自从这件事情出来之后，真就服气了。唉，怪不得人家这么说，实在是太笨了。

自然，由于考试的事情太明显，也就不能怪人家朝我们呲眼了。

被瑞青老姐叫住的时候，我早有了心理准备，想好了对付她的说词。当瑞青老姐一问我干吗给美婷抄题时，我就将美婷时日不多的话说给她听了。可不想，我刚将这话一说，瑞青老姐就嘲笑起我来：

"爷，我的爷，有没有搞清楚情况，什么也不知道，还觉得挺聪明。人是骗你的。"

"是她跟你说她有病的吧？骗你这糊涂虫的，她才没病。"

"那怎么会，她，那怎么不上体育课，那不是因为有病？"

"那也是骗人的，她是觉得自己很漂亮，怕一活动出了汗，把脸上的妆给整花了，不好看。"

瑞青老姐说得很权威，让我不禁有些崩溃。看见我还犹豫，瑞青老姐又说：

"记得吧，刚开学，我们大家在作自我介绍时，她口口声声说她是从省城里来的，还叫我们大家多多关照她，记得吧？"

"对，就是那回。其实，她就是咱们城里的，她那么说，就是虚荣，知道吧。有人认识她，第二天就被拆穿了。"

"从那时候起，那什么，女生们就不太喜欢她了。都知道她虚荣，好面子。"

经瑞青老姐这么一说，我还真就记起来，当时确实有这么一档子事，而且，在当时还吵得沸沸扬扬的。原来这件事的当事人就是美婷本人，只是我没有太留心。

带着满心的惶恐，我回到了自己的座位。我刚一走过来，美婷就哭起脸开始向我诉委屈：

"哎，平子，她们都在笑话我呢。笑话我抄卷子。"

"那怎么办？要我去告诉她们，是你自己做的？"

我冷冷地说，一点没给她好声气，一改以往的侠骨柔肠之情，怜香惜玉之意。不仅如此，我还觉得她特恶心。从没想过，人竟然可以这么恶毒，能编这么多故事。不就是想抄个试卷嘛，一句话的事情而已，整这么多内容干吗，害别人浪费感情。我有些生她的气，生气她欺骗了我许多的感情。虽然也有我自己的原因，可还是很生气。开始，我以为自己会狠狠地损她一顿，对她恶语相加。因为，我有种被人在光天化日之下扒光了衣服的屈辱感。可后来，到了事情上才发现，自己对她竟然厌恶到连生气的力气都没有了。

也就在这一天，我把自己的位子搬走了，远远地离开了这个叫我拥有了一段伤心事的女骗子。尽管，并没有人知道在我的心里曾发生过怎样的一段故事。可我却欺骗不了自己。我本脆弱啊。

也是从美婷的这件事情上，我突然觉得，女孩儿真的是一件很危险的东西，她们真的不一定像你想象的那样美好。而且，我还了悟，其实，女孩儿是这世界上仅次于男生的心术动物，危险异常。

不过，后来我终于明白，当时的这件事情，并不是我的品质上发生了什么大问题。我只是受到荷尔蒙的刺激，产生了一些许多少年人都会产生的美好感觉。这并不是什么大事情，不是所谓的恋爱，这距离恋爱还很远，顶多只能算是一种情绪，只不过是"练爱"，成长过程中的爱情练习而已，是人生必经的一个过程，也是一种人生财富。大家也来练练爱噢，嘻嘻嘻。

也是从这时起，我才真正了解到，并不是一个女孩儿特注意自己处事的分寸就能百分之百解决被人骚扰，或是纠缠的问题。这还取决于男性同胞的素质问题。因此说，命运的一半掌握在别人手中的女孩儿们，她们的处境真的是很可怜的，多疼疼她们吧。

呜呼，咪咪啦。

第十六章

自找苦吃

最后一年的暑假，我去了文化班。

放假的前两天，宇轩老大悄悄地告诉我，他要调班了：

"哎，平子，甲班里的石小梅不做班主任了。"

"我打算调过去。"

宇轩的一番话，叫我心里很不自在。第一年结束时，欣薇调去了甲班，据女孩子们说，她只用了一年的时间就把舞蹈教师的所学全学到了手，没有什么可学了，所以要去甲班。后来，春节以后，小良子又因为患的腰肌劳损，也让他的父亲找到学校，放弃专业调去了甲班。

前不久，王崮和石头两个人，又带着满心的失落退学了。一天中午，王崮说，心里有点闷，想出去走走。石头也说闷闷的，然后，就跟着王崮一块出去透气去了。结果，他们一走就再也没有回来。现在，宇轩竟然也要走。

我已经发现，体育专业并不像我想象的那般简单。在这一年的体育专业里，只有曹屯学长因为曾在省运会时取得好成绩，才走特招生去了省重点高中。其他的人就没有什么作为了。

再想想我们这一届，不说强手如林吧，也是人才可观。不光我们班有二亮、云航几个高手，还有丙班里后来转学来的李恩，也很厉害。李恩是我老乡，也是学校里跳街舞最好的一个。

这家伙个性很张扬，经常咋咋呼呼地说自己百米要突破十一秒了。也不怪他这样说，他的成绩确实挺不错。与他们相比，我的专业课成绩根本就不值一提。

于是，因为这些原因，我就让父亲找了学校的教务处，也调了班。

因为要补课，在家里只歇了一天，我们就准时开课了。

然而，不曾想，就在开学的当天，班里就发生了件超大的麻烦事。

开课当天下午点人头数的时候，有两个女孩儿没有赶到。其中的小雨还找不到联系方式。后来，没了办法的何班主硬是把联系小雨的任务交给了我，理由只是因为小雨和我住同一个镇上。这个任务让我叫苦不迭，实在是很难办，但也很佩服何班主不认生的本事，认识第一天就把我当枪使。于是，我只得设法联系了。后来，我去学校管理公用电话的高教头那里打电话时，正碰上高教头有急事要去解决，便撂下了，只得待会儿再打。

对于高头离开不能打电话，我一点没有在意。我还正关心着球场上的动静。班里体委张力的一个发小趁暑假期间来学校听课，而据张力说，他这个发小普子，是个足球高手。于是，大家都准备着与他大战几百会合，一试其身手呢。

我赶到时他们早已开了场，而且颇为精彩。我刚一赶过来，就被眼前的情景给紧紧地粘住了。普子看上去干巴巴的特别瘦，可踢起球来竟一点也不含糊，一点不给他的那身曼联队球服丢面子。普子的腿上功夫很扎实，尤其是他的定接球，相当连贯。他有他的一套办法，不用胸腹去触球，也不是用腿，而干脆用脚去踩。挺高挺快的球过来，他只是那么干脆地一脚，一下就把球死死地踩在脚下了，然后推了球就走，很有些经验。我可从来没有见过这样处理高空球的。

就是带球，普子也很厉害。刚上场不久，他就连续组织了几次有效进攻，且连连起脚，而球每一次都是踢在球门的有效范围之内。要不是守门的宇轩技术不错，把球给没收了，情况还真的有些不妙。而在另一个场边观战的张力，看过普子的几次进攻套路之后，马上就出了坏水，直对着普子一通阴谋：

"嗨，普子，这家伙，守门的这个，原来是学跳高的，咱放高球全不起作用。"

"知道吧，换换，打他的下盘。打下盘。"

听了张力的建议，普子马上就有了变化，很快就发起了下一轮进攻。普子一路直下，先从右路突进，直到后场，又很轻易地闪过右后卫，一下就和宇轩打了照面。普子还真是有货，看准宇轩早站好了位，也不慌，猛地往正面搪球，闪过宇轩，正好大角度对着大门，然后起脚把球往门里用力一磕。只这么一下，弄得全场人都呆了，看这必入的球怎么直入大门！还得说宇轩厉害，他早被普子闪过，不去飞扑，非丢球不可，他是不得不为之。然而，他还真就横了心，一下横着扑了出去，把这个必进的球硬是生生地逮在了手里。因为这个动作，使得我们大家都给他叫好。

不过，也因为这一下，也把宇轩给害苦了，只这么一扑，把他胳膊肘上磕掉了好大的一块。张力赶紧跑过去给他找守门服，小葛也跑了去给他取药水、纱布做包扎去了。

这会儿，我们一帮小子只顾了兴致勃勃地踢球，却不知道也就是在这档，在离我们不远的国道上，正发生了一场异常敏感的命案。是一个女孩儿卧轨的案子。而那个在我去打电话时出去办事的高教头，正是被派出所通知了去确认尸体的。

到了下午近吃晚饭时，这个消息就在学校里传开了，并落实，这个死者正是班里未到的两个女生中的另一个。这个女孩儿我也见过，是甲班里以前的班长。她曾带着唱歌跑调的文艺委员到我们班里教过新歌，一个胖胖，很阳光的女孩儿。

一听到这个消息，我赶紧去给雨打电话。先打家里，让母亲去她们家看看，确定了她还在才放下心来。

后来，到了晚上这个消息就更加清楚了。这个女孩的死也有了说法，说这个女孩儿死前已有身孕，并且说，是外校的一个败类男生做下的冤孽。但对于女孩的死因，却有着不同的说法。有人说这个女孩子羞于这场耻辱，觉得没脸活人，半夜时跳墙出去卧轨自杀。而另一种说法则有些凶险，说这个做了禽兽事情的家伙，因为怕糗事败露，将女孩儿害死之后，抛尸到铁路上以掩盖自己罪行的。这两种说法都很强硬，各有理由，相互冲突。不过，关于这个女孩有身孕一点，没有异议。尽管谣言一直在风传，却也没有什么过硬的证据，叫人不知该如何相信。

不知道这个情况是否属实，反正这件事没有人再提起。有这么多人知道这件案子，却没有一个人站出来，替死去的女孩儿说句话，包括我在内。而作为女孩儿生命最后一层保障的父母亲，对自己女儿的死亡竟也装聋作哑。即使在传统意识里，中国人的观念之中有"为活人，不为死人"的思想。可要知道，那个被人不耻的凶手毕竟还很舒服地待在学校里，或许，他会为自己的侥幸感到庆幸，从而会再次伤害其他的女生。自己女儿的死亡已经给自己带来痛楚，怎么能忍心让另一个家庭再遭受不幸呢？我们难道不知道"爱人如己，爱人子也要如己子"吗？我觉得，知道这件事，但都沉默的人，全是大大的混蛋。这件事真就一直这么一声没响过。也不知是有意，还是无意的，真是匪夷所思，这一切都叫人匪夷所思。

不知道这个世界上有没有灵魂，这个女孩如果是被害致死，她又否能够瞑目？这一切都怪怪的。而她的父母，又怎么能叫自己的女儿含冤九泉之下，他们花她的钱时，又能否心安理得呢？

暑假里，因为这个女孩的死亡，也引发了好一阵恐慌。许多高三学长们都在传说，说许多人都在后半夜时听见他们宿舍附近有女孩子的啼哭声。这个传言闹得人心惶惶的。学校也很重视，私下里开始调查。后来，终于搞清楚，原来是高三的一个姐姐在深夜里哭泣。她的一只手有残疾，是小儿麻痹。为这个，她遭到了别人的歧视，心里面有委屈，又无处发泄，就在夜里跑到车棚里哭泣。事情搞明白，传言也随之消失了。

暑假里，我还见到了王崮，就在我们开课的第二天晚上。

当时，下了晚自习，我们几个正准备吃小良子从家里带来的一书包山地红薯。在其他时间，几个红薯算不了什么，可这是在暑天里，新的山药还未成熟，旧的山药又已经断了时节，只有像小良子他们这种靠山药吃饭的药农，才能在地窖里储存这么一星半点。因为这样，就显得格外珍贵了。在我们几个商量着如何将它们煮熟的时候，王崮来了，抱了个篮球大小的毛绒玩具，坐在铺上。只一小会儿，没有言语就走了。我们也未太注意他，都等着吃红薯呢。

早已馋得口水直流，可又找不到煮东西的地方。后来，无奈之下，我们干脆去锅炉房铲了些红炭火来，再加些木柴，在宿舍里用饭盒煮食吃。结果弄得满屋子都是烟，幸好只有我们几个，要不还真是罪过不小。

后来，我们把山药煮好晾凉的时候，王崮回来了。他故意似地冲宇轩笑笑，打趣他自己说：

"哎，那疯女人可真厉害，都把我搞疼了。"

"不行了，确实是老了，我得歇一会儿。"

说完，滚到我的铺上躺着去了。王崮说的那个"疯女人"，我认识，还和她打过一次交道。那一回，我们都在后面的球场打篮球。后来，他们的球跑过了界，石头他们就叫我，要我把球传回去，我并没多想，开了一脚，把球踢了过去。谁想，那么赶巧，那球不偏不倚正踢在背对着我的那个女孩身上。这一球过去，就把她给踢哭了。这个女孩儿确实被踢疼了。可我，又不是故意的。情况有些尴尬，石头他们都很为难地看着我。后来，"二丙"她们几个女孩儿硬是把我拉过去，一顿暴扁给她解气，又叫我好言哄她，左一个姐姐右一个姐姐地叫，才使她不再哭了。我注意到了这个女孩儿，感觉她应该是个挺多情的女孩子。听石头说，因为篮球队的解散，王崮很难过，总是情绪不好，老发脾气。也正是因为这样，这女孩为了安慰王崮，才跟他在一起的。

后来，食物的美味也引起了王崮的食欲，肚子咕咕直叫。他嘻着脸凑过来，很讨好地对我笑，说他也得吃一个。征得同意，就捡了个小块的，还卖乖：

"平子，你看，我多么自觉，只吃一块小的。"

"哪里，是你太聪明了。小块的熟得最透，最好吃。"

山药可真好吃，尽管是这样简陋的设备炮制出来的，可依旧很可口。连宇轩也承认，在吃了一口之后也忍不住夸赞起来：

"这山药可真好吃，入口就化，真好吃。"

宇轩的这句话实在不为过，他也是个善吃的家伙。他经常会带一些自己家里制作的小吃来学校，时常是一些甜酱、西瓜酱、熟鱼之类的东西。也会分给大家尝尝鲜，都是些很美味的东西。一次，二亮在品尝宇轩带的花生酱时，只尝了一口就给迷住了，香得他直摇晃脑袋，硬是掏出身上所有的零钱，要宇轩把那花生酱全部让给他，好叫他一个人独享。

除了这些，宇轩家炖的兔子肉也很好吃。头年冬天，班里的男生曾在学校里逮获了只很大的野兔子，开始，还想在小伙房里炖，可小伙房不肯。后来，宇轩带回家里做了，才使大家吃到嘴里。

当时，因为人未到齐，并没分兔子肉吃。等大家去教室点过号再回来吃时才发现，有几个学长早闻到了香味，把那四个兔子腿全给拧走了。宇轩帮我抢到一个兔脖子，尝到点滋味。听宇轩说，兔子的腥味不大，并没用什么特别的调料，味精也没用得着，只是常见的咸水卤兔子。确实，吃起来，滋味很干净，有点淡淡的咸味，还有清香新鲜的芫荽味道，很有吃头。因为这些，我料定宇轩家里也很讲究吃。

这一夜，我几个人吃着美味，聊着闲天，过得很是愉快。

这一年，班里不只是我们几个调班的。除了我和宇轩几个，还有山里来的四个。这四个人中，两个男生是来复读的。除了四个山里的，还有城里来的一男一女，其中的男生也是来复读的。文化班原来是藏龙卧虎的地方，后来还有我们学校乙班、丙班里调班过来的那些高材生，现在又来了这么多外校人，光想想都觉得可怕，一定不太好混。

这里的一切都叫我不能不紧张。刚来就注意到这里的人字写得都极漂亮，拿了几个邻桌的笔记本看了下，发现果真是不同凡响，有的写的虬劲有力，有的写得清新俊秀，有的写得飘洒奔放，各有神韵，真是叫人开眼。以前，我和宇轩字还算写得不错，西平三亮这些家伙要出校，伪造个事假、病假条，都会来找我和宇轩。可到了这里一比，我们的这两笔字也就没有那般的炫了。除了这个，甲班里的外语也是很了得，一个个念起来还真是像那么回事。这里的一切叫人感到一股无形的压力，很不自在。

不光我有这种感觉，山里来复读的萧赋年兄，也有同感。或许他的功课基础也不济的缘故，每每与大家说话时，总是流露出一丝不安来，他经常会很不自在地说：

"哎呀，各位兄弟，各位朋友，以后我还要多呈各位的照顾了。"

"大家都是高材生，以后一定要多多提携啊。多多指教。"

"我的脑袋太笨，自知不好，多蒙照顾了。"

赋年每次说得都很诚恳，让大家都不由得看了他笑。大家还是比较喜欢他，尽管他也是复读的学长，却全不像另外两个，老是一副很高傲的架势，叫人不好与他们亲近。

不过，自卑归自卑，要知道这老小子可不是个肯忍受寂寞的人。来的当天晚上，就和大家融到了一起。他在教室后面组织了一场较力比赛，要和人比赛力气，还说这是他的强项。结果还真是，大家纷纷上场和他比赛，都不得不败下阵，靠到一边去了。就连力大无比的小良子，也只是和他战成互有输赢的平手，对他佩服起来。

一聊起来才知道，赋年是有后盾的。据他说，他还有个做特种兵的哥哥：

"当然了，我哥这个特种兵可不是白干的，我这两手也不能白学了啊。"

"原来，我们那里有两个小伙子去当了特种兵。结果，另一个只在那里待了两个月就待不下去，跑回来了。因为受不了那份苦。"

"你们都知道那是什么样的苦吗？老乡，叫你扒着墙角上到好几层的楼上面去，多厉害啊。一般人根本就受不住。"

"我哥总算是待住了，学了些东西。我只是跟他学了几手而已，一点点皮毛罢了。"

这让大家都很羡慕他，夸他哥哥厉害。而赋年才不接口，说：

"这算什么，我哥哥在他们那里也不过是个半截子把式，一点都不上数。我听我哥说，他们大师伯是国家的太极拳冠军，那功夫才叫厉害，只要一搭手，就能把人粘住撂一个跟头。"

尽管这样说，大家还是不能不对他佩服。赋年也确实是有两把刷子。他的手腕上整天都挂着一个用圆规的两条腿做的小弹弓，很精致，像个工艺品。大家就问他，这东西只是个摆设，不能打的吧？他一听就来了精神，说这东西不仅能射，而且还相当准。为了叫大家相信，他还表演给大家看。他指了教室前面的一条灯线给大家，说就射那个吧。一边说，一边掰了一截子粉笔兜上，然后开弓放箭，一下正中那条灯线，叫大家大开眼界。然而，因为他的技术过于太好了，弹子打在了灯线的正中央，又因为力道很猛，一下把灯线给打得悠了起来，在它下坠时，一下让灯泡从灯口里脱了出来，掉在地上摔碎了。

本来，大家是在一起找乐子的，突然看见闯了祸，马上一哄而散了。赋年也迥得红了脸，赶紧拿了笤帚和簸箕去打扫。好在宇轩有经验，拿了摔碎的灯泡屁股，领赋年去后面找后勤的管理员去了，才给这家伙解了围。

不知怎的，日子竟快活起来了。或许是这里的人都很好吧，大家在一起相当客气，也相当亲密。我们大家尽情地享受着这难得的愉悦。而生活中唯一叫人心不安的，是功课明显地加重了。

我刚转过去没几天，就被教外语的石小梅给了次下马威。一天，英语课要求背诵下一大篇幅的课文。因为时间很短，班里的大多数同学都没有完成。结果，石小梅就急了，向门外一指，吼了声：

"Go out!"

就把大家全都赶了出去。这可是大暑天啊，大家都在操场里晒着。后来，一直被晒出了油，石小梅才收回成命，叫大家回了教室。

石小梅就是这般厉害，采取这种直截了当的办法，强迫大家完成她布置的所有作业，完全像是在填鸭子。她的课还全部需要大家提前预习，并且，要提前预习两个课时，一点回旋的余地都没有。我早就感觉到要预习功课，自己也在预习。

刚到这里不久，我就被她叫到黑板上默写单词。我自己还发憷，发现自己有许多单词不会写。我觉得自己已经预习过了，不该出现这种情况。我一直有预习课文的习惯，我觉得这是个好习惯。预习课文时，可以教你知道哪些是自己全不明白的，哪些是自己该记住的重点，好在老师讲课时多些留意，将课上好。这样，课也会上得很轻松。可我的功课仿佛全都白做了，真是心惊。后来，回来一翻书，发现她提的单词全是下一课没有预习过的，叫我是大出虚汗。

自然，在苛刻的要求面前，我们都不得不抽出大量的时间来预习和复习她的外语课程。这还不算，她讲课全部都是用外语进行，一到她的课，就不得不使出十二分的注意力来听讲。

尽管石小梅教课的态度有些简单粗暴，可她的课程还是相当受欢迎的。她的方法很有些新意。石小梅非常注意与大家做一些有趣的互动游戏。她自己会收集一些很有意思的小笑话，用外语的形式讲给大家听。她也注意让学生自己动手写一些小品文，然后在上课时讲给所有人听。这样一件有趣的事情，不但锻炼了大家的书写能力、诵读能力，连听读力也一并训练了。每一次，总有人能够先听明白，然后把故事直译出来，讲给大家听。

其实，不光是石小梅老师在刻意抢夺学生们的课余时间，许多老师都在使用这种办法，比如我们的语文课，康先生也在这样做，只是她并没有采取强硬的强迫手段罢了。

老早就听说这个康先生是个市级优秀教师，可从来没有机会听她的课。后来，一接触才发现，她确实是个很有办法，也很有魅力的人。

康先生的教学方法很独到，上课时，每一次她只会上一刻钟左右时间的课。这期间，主要是课程之内的东西。等很快把这些完成之后，她就会变了一种态度。她会从讲台上走下来，然后很随意地和大家聊一聊，很随意。这个时候，大家是什么问题都可以问她，大到功课，小到生活上的琐事，都可以问，甚至连一些新闻时事也聊。这种教学方式大家很乐意接受，因此，大家对康先生的课都相当踊跃。

之前，我们在乙班时也曾遇到过这样一个很随意的教师。他自己说，学生是什么话都可以和他说的。当时，大家对他相当热爱，但他的知识不是太丰沛，有许多事情他自己都不知道，难免会让人感觉遗憾。可康先生就不同了，她这看似漫无边际的闲聊，显然又是经过精心安排，花了一番心思。在与大家经过一段时间的相互熟悉，相互了解，感情深了之后，就开始逐渐把大家引导上她早已设计好的教课规程上。

开始，康先生和大家探讨一些关于写作的手法和技巧，她非常注意我们自己对于写作的认识。然后，会给一些很中肯的意见和指导。比如，她会让大家尝试着去描绘一些东西，也就是"状物"吧。她建议大家尝试着不去用那些比如"好"、

"漂亮"之类的形容词，而通过其他的一些词汇的间接描述，使读到文字的人感觉到这件东西的"好"、"漂亮"等特点来。

后来，随着逐渐深入，她又让大家尝试着去描写人物，叫大家不写名字，而通过某一个人的外貌、行为举止，或是一些典型的习惯去描写一个人。还最好是一读出来，就让大家知道你写的这个人是谁。要知道，这看似简单的事情，却很有挑战性。不过，一开始，我就喜欢上了她的课，因为这个，还闹了笑话。

自然，我也很想显露自己的本事，想把自己写的小段子念给大家听。可大家都很喜欢康先生的课，都迫不及待地想把自己的东西念给大家听。一节课又很短暂，往往只有少数几个人有机会诵读自己的段子。于是，一直没有轮到我。不过，也正是因为老轮不到自己，没有机会读自己的段子，反倒让我有了时间积累。这就是俗话说的塞翁失马吧。

这段时间，我听了许多小段子，可总觉得他们写得不够漂亮。他们大多是写自己或是身边比较要好的朋友，多是通过眼镜、口头禅或是一些有意思的事件来描绘一个人。虽然也能叫人知道是某个人，可总也不够鲜明，叫人一目了然地明白，知道是哪个人。这样一想，我的心就有些活动了，决定自己要有所突破，写一个会叫大家都印象深刻的人，这样才能显示出我的与众不同来。

我开始在脑海里反复搜索，到底有哪个人会令人难忘。在经过反复地筛选之后，我把目标放到了同年的一个叫杰明的家伙身上。这个家伙无疑是学校里的一大有名人士。第一，是因为他的画画得特别好。尽管只是个三年级的学生，可在学校内，画艺是首屈一指的。据说，曾经有一家北京画廊老板来学校找过作品，他是唯一一个被收购了作品去的。其次，是因为他特娘娘腔，娘得有些出奇。于是我就决定写他，人才啊。

丙班的杰明，特点无疑很另类。这是一个很大个子的男生，却又极女气，连人送的外号都叫"大姐"。这也足见他的娘娘腔有多严重。确实，他的一举一动、言谈举止都很特别。比如他特别喜欢照顾人，他们班里的几个小孩子都受他的调教，被催促着去洗漱，洗碗，很周到。以至于好多人都说这是因为他从小都跟着姥姥和母亲在裁缝铺里长大的缘故。不知是否属实。

经过一段时间的观察和思考之后，我就动了笔，写就了下面的一段：

假若，我是说假若，有一个男生，而且，是挺健壮的男生被许多的人叫作"大姐"了，那么，这个人，你一定要留意了，他必定是有什么与众不同，否则的话，何以会至此啊。

是的，经过我的观察，他确实有些另类，相对于男生来说的另类。比如，他走路的时候，会摇摇摆摆，如风抚弱柳一般，迈着四平八稳的小碎步子，生怕扭了腰枝。而他一站立时，又无骨似的，必定会胝出胯来，弄出个搔首弄姿、千娇百媚般的病态来。这可真是漂亮。而他吃完饭后，探摸一下油乎乎的小嘴，也会不由得抛出个很惹火的"美人兰花指"来。呜呼，你自己只要想一想，就知道这该是个多有意思的人了。嗯哼。

这是我写的小段子，不仅写了，竟还有幸得了机会念给大家听。没想到的是，竟然大受欢迎，还未等我把段子念完，大家就笑得不成样子了。开始，康先生还犹豫，奇怪大家为什么会笑成这样，后来，她自己竟也记起了这个人，高兴地笑起来：

"噢，我以前也见过这人，见过见过。"

"我知道这个人是谁，我认识他。"

能被先生赏识，我很高兴。因为这件事，康先生还留意到了我，特意地找到我，问我有没有写过什么东西，可以拿给她看看。于是，我将自己平日里涂鸦的几篇心情文字拿给她看。康先生看过之后，竟很惊讶，说我写得这样之好，干吗不向报社投投稿。

听到康先生这些话，我很是受宠若惊，震惊竟然有人说我的文字到了可以投稿的地步。但过后，只是笑笑，自嘲说，是先生太抬举我了，看我有心，叫我到报社撞撞头罢了，叫我淬淬火儿吧。

不过，尽管心里很忐忑，左不是，右也不是，还是忍不住准备向报社投几稿试试。后来，我还特意买了几册当下最流行的校园长短篇小说和杂志，想知己知彼，好做到有备无患。万没想到的是，在看了这几本东西之后，我投稿的信心竟一下蹿升了两百五十度。觉得，自己太过于偏爱古典和正统文学了，怎么干吗不早些接触这些杂志呢？否则的话，说不定我早红了。他们这些写得这么烂的东西都能这般火，要是我早些入行，说不定这会儿已经是文坛的泰斗级人物了！我完全沉浸在一种虚幻的精彩里。

　　真是汗颜，当时我可真是快不要脸死了，怎么会有这种可怕的想法？不过，这也足见校园作品整体的成色不太高，以及其象征意义的无比巨大吧，可以让人产生那样强烈的荣耀感。哈哈哈哈。后来，我真就试着投出了几稿，不想，其中还真有一稿件见用，收到了录稿通知。不过，当报社把通知单寄到学校，已经是第二年毕业之后，暑假里的事情了。

　　呜呼，无坏呀。

第十七章

战　场

我们的功课越来越紧，以至于这一年正月只在家过完初五就开学补课了。

这可真是可怜，还能听见周围零零星星的爆竹声，实在是折磨人，可又有什么可说的，锄禾日当午，流汗十四五。错了时节令，一生吃豆腐。

好在十五元宵节这天班里有半天自由时间。生活委员组织大家包了顿饺子，以解大家的心绪。原本，大家准备一边包饺子，一边放场电影看的。可不曾想，体育委员张力和宇轩一起去镇子上租的两张光碟不争气，一张《冰海沉船》可能是放影次数太多的缘故，放不出来。另一张《师姐撞鬼》倒是能看，可女孩儿们对香港人的恶搞精神很反感，只放了十分钟就被封杀掉了。哎，真是难办啊。

于是，百无聊赖的男生们只好去球场上淋漓尽致地踢了场好球。这天的饺子，大家吃得也贼多，一算账，每人平均吃了一斤肉一斤面的饺子，可谓骇人。

没想到的是，就在这天晚上，我见到了石头。我们受女孩儿们所托，去镇上买了些焰火绳焰火棒，以此给大家增加些节日气氛。我们买完回来时，石头已经待在我们宿舍里。这天，他穿得好少，一件不厚的外套里只套了件衬衣。冷得他一直打哆嗦，可硬说自己不冷，简直臭美得要死。宇轩一直极力坚持把他那件闹了好几次笑话的军大衣脱给他。

对了，这一年冬天，宇轩一直说冷，一直捂了件很厚的军大衣。就是这样，他还老是嚷冷。由于大衣的袖子太大，写字不方便，每当做功课时，都不得不把右手的袖子褪下来。他本就人高马大，又穿上件厚大衣，更显得夸张，还褪下条袖子来。一眼过去，俨然就是个穿了藏袍的蒙古大汉，很牛气。别人一看见了就笑他，背地里也给他起了个绰号，叫"蒙古老爹"。现在想来，宇轩此时的身体应该已经是很差了，只有身体差的人才会怕冷。然而，我却没有意识到，实在是太过于粗心了。宇轩非要脱给石头穿：

"你穿得太少了，这怎么行，穿上吧。"

"别看这东西不好看，可实在，暖和得很。还说不冷，我怎么看你都觉得冷。"

可石头说什么也不让，只说不冷。一问起来才知道，石头已经北上去了北京，到家俱乐部里做保卫工作去了。他是回来探家的，过完十五就回去工作了。因为知道兄弟们的油水匮乏，他特意给大家带来不少酱猪手、酱鸡腿和牛肉干，来给兄弟们打牙祭。唉，有个有钱朋友真好啊。

我们几个都很高兴，因为有好吃的，更为见到石头。尽管也很高兴，石头的话却一直很少，总是看不够似地大睁着眼睛，一遍一遍地打量我们几个。还劝我们要用功，说自己后悔没念完书。

后来，我们去上课以后，石头走掉了，我们都未见到他。

年很快就过去了，我们的功课则越来越紧张。每个教师都在拼命地给大家增加课业，春季的奥赛结束，我们班全军覆没之后，一向很沉得住气的郭头也有些着急了，开始在课堂上鸣不平：

"嗨，这可不行啊，我说，你们对这化学课，可不够用心啊。"

"我这人有这个毛病，哪怕你们现在心里骂我，可我还得说，我可不能叫你们吃了化学课的亏之后再骂我。"

"虽然，我没有催着大家多学化学课，可也不能差太多不是，都用点心啊。"

唉，这些可怜的人啊，拿着鞭子催逼，还说是好心。也是，我们所有人都是套着枷锁在赶路。后来，郭头还把战火引到了宇轩头上：

"我说，宇轩，那么多人都说你好话，我还挺期待的，觉得你有考奥数赛的经验，说不定会闪一下光，叫你的先生也跟着你光彩一下呢。结果，你的先生很失望啊。"

"怎么，连你也没有发一下子响声啊，是先生我有原因吧？"

郭头说得大家都莫名其妙，不知道他说宇轩这些干吗。后来问了宇轩才知道，原来，他曾得过次奥数赛奖。怪不得郭头这么说他，确实貌似有点不给面子。不过，后来问起他这个曾经得过奥赛奖的奥赛者怎么也失利时，他也很无奈，说要搞奥赛，需要花许多精力，他哪里有。就是这样，他的时间也总是不够用，哪有时间管这些：

"现在的奥林匹克获奖者，考学的时候给加几分，十分还是二十分？那够干吗的！"

"那需要许多精力，你得做许多题，即便这样，也未必就能得奖。奥赛的时候，往往出的都是些很生僻的题目。"

"算下来，在其他功课上稍微下点功夫，就能把那几分给找补出来。其实，这样吧，对那些偏科偏得厉害的人大不利，若是能够破格录取，他们或许有大学上。

可一般情况下，他们偏得都特别厉害，他们天生就是学理科的料。"

"我对奥赛并不太积极，太累人了，没什么用。有时候也会觉得遗憾，你们知道吧，做出奥赛题的时候会觉得特有成就感。不过，就是用处太小了。"

这是宇轩说的一些话，有些占了便宜卖乖的嫌疑。当时，我并没有太过留心这些话。倒是后来发现，社会上关于应试教育中按分数录取上大学这一现状的不满有很多，认为这样会影响到一些偏科生，也就是部分专科成绩超长学生的命运。当然，对于这个说法，也有不同的看法。认为不按一目了然的分数去录取，很难做到公平公正。这其中，很可能会滋生出一些腐败现象，有人钻这个空子。在我看来，万事万物都有特例，以高考成绩为大的录取原则，同时，是不是也可以以一些专科成绩特优，做为高考录取的补充呢？因为，有些事情确实需要由超越常人的技能来完成。一个人的精力又是有限的，一旦某些方面超越常人，其他方面很可能显得特别愚笨。如果不能正视这个问题，绝对会严重地埋没人才。至于破格录取这项政策可能出现腐败现象的问题，我觉得这就是监督方面的问题了。当然了，这只是我的一家之言。

确实，我们的功课越来越紧。每个先生都在想着办法尽可能多地利用学生的时间，根本不太顾及学生的承受能力。我发现，教授同一个班级的老师们之间不像同事，倒像是争夺阵地的对手。

下面的学生也开始相应的表现出各种各样地症状来。坐在我前面的敬姑娘，时常在班主任何头的课讲到正浓时站起来，说自己听不懂了，要求何头讲慢些。这个敬姑娘可是很了不起的，一年级时，她是以年级的第一名的成绩从丙班调班过来的。况且，她依旧是超级用功。

我老早就发现，坐在我前面的她很有定力。通常，每天只要一坐下来她就不会再动弹了，一坐就是一晌，简直像是个坐禅的老和尚。叫人不能不佩服这种精神，也很佩服制造这种精神的枷锁，恨不能将所有人都变成参禅的和尚。而敬姑娘被累得很严重，满头白发，脸色灰暗。

因为是敬姑娘这样的好学生听课有困难，她一说，何班主就马上把速度放慢些，然而，脸上的焦虑神情却是掩饰不住的。可往往刚过不久，敬姑娘就会又站起来，让何头再讲慢些。

敬姑娘这样的情况还好些，起码有进展可言，有些学生则明显赶不上课业的进度了。比如彭路和赋年两个，他们对功课已经有些无可奈何了。因为明显感到跟不上课，干脆就不学了。觉得再怎么努力也没有多大希望，自己努力，人家更努力，而考试的结果是按比例取数的，怎么也没希望，还学它干什么？于是，开始各自寻找各自的出路。

　　彭路是通过看大量的小说打发大量无聊的时间。每次快上课了，他就麻烦走在后面的人把他反锁在宿舍里，然后躲避在被子后面的缝隙里，一躲过学校纠察队的查验，就在宿舍里使劲地看书。游击战术学得很到位啊，竟然没有被发现过。而书是不缺的，学校里到处都是爱看闲书的，尤其丙班，简直是个闲书集散地，有足够的书可看。因为看书太多，用眼过度，彭路的眼睛时常流泪不止。久了，就有些红肿糜烂，总是一副烂桃似的模样。

　　赋年兄就更生猛了，自己先是看了不少书，后来，竟有了搞创作的冲动，俯下身来埋头猛搞，一不小心，竟造出了好几万字的武侠小说来。弄得好多同学都赶来拜读，一读这部说不定以后会很出名的大作。我也借了来，把玩了一番，但觉他写的东西有些不太对路。

　　不过，因为觉得功课的压力太重，为了给自己调剂调剂，稍微放松，减减压，我也抽空狠读了几本武侠小说。这一类型的小说很有些鼓动性，使读书的人有种莫名的快感。我自己读的时候，也会产生很大很强烈的冲动，想自己搞创作。真的有好几次想要撂了课业，到武侠的江湖里去大干一番（最主要还是因为觉得流行的书质量太差。嗯嗯，承认，咱是个欠扁的玩意儿，嘿嘿嘿）。

　　甚至有好长一段时间，我就挣扎在这种打算之中，可始终没有下定决心。一来，是觉得自己的功课就这样丢下，实在有些可惜了；二来，是因为自己确实不敢肯定自己进了"武侠"之列就会成功。因为写武侠小说的人实在是太多了，虽然质量不咋地，可要是发生起群殴事件来，还真的未必就能当个武林盟主。中国人不擅长创新，但玩挖墙脚、埋陷坑这样的东西，那手段很成熟啊。贸然进入江湖，是很不明智滴。况且，我自己也不是十分迷恋武侠小说，自己是个务实主义者，也就是现实主义者，白话说就是爱钱的那种人。

　　看了赋年的大作，使我更加确信了自己的观点。就拿赋年的小说说，他写的不可谓不惊险，故事也不可谓不离奇。可读来，总教人有些许的遗憾。后来，我就把这种遗憾感觉总结了一下，大体就是，它有些像周星星拍的功夫片，片中人的功夫奇高，而智商又超低。说白了，就是没内涵。这种遗憾很明显。因为很关心赋年的写作大业，希望他能写出好书，我还特意把我的想法全讲给了他：

"赋年，你有没有觉得这武侠小说里有一些瑕疵？比如说，《鹿鼎记》里，为了写韦小宝的圆滑世故给他带来的好福气，故意给韦小宝写出了七个老婆，是不是？还有，你比如说，《神雕侠侣》之中，写得很悲情，很悲催，悲催到以至于殉情，突出的是爱情的极端化。"

"是吧，你有没有觉得？还有写香香公主的漂亮，她只是在万军之前飘然而过，那么多军士手里的兵器就掉了，只为形容她的漂亮。"

"还有建宁公主，写的是那么的刁蛮，有权又霸道。书中到处都是这种手法，为了写一件事，而大张旗鼓地铺陈笔墨。"

"在武侠小说里，这用的是一种剑走偏锋的手法。这是一种好的写法，叫人特过瘾。比如《射雕英雄传》用这种手法最多，不是写什么怪，就是什么邪。而且，想象超级丰富，让人处处惊叹。可是，使用的太多了，就会滥的。现在的武侠小说走的都是这种套路，因为都这样写，也就不再新鲜了。总之是太滥了，这也成了一种通病。"

"在金庸老先生这里还好，他的学识非常高，弥补了武侠小说中的许多不足。可如果在学识不够的情况之下，去写，会非常吃亏。"

"你明白我的意思吧，我是说，如果不跳出这种套路，不去另辟蹊径，很难再有所作为，也很难再有所突破。金庸老先生已经把武侠小说推到了一个很难超越的高峰。"

我语无伦次，但很努力地说了一大通，可并没有叫赋年兄有所收获。他正一心沉浸在自己虚拟的武侠世界里，等我一说完，就迫不及待地去埋头挥洒他的灵感去了。

这一切，都是因为功课的压力太大造成的。后来，因为功课压力大，宇轩也生了病。

周日，大家返校后发现，宇轩又没有回家。这会儿，他几乎很少回家，都是在学校里过周末，下着死劲学习。而这一次，他病了。一问才知道，他一大早就病了，一直扛到了下午：

"哎，真奇了怪了，昨晚我还好好的，我还看了半宿的书，今早一醒过来就觉得天旋地转的，太难受了。"

"我以前可从没这种病，一看到光就想吐，头晕得很厉害。"

宇轩的情况叫我们很着急，忙忙地张罗，看看该怎么处理。就在我们几个商量着要送宇轩回家时，小葛来了，一听说宇轩病了，又见我们几个准备送宇轩，就忙活起来，自告奋勇要送宇轩走，还说多少得给宇轩整口吃的才行，要不没力气走路。一边说着，还跑去小伙房给宇轩煮泡面了。

小葛的殷勤叫我们几个都很惊讶。不久前，宇轩刚刚和小葛闹了一场不愉快。说来，这件事挺不值当，也并不是因为什么正经事。原本，宇轩是在和研博这厮闹，研博小伙儿因为怕吃亏，就咋咋呼呼找人一块对付宇轩。谁想到，一边的小葛不知来了什么劲，过去就下了手，在宇轩的侧肋上结结实实来了一脚。小葛的腿上很有力气，这厮非常喜欢踢球，为了把球开得远，经常做腿部力量训练，下了不少功夫，腿上极有力气。他踢宇轩的时候，明显又用了力气，正赶上刚下过雪，地板上踩了泥水又湿又滑，宇轩冷不丁挨了一下子，险些摔倒。就因为这没有来头的一脚，宇轩还动了真气，扑着要去抓打小葛，是我们几个怕小葛吃亏，将他拦住才没把事情搞大的。宇轩还挺气，追着小葛问，问他干吗下狠手，闹归闹，哪里有下黑手的。宇轩倒没再动手，但狠狠地损了小葛一顿，闹得旁边我们几个劝架的都很下不来台。不过，对宇轩为了这么一点子事情就这般羞急的原因，我倒是知道一些情况。

宇轩刚到文化班时，对这里的人还是挺够意思的，跟谁都挺和气。暑假时，他还帮着洁普大晚上去学校西边的坟地里捡球。

当时，洁普开球时不小心，把球开出了西墙。因为功课紧的缘故，大家已经不能在白天占用正响的时间去踢球，可又实在难耐没有足球的寂寞。晚上的课间，就在昏暗的路灯下开几脚球，解解球瘾。偏偏碰上洁普这个笨蛋把球开出了院墙，所以，大家都很不开心。洁普倒是诚心，不肯搅了大家的兴致，忙不迭得找人拿球去了。我们大家谁也不抱什么希望，本来嘛，这坟地一直都挺碜人的，就是大白天，胆子小的人也不敢进去，况且是晚上。

我们云航君就曾在这片坟地里闹过笑话。一天下午，云航和小罗师兄弟俩仗着胆子去捡球。云航捡了球，顺着墙头往上爬时，出了纰漏。云航爬了一半时，突然来了一阵风，把不远处一个土坑里的塑料纸刮了出来。冷不丁发生的事情把小罗吓了一跳，尖叫起来，连声音也变了调。他这么一叫不要紧，把云航君直吓得手脚发软，一下跌了下去，怎么也爬不上来了。青天白日的都这般境况，何况是在大晚上。

可没成想，这件事还真成了，杰普原本是去找班长，没想到班长还挺厉害，领了杰普直接就找宇轩去了，而宇轩也痛快，立马就答应替他去了。真是佩服我们班长，她竟然是个能掐会算的，能料到宇轩肯帮忙。

不过，我可没这么好心。小良子与杰普有些梁子。原本，杰普的姐姐教过小良子，有一次，小良子的父亲给小良子挂电话，把电话打到她那里，在小良子接完电话告别时，她竟向小良子索要了五毛钱的劳务费。这叫看重感情的小良子很难过，觉得在老师的心里，他还不值五毛钱。为这事，他很不开心了一阵。

为了报复这家伙，给小良子出气，我拦住了宇轩。后来，商量好，要杰普请我们几个每人一个雪糕之后才放宇轩去坟场给捡球。可不管怎么说，这时候，宇轩对班里人还相当好。他的态度变化，是后来的事情。

这事情也是一点点赶巧。暑假时的一天晚上，我和宇轩回宿舍，走到宿舍门口时，正好瞅见书佳小伙把刚吃完包子油乎乎的手往宇轩的铺上抹。书佳确实有些故意，他旁边就是我和小良子的铺，却偏偏挑了宇轩的去抹，偏又不意不外地被宇轩撞到了眼里。

当时，宇轩一瞅见这事情就变了脸色，踹开门走了进去，然后斜着眼瞪着书佳看。当时，把书佳给吓得，脸都灰了，可怜巴巴地等着宇轩收拾他。后来，等了一会儿，宇轩慢慢说：

"书佳，你信不信，在以前，有人敢这么不把我当回事，这么对我，我准拿大棍子掀他。"

"你信不信，我说到做到。"

宇轩只这么一句，生生把书佳的脸色说白了。这一次，宇轩倒也没把书佳怎么样，只这么一说就把事情翻过去了。可正是从这儿以后，宇轩对班里人就有了成见，对谁都充满了戒备，对谁都不冷不热的，很乖张。正月时，他跟体育委员张力就来过这么一出。

一天中午，大家都在小矮台那里吃饭。张力向旁边的几位讲着他前些日子遇到的危险事：

"那天来学校的时候，在国道上，我老远地就瞅见那辆大货车开得有些不正常。因为，它一直在向一边赶斜。"

"所以呢，我就留了心。后来，那车还真就冲着我来了。我的妈呀，真是快开到我身上了。我只能把车骑到了旁边的排水沟里。那排水沟可有三四米深。把我给摔得！还有那自行车，车轱辘简直快成麻花了。"

"当时，我真是挺气的，赶紧记了他的车牌号，想让我爸查查他是谁的车，狠狠地处罚他。可就这时候，那车停下了，司机下了车，还赶紧跑了过来。问我有没有受伤。说他刚才有些瞌睡，疲劳驾驶，差点把我撞到。还要赔我的自行车。"

"一瞧人都说到这样了，我还能怎么样，连车也没让他赔，放他走了。我就说嘛，得饶人处且饶人。"

我们大家正说话的时候，宇轩的吃饭方式引起了张力的好奇心，开口问他：

"哎，宇轩，你吃饭好怪啊。怎么用开水泡着馒头吃啊，这样对胃不好。再说，看着也怪恶心的。"

本来，张力也是一片好意，关心他。谁知，宇轩故意抬杠：

"怎么怪，咱们吃饭不是差不多嘛，你是先吃馒头，吃菜，然后再喝点水。而我，就是颠倒了一下顺序嘛，馒头、菜和水一起吃嘛，有什么大区别。"

宇轩的话里满是刺，满是火药味，张力看见宇轩不太和气，忙住了口不再往下说了。其实，张力也是个挺热心肠的人，朋友的事情，班里的事情，也和宇轩一样很热心。后来，在中考考试当天，学校那个被大伙称之为"灵车"的校车因为出了故障，临时找不到车，耽误大家去考试时，就是张力给他爸爸挂电话，让他爸爸给派了辆大货车来，才叫大家去考成了试。当时，由于那辆车太过于那个，被大家戏称为是屠宰场用来收购白条猪的。但当时，无疑还是帮了大家大忙。

至于宇轩用开水泡馒头的事情，其实很简单，据宇轩自己说，他的胃出了些问题，很脆弱，吃了馒头这样的东西都会不舒服，只有用开水泡软乎了才会好受些。本来嘛，只是很简单的一句话，他却跟人来这么一出哩咯楞，真是叫人受不了。他自己太敏感，对班里人有戒备心。

他和小葛这么闹，大概也是因为这个吧。小葛当时也不肯认一点错，只低了头不言声。这么一来，叫旁边的我们几个不知道究竟该劝谁。

然而，小葛这一次的态度突然有了转变，这叫我们几个都很意外。看见他这样诚心，我们几个也忙抽身退到了后台，把机会让给小葛，也叫他们之间有个缓和的机会。

后来，小葛端回来一大盆泡面，把宇轩扶起来，又帮他擦了脸，给他吃面。宇轩先是吃了几口，可又全吐了出来。小葛又叫他勉强吃了几口，才叫他起来，去校门口坐车送他走了。

不打不成交，因为这一次的事情，宇轩与小葛之间的关系真就好了起来，两人也不再计较以前的事情。不光如此，后来的一次聊天时，小葛还把宇轩当作大哥，向他透露起自己的烦心事。直到这时，我们才知道小葛自己遇到了麻烦：

"宇轩，我最近遇到点事情，我自己也不知道该怎么办了。"

"我觉得我和燕子特别的投机，特别喜欢跟她在一起。而且，只要一小会儿不在一起，就觉得很失落。"

"我都有些害怕了，不知道自己是不是得了什么病。现在，功课这么紧，我总觉得自己在犯错误。我又不知道该跟谁讲。可憋在心里，又实在很难过。"

小葛的交代，让我们几个有些惊讶。实在是我们几个太大意了，竟然没有注意到这哥们儿遇到了麻烦。不过，这也不能只怪我们，实在是小葛自己藏得太深了。小葛这人平日里大大咧咧，一副没有心肝的模样，和谁都爱逗。有时，他也唱唱像《白桦林》这样深情的歌儿，唱得也还不坏，可每一次不等大伙把歌唱完，他早就变了一副油腔滑调的嘴脸，玩世不恭地笑起来。这让大家一直有种错觉，觉得他就是个没有心肠的家伙。谁还能想到，这样个家伙还会有这么一出《牡丹亭》呢，实在是他自己的罪过不小。

小葛很是沮丧地期待着宇轩给他出主意。听了半天，宇轩没头没脑地来了句：

"啊，这样啊。在我们那里，一个小伙子能把女朋友带回家里，是很有面子的，连家里人都会觉得有面子。这是小伙子的本事。"

宇轩说得轻轻巧巧，有点开玩笑的意思，叫我几个都很奇怪。小葛很狐疑地上下打量宇轩，看他是不是在彪他。我们几个的奇怪表情叫宇轩也有所觉察，知道自己的话说远了，忙忙地解释：

"啊，我没别的意思，我是说，大小伙子交女朋友很正常啊。可你不能因此耽误了功课。"

"这样一来，害了自己不说，家里人不也得跟着着急嘛。"

"你还得认真点，别总是换朋友，隔几天换一个，隔几天换一个，会被人笑话的，花心萝卜似的。"

宇轩一五一十地解说着，这时才叫我们几个有些明白。小葛一听这些话，也高兴起来：

"就是嘛，我自己也觉得应该这样。"

"其实，几年前，我给亚怡写过一封信。那会儿，我什么也不懂，觉得喜欢人家，还觉得自己挺成熟，想得挺周到。可人家根本没给我回信。挺糗的。"

"可这一次不一样了，我特别喜欢跟燕子在一起待着，觉得特别舒服。功课压力那么大吧，可只要我们在一起，就觉得时间过得很快。"

"燕子也是这种感觉，也很愿意跟我在一起待着。"

"我们在一起，只是觉得快乐。除了这些，我们只是谈论些理想，比如以后考什么学校，怎么努力。我们都是相互鼓励，相互加油的。"

"我觉得，我这是找到知己了。可我就是怕别人不理解，觉得我们不学好。我们一点不会耽误功课。"

没想到，竟然还有意外收获，这个小葛啊，真是个人才。小葛很幸福地说着，而我的心里面，也深受触动。我想到了自己，这种感觉，曾几何时，是这样熟悉。只是它不在了，又重新回到了它的幽冥古道。不过，还是替小葛祝愿，但愿小葛能够将这种美好继续下去。

因为这件事情来得有些突然，叫我们几个都很感叹，感叹世间的事情是这样奇妙。

不久之后，小葛与燕子一直秘而不宣的关系，也就一下公开了。他们两个开始出双入对地穿行在校园里，而小葛这些死党也很厉害，在燕子来我们中间找小葛时，还跟她开玩笑，问她，该说"我们小葛"，还是"你们小葛"啊。还问她，是该叫她"嫂子"，还是"姐姐"。对于这些玩笑，燕子虽会不好意思，但也就这么默认了。看着他们幸福的样子，直叫哥儿几个无限地羡慕。

然而，祸不单行，就在我们大家为小葛的事情高兴时，宇轩又出了岔子，又病了。依旧是头晕目眩的病症，怎么也下不了床。

　　对于宇轩生病，何班主开始还有些怀疑，在我去替宇轩向他请假时，他还不信，非要亲自去看一下，是不是宇轩在故意偷懒：

　　"他以前不是挺壮的嘛，跟个钢橛子一样，怎么会生病。"

　　"他得什么病，不会是懒病吧。"

　　因为这个，我只好带了他到宿舍里去看。因为宿舍里有人，门开着。我们走进去时，宇轩像个大虾皮，用被蒙了头，蜷缩在那里。何班主还想跟宇轩开玩笑，伸手把宇轩的被子撩开，还想伸手去挠宇轩的痒。可当他把被子撩开，看到宇轩的惨样时，又把已经伸出的手缩了回来。因为，宇轩的境况实在是太惨了。他的头上有许多的白头发，非常非常多，再加上头发乱七八糟地一团，白发就显得更多更刺眼。开始，宇轩还以为是我们几个跟他开玩笑，一叠气地告饶：

　　"谁啊平子，叫他别闹了，我现在真有些顾不上闹，受不了闹腾。"

　　宇轩蜷缩在床上，俨然是个病猫模样。这叫何班主更加吃惊，忙忙地把被子给他盖了回去，还催促我赶紧跟宇轩家里联系，叫他的家里人把他给接回去。于是，我赶紧问了号码，给宇轩家里打电话去了。又忙着给宇轩煮些泡面吃。这一次宇轩更惨，不仅把吃的东西全吐了出来，而且大吐不止，吐得翻江倒海的，肚子抽得像个瘪冬瓜，以至于连苦胆水都吐了出来，情景简直有些惨不忍睹。

　　快到中午时，宇轩的堂哥来了，开了辆车来。我们几个把他整上车，然后，他就被家里人给带走了。

　　我们都知道宇轩病了，只是，谁也没料到年轻的宇轩得的是很严重很严重的病。回想起来，在此之前，宇轩就已经表现表现出许多异常来。他总是不断地跟我们大家抱怨，一会儿说"时间太长，特别难熬，叫人疲惫得不得了"；一会儿又说"时间总是太短，什么东西都学不到就下课了"。而他总是这么抱怨。这种感觉大家这时都多少有一些，功课实在是太紧了，身体难免吃不消。所以，也就不太在意。除了这个，宇轩还有其他一些奇怪表现。比如，每天中午他都得睡午觉不可，哪怕只有一刻钟，他也得躺下眯那么一下子。说要是不睡觉，一下午都会没精神。所以，我们几个常常只好撇下他，叫他睡午觉。可往往我们几个还没走到教室，他又从后面赶了上来。这只是一眨眼的功夫，只怕连眼睛都来不及闭上，而他自己却说，他早睡了一觉。真是怪异得紧。这应该就是一种病吧，只是我们谁都没有想到。

　　光荣的学业大计啊。

　　呜呼，法科。

第十八章

随风而逝

最后的这段时光，我们几个过得还是挺愉快的，至少在表面上如此。

宇轩回去不久就返校了，问起来说并没有什么大碍。据他自己说只是上了点火，并没什么大问题，叫我们几个不必担心。细看起来还真是，除了脸色有些黄，有些菜色之外，他的精神显得很好，眼睛也很亮。我们也放下心来。宇轩的病好了，可研博并不肯放过他，要拿他开涮。

研博是后来，暑假过到一半时插班来的，他跟宇轩还认识，刚刚一到，就跟宇轩说起了前番的旧话：

"哎，宇轩啊，我怎么听博涛说，你是个胆小鬼啊？他们几个人撵得你直跑，差点没把魂给跑丢了啊。"

"什么话，还亏得他有脸面说出来。是他们好几个人截的我，截我的那老几位，被我一个人给了几大棍子。我打了他们，不跑干什么？等了吃亏啊。"

"哼，他也配说。那天，咱们在一路的时候，这老小子还端着，不跟我说话，不搭理我。可后来，咱们一分开，这家伙马上就换了副嘴脸，紧跟我说好话，那高帽给我忽悠得。其实啊，他是怕我，怕路过我们那里时我揍他。我又不是乘人之危的那种人。其实，要是换了是我从他们那里过，他肯定得截我，跟我犯浑。"

"哎，别说那浑球了。小北最近怎么样？太忙了，老没见他。"

"啊，还是老样子。功课也是那样，排在第二名，被那个女生压一头。"

"不过，这老小子前些天出了点事情，他跟了学校外面几个大孩子，去学校里抢劫了。就是拿把刀，跑人宿舍，往桌上一戳，然后问人要钱，等人掏了钱，全装书包里带走。"

"后来，没多久就被人给逮到了，那几个大孩子全送进了派出所。小北倒是没去，学校念及他功课好，怕因此毁了他，没有严处他，只在学校里关了他几天小黑屋。"

"哎，都是家里穷给闹的。"

他们俩嘀嘀咕咕地聊着，所说的话叫人很感慨，像是一部响马史。而那个小北，也成了我心里的一个神秘人物。他们这样絮絮地聊着闲话，我则在一旁痴痴地听。

研博可不是个吃素的，刚来不久就表现出他的高校气质来，不愧是五中的学生。他刚来，还没和我们大家混熟，就跟我们开了个不大不小的玩笑。一天，我们几个正在一起闲聊，他突然一本正经地打断我们的话，说：

"嗨，嗨，诸位，你们最近听说过咱们程大爷的事情吗？"

程大老爷的事情正搞得沸沸扬扬的，很热闹，所以，一听见他这么说，大家都认真听研博往下说：

"嗨，最近有人揭发，说了程大爷之前的一件事情。有一次，老程去开会，结果呢，他给迟到了，而且迟到了一个钟头还多。"

"你们想啊，和程大爷开会的都是什么人哪，不是什么什么长，就是什么什么官，你们猜，咱们程大爷是怎么办的，怎么应付来？"

"程大爷往会场里一走，说了句，'好啊，各位爹们都在呐。'厉害吧，程大爷的开场白够狠吧，让人没话说吧。可程大爷才没这么容易吃亏呢，在讲话台上面一坐好，紧跟着就来了句：'好，现在爷爷要开始讲话。'"

起初，听到研博的话，那几个都惊诧不已，议论不一。可在一边一直观察着研博的我，还是发现了一点异常情况。研博眼角一丝得意洋洋的窃喜之色还是泄漏了他的小秘密、小心思，他大概是借这个很严肃的话题，占了大家一次大便宜。这丫也真是太坏了，一点点机会也不错过，老处心积虑开别人的玩笑。

确实，研博就是这么个开心的人。他经常抱着本《卡耐基》研究，总是竭力搜集些开心的事情然后讲给大家听，逗大家开心。他又擅长这一套，总讲得绘声绘色，把大家都逗乐。而他这种语不惊人死不休的自信劲儿，立马就让他成了我们的娱乐中心，没事的时候，都愿意围了他，跟他闲扯天。他也爱好这一套，竟然知道时下所有的流行语，比如说，"拽"，比如说"屌"，再比如说"蛋白质"、"月光小姐"、"水土娘"。他仿佛知道所有最最流行的东西，然后很自然地挂在嘴上说，说得又是那般轻巧随意，倒好像这话全是他给人创造出来的。

也不知道他是从哪里来的这股精神劲，总之是一幅精力过剩的样子。他还会玩许多小把戏，比如说让钢镚在手指头背上翻跟头，从左边捣到右边，然后，又哗啦啦地从右边捣在左边。比如他让铅笔在手指缝里转花，他只是轻轻这么一抖，铅笔就会撒着欢儿从上面的指缝里转到下面；他再这么轻轻一抖，铅笔就又乖乖地转回来了。他会许多这样的小把戏，像变魔术一样，也没见过他学。我们整天腻在一起，可他竟学会了，然后又不经意地要给大家看，弄得大家一愣一愣的，都跟了他学，可还没等大家谁学会，他早不知又换了几次玩意儿。总之是乖张得不得了。

这家伙仿佛生来就是给人带来欢乐的。他不仅能搜罗各种各样有趣的事情，而且自己还能创造有意思的事情出来。他曾给大家讲过这么一件事：

"嗨，昨个儿，我哥家小孩儿来找我玩。他来了之后吧，就坐在茶几旁边。后来，这小家伙竟然读起报纸来了，'啊，喊吧，媳妇。'当时，我还纳闷呢，心说，这家伙才上幼儿园，怎么就会读报了？赶紧跑过去看，看他读的什么报，不会是不好的东西吧。过去一看，发现根本不是那么回事，他读的是张报纸的副刊，一页狗皮小广告，他读的是挨在一起的两小块广告，一张是'减肥'，而另一张是'妇科'。"

"嗨，真他妈的有意思，现在的小孩都快成人精了。"

一经研博跌宕起伏地讲述，原本不可笑的故事也就变得很可笑起来。研博就是一个这般有意思的人。自从他来了之后，我就发现我们是一路人，都是把快乐主义排在第一位的人，只对快乐感兴趣。与宇轩相比，我更喜欢跟他在一起玩，他不像宇轩老是副一本正经的架势，偶尔的，他会憋着一点点小坏，叫人觉得亲切。因为这些，我们很快就成了形影不离的一对，简直就像是对影子，同时同地的都是我们两个。就因为我们两个太过亲密，总呆在一起，还闹了次笑话。

正月时，学校里只有我们一个班，到了晚上，不规定作息时间，可以敞着嗑学。因为这样，大家往往会学到很晚。

一天，我们回去时，研博已经瞌睡得睁不开眼了。因为怕他踩到什么东西上摔到了，我就牵了他的手往回走。可巧，我们走到操场时，正遇到前来查夜的校长。我们刚一过来，就被校长给叫住了。他很狐疑地盯着我们看，看了好半天，问我们：

"啊，大晚上的，你们两个人，手拉得这么紧干什么，干什么呢你们？"

我们两个有麻烦了，校长先生把我们两个当成是在学校里赏风揽月的"狗男女"了。于是，我赶紧将研博瞌睡、我怕他摔倒的话说了。看见没有什么疑问，校长又问起了另一件事：

"噢。那你刚才还点着烟，我看见火亮了，你把它藏哪里了，赶紧交出来。"

校长先生又误会了。他看到的并不是烟的明火，只是我随身听上的红色指示灯。我在听英语录音的，因为要与校长打招呼，出于礼貌我就把机器关了。为了教校长相信，我又把机器重新打开，让灯光亮起来。看见实在没有什么可怀疑了，校长才叫我们走。后来，再想想这事，实在是挺可怕的，好在咱们中国人对"玻璃"这种事不怎么太感冒，否则的话，我们两个还真的就有麻烦了。我们在别人眼中还是这般的风流，至于偶不偶傥就实在是难说了。

还是不说这件事了吧。只说研博这个人很搞笑，也就很受我们的喜欢。而在这么多人中，只有宇轩对研博的这种娱乐精神和方式很不屑。对他的笑话，也总是不冷不淡的。开始，研博倒是没在意，可次数多了研博就有些觉察了，开始有意地招惹宇轩，想把也他逗乐，拉入我们这一快乐联盟里。

"嗨，宇轩，你知不知道自己长得很帅啊？你看你，长得龙眉凤目，狮鼻虎口，还外带着一幅元宝耳朵。"

要不，他又会说：

"嗨，宇轩，你看你，这副三角肌，长得实在是厉害。你去练健美操吧，一定会很厉害，这么大肌肉。"

可每一次在研博这么说笑时，宇轩总是不冷不热地打岔，说："那怎么啦，别人都这么说！"要不就说："你们家是卖帽子的吧，要不怎么这么多高帽？"他总是说这些很没劲的话，往往只一下就把研博经营出来的一点诙谐气氛给搞没了。可宇轩原本就是这种性格，研博也就没什么可说了。

之前，宇轩老没给研博台阶下，这一次他生病，可让研博把劲头给抖起来了，他可是有了拿宇轩开涮的话题。于是，宇轩来了之后，研博就故意地跟宇轩找话说：

"嗨，宇轩，以前，老听别人说你有多么壮，可自从来了之后，我怎么没看出来啊。我看见的只是一只病恹恹的病猫啊，他们说的究竟是不是真的？"

研博这么一说，宇轩就有些挺不住了，故意地挺挺胸，拔拔腰，抖擞一下精神，说：

"是啊，怎么了，想当年，咱也算是个好汉的。算了算了，跟你说你也看不见，只是白说。"

在这时，宇轩会精神一下子，可也只是一下子而已，不等把话说完他自己就又泻了气了，恢复了原有的蔫样。

后来，研博又一连跟宇轩说了几次这样的话，宇轩干脆连他的话头也不接了，任由研博怎么说，就是不说他的身体究竟是什么状况。研博忍不住了，干脆撂出狠话来，故意气宇轩：

"宇轩，听说，你女朋友老漂亮了，是不是？你的腰总不好，是不是你丫的不干好事儿，被你那妞儿给搞虚的吧？"

研博这么说了，还故意在宇轩的脚上跺一下子赶紧开溜，故意激怒他，让他追自己。可研博的算盘打错了，宇轩多鬼啊，早防备着他了。看见他耍坏，还想跑，早留了手，过去一把把他的后襟揪住了。研博还耍坏，使劲地拽了往前跑，想叫宇轩因为顾及腰而松手。而宇轩才没那么傻，看见研博使坏，也不露声色，只是拽着，任由研博使劲。后来，看见研博的劲使足了，突然地松开了手，还吆呵着追赶。研博原本早已拽得重心失了移，再一着急，两脚无根，一下子就跃出去扑在草地上，弄得满身草屑。

当头的一喝，着实叫研博吃了一惊。他也算是见识了宇轩的厉害，不敢再随便招惹他。同时也看出宇轩虽未把自己的腰挂在嘴上，可心里还是很在乎。我们也跟研博说，他才不再老惦记着拿宇轩的腰说事了。

这是偶然的小花絮，事情一过去，我们就又回到了自在的生活之中，开开心心，太平无事。

这段时间，我们几个最大的进步就是学会了谈论女生。不过，更多的时候，都是研博一个人谈，我们几个听罢了。研博可真是个"爱红"的人，最爱看女孩子，凡是从眼前经过的女孩儿，大概全会被他细细过目。当然，前提必须是漂亮女孩儿。这些女孩都逃不过研博的评头论足。

已经记不得研博谈论过多少女孩子了，只记得他谈论最多的是这一年新生里的一个女孩儿。其实，在研博谈论这个女孩之前，她就已经引起了我们的注意。说来，也是这女孩儿太过于特别。这个女孩儿出奇的精心与细致。就拿她的打扮来说吧，周身上下收拾干净利落，没有一处不妥当的地方。她的头发通常梳得很利落、很细致，印象里，仿佛是纹丝不乱的。还有她的衣服，全是名牌。不过，名牌归名牌，却一点不扎眼。显然，这些衣服都是经过精心挑选过的，显得合体又美观，很养眼。大概是怕把衣服弄脏的缘故，她的手里通常会攥着用来套住袖子的套袖。并且，就是衣着上的一些细枝末梢也是她所关注的。就说她鞋子的鞋带吧，也被点缀了几个毛茸茸的小绒毛球，看着就叫人觉着暖融融的。说实话，这个女孩儿是精致到骨子里去了。

不过，这还不是她最吸引我们的地方。最初，我们是被她特殊的走路姿势钓住了眼球。因为课业越来越重，纪律方面却越来越随意，除了正课时间，全都交给个人来打理。个人可以选择功课，也可以选择学习的地点。于是我们几个常常会来楼后面的假山石这里。一来，这里清静，二来，我们几个喜欢在一块堆。这样可以相互问问功课，累了还能聊几句天。于是，我们也就注意到了这个经常在不远处的甬路上走过的女孩子。她走路的姿势实在是很奇怪，看她走路，简直是一种享受。她匆匆地从甬路上走过时，像是在踩着一种重低音炮的鼓点似的，全身都处在一种跳跃的律动之中。全然没有常人的那种懒散与随意，倒好像她的走路不只是在走路，而更像是在作一种走路表演，美丽人生的走路表演。她的这种情绪总给人一种不自觉的想象，觉得她的身上一定是有着永远挥洒不完、消耗不尽的激情与活力。这让我们几个都很好奇这个女孩子，好奇她怎么会这么有激情。后来，研博一聊起这个女孩才知道，她和研博在同一个镇上住，而且还认识：

"她呀，叫欢欢。原来和咱们是一届，只是脑袋有些笨笨的，一连退了两级，现在跟她弟弟成同学了。"

至于研博说的那个"弟弟"，我们几个竟也认识。是一个长头发，经常在球场上出现的小孩子。也是周身名牌，看起来很帅气的小家伙儿。

"不过，她的脑袋虽然有点笨，但人特别有意思。特别天真，什么问题都爱琢磨。你要是和她挨得近了，我敢保证，你肯定会特别喜欢跟她在一起。她会问你各种各样有意思的问题，特有趣。"

"而且，我敢说，只要你们和她聊一次天，就准保会还想再聊天。"

研博这样说的时候，表情是贪婪的，口水几乎快要掉在了皮鞋上。确实，研博平日里就是一幅很开放的架势，对于这样的事情他也从来不避讳。而且，这家伙几乎是处处留情，到了哪里也能跟女孩混熟。他自己也奇怪得紧，一旦到了女孩子跟前，总是乖得不得了。通常满脸是笑，红扑扑的像是一朵花。且每每与那些女孩子粘在一起，总也不肯离开，往往把等着他的我们哥们儿几个晾在一边。为了这个，宇轩还曾恶毒地讽刺他，说他是见了女的就迈不开步的主儿。

不过，说来也怪，班里的惠子、格格、潇婧几个解风情的女孩儿，都特喜欢跟他这个色眯眯的家伙闲聊天。也难怪，延博这小伙儿还是挺帅的，长着长长的鬓角，挺漂亮的。不过，有时候，他的多情也挺泛滥的。一次，宇轩的姐姐来学校开家长会，被他看见了，就拿人开玩笑，说宇轩："你姐姐，怎么这么漂亮，按理说，也快是半老徐娘了吧。怎么还是这么有韵味呢？"一次，他好像是跟家里闹了点什么别扭，是空着手来的学校。后来，在我们几个快被他给吃到弹尽粮绝的时候，她姐姐来给他送东西，结果，也被宇轩见到了。反过来说他："你姐也不错啊，青春美娇娘，年龄正适当。真香，真美呵。"弄得他也不好意思起来。

不过，还是接着前头的话题说吧。后来，聊着聊着这个女孩，研博又聊到了欢欢的父亲头上：

"哎，你们知道吗，前些时候，我们镇政府大院不是给卖了嘛。知道吧，就是欢欢她爸爸买下的。"

"在外不是号称花了四百万嘛，其实，内里只不过百八十万而已。厉害吧。简直是明抢了，可干得却挺不露痕迹的。"

"原来，他年轻的时候就很厉害，心特别黑。那时候，镇里不是鼓励个人创业嘛，说谁建厂，镇里就会免费地提供水泥、砂石等建材。"

"结果，人就发了大财。白天，人往家里猛拉货，仗着他老子是干部嘛。到了夜里再转手将东西全倒手卖掉。很发了笔狠贼财。"

研博说的这些事情，我们几个都没有听说过，宇轩却知道一些底细：

"哼，还说呢，现在你们镇里的那几百座整整齐齐的小洋楼、小别墅，就是那时候建起来的吧。你们那里的人可真够狠的。"

"还有，你们镇里的水泥厂、电缆厂、印刷厂，全是你们那里的头头们给倒腾垮台、倒闭的吧。这其中，只怕也有你爹的功劳吧。"

自己搬起石头砸自己的脚。研博多话，招惹得宇轩数落他，这可真是言多必失啊。宇轩的话很犀利，刺得研博只羞急得红了脸，忙忙做解释：

"不是的，不是的，那时候，我爸还在镇中学里教书，跟这些事情一点不沾边。哎，你是怎么知道，我们镇里的厂子是被人给掏空的，你听谁说过？"

"这还用听谁说，明摆着的事情嘛。我们那里也有厂子，有一个皮鞋厂，本来，这厂子还不错，可后来就渐渐被人给整空了。"

"那些人，在任上时，能捞就捞点。谁也不肯做长期的投入，给后任得实惠，反正干几年就该走人了。就拿皮鞋厂说吧，原本早该更新设备，换上那些缝制的工艺了，可哪有人管，依旧使用那早已该淘汰的粘合工艺。自然，效益也就提不上去了。"

"为此，还有胆子大的跟镇长开过玩笑。那人给镇长送了双新皮鞋，作弄人的。后来，镇长要去区里开会，就穿上了那双新皮鞋。结果呢，镇长开完会，来不及走回家里那鞋就开胶，张了大嘴巴。这事传得我们那里尽人皆知。"

"其实，傻瓜都明白的道理，这些爷们会不懂？说明白了，就是眼里只有钱，不干人事而已。哎，你们镇里那时候贷了国家很多的款，后来，他们是怎么还上的？"

"那还不好办，干脆就不还呗。上面一来人，就往酒店里领，劝酒喝呗。吃人嘴短，喝人的舌头短，来了几次那些人就不来了。"

这一次，研博和宇轩两个嘀嘀咕咕着这些事情，显得很亲密。以前，他们是那么不对眼，老是鸡争鸭斗的。可这一次他们却空前的统一，投机得不得了，一边说，一边还不时地拿眼睛的余光打量我。他们两个知道我的父亲在镇里工作，他们怕我会因为他们的话生气。哎，其实，我父亲只是镇里的一个小小的文书罢了，什么权力都没有。想贪污腐败也得有那个本事啊，真是的，也不想想，没脑子。可我又怎么能说得清楚呢？只当没听见。

我们的生活就这么多彩地进行着，而我怎么也没有想到，在安宁的生活之下，却暗藏着致命的暗流。或许，这就是生活的本来面目吧。

先是快乐如意的研博在不久之后出了事情。

一天，我们几个像往常一样在假山石那里待着，后来，斜阳渐渐西坠，暮气随着拢了下来。就在这时，突然有个女生在楼后面的窗户那里叫研博。她只是叫了一声"博"，就掩住面庞失声痛哭起来。这个女孩儿我们几个都不认识，是研博原来那个学校的同学。看见这个女孩儿，研博的神魂立马失了据，立刻绕到前边，直接跳窗户跟了这女孩跑掉了。后来，直过了好长时间才回来，还向我们几个问主意，他该怎么办：

"我打算出去。我去找何老师请假，可他不准。"

"你们说，我该不该出去。"

因为已经有何班主的态度，我们几个便尽着劝研博，叫他最好别出去，有什么话就在学校说吧，免得何班主不高兴。可研博并不太愿意，他自己早有了老主意。想了一会，还是跟了那妹子儿偷偷跑掉了。

研博一直走了整整一夜，直到第二天上午，上到一半课的时候才回来。他的神情看起来有些反常，哀哀的，很委屈的样子。还唠唠叨叨地给我们几个述说他出去之后的情景：

"唉，我们两个在网吧里待了一夜。她枕着我的腿，整整哭了一夜。"

"她感觉功课的压力特别大，老怕念不下来。可她家里人不管，说不念大学就赶紧去嫁人，一点也不为她考虑，不帮她。"

"她总怕我们以后走不到一起。她说，要是那样，等她跟人结婚时，就逃跑，作个逃跑新娘。她叫我在结婚的当天也逃跑，去找她，然后我们一起私奔。"

"她整整哭了一夜。她说她心里难过，想咬我，我就给她咬，她都快把我的手指咬断了。"

我们要研博伸出手指来给我们看，果然，在他食指和中指上留着几个深浅不一、早已紫掉的牙痕印。研博的神情挺哀伤，和以往的神气劲头一点也不搭调。我们从没见他这么伤感过，几个人都很同情他，可谁也不知该怎么安慰。

不久，就有何班主派的人来叫研博过办公室去。过一会儿，研博回来，说何班主已经叫他给父亲打过电话，要把他带走。这个结果叫我们几个都很震惊。是啊，若是因为逃学就被开除，那学校里早已不知开了多少人了，连我也要被开走了。

后来，研博的父亲真个就把研博带走了。这让我们一时无解，不知道是学校把事情搞复杂了，还是研博对我们隐瞒了什么严重的事情。总之，这一切无解了，研博的离开把什么都带走了。

还没等我们大家回过味来，宇轩也出了事。研博退学的第二天，他也退了学，而且，与研博比起来，他走得更隐蔽，也更加出人意料。

这天早上，宇轩又叫苦，说又没钱了，得回家搞点钱去。对他的话，我一点没怀疑。就在前一晚，三亮他们又来找宇轩出去过，他当然该没钱了。

三亮和西平他们来找宇轩竟然是去办"大事"的。开始，宇轩不想去，他们依旧是一力地劝：

"去吧去吧，你不知道，泽昆那个哈孙还办成了。你就去吧。"

"泽昆说，他劫了一个下了夜班的女工。只那么一脚，就把那女工从自行车上踹了下去，给她碰落了好几颗牙齿。"

"他说，他自己都后悔死了。一次只劫到二十块钱，说出来简直被人笑话，丢死人了。"

"哼，叫我说，他不一定做了几票买卖。我说，他的话什么时候有个准。"

"就是，去吧去吧，就当是给我们仗仗胆。这么大个，光吓吓他们就够了，不用你动手。"

他们两个一通胡乱地劝，还拿出一件用报纸包着的，尺半来长的家伙给宇轩看。据我判断，这大概是一把大砍刀。后来，宇轩真就跟着他们跳墙头出去了。自然，劫不劫不好说，宇轩掏腰包放血是没有跑了。所以，对于他要回家搞钱的事情，自然就不会怀疑丝毫了。可这一次，宇轩一走就再也没有回来。两天之后，他的母亲来学校里取他的行李。

对于研博与宇轩两个的离开，我有些不能接受。他们离开之前，我们是那么高兴。他们都特别喜欢谈天说地，说那些跳脱衣舞的为什么敢光明正大地在镇子的庙会上出现；为什么那些赌徒在区里的招待所里滥赌、滥挥霍，连一些小孩子们都知道，却引不起有关部门的注意。他们就喜欢讨论这些事情。

并且，他们还总是开心地谈理想。研博的理想是考一个公务员，他说自己一定要作个一官半职的，将来拥有一片归自己管辖的行政区域。小葛的理想是将来有份好工作，渴望工作稳定，有个好家庭。而宇轩，对于他们谈论的理想却没做丝毫回答。还有我，也闭口不去谈论理想。因为这个，他们还嘲笑我。他们见我在谈理想时不发表言语，就小声地打趣我说：

"那个，那个'师父'，他以后做什么工作呢？不会是去当主持吧，哈哈哈。"

另一个又说："不会不会，人家最喜欢文学了，肯定是做一个大文豪呗，那么那么大。"

因为我经常爱长篇大论地谈论事情，他们就在背地里偷偷叫我"三藏师傅"，而且，还是《大话西游》里的那个家伙。尽管只是背地里偷偷说过，还是被我听到了。可他们哪里知道我在想什么？其实，对于他们谈论的理想，我一点都不屑。也许不是不屑，只是觉得人总是离自己的理想越来越远，就像小时候的科学家理想、航天员理想，到时候都会失败一样。任何一点理想，都需要很大的付出才能实现。往往连一些很微小的理想都不易实现。我也有理想，可不敢说出口，生怕说出来后，要了他们的命。因为，我的理想，是拥有许多许多的钱。这么俗气的理想，说不定会把他们笑死了。

对于宇轩的沉默，我挺欣赏，觉得他不愧是个成熟些的人，说话仍旧是谨慎些。但现在想想，恐怕是我想错了。他大概不是因为谨慎不开口，而是灰心到不敢去谈理想，才不言语的吧？

正如我的判断，理想是不能轻易去谈论的，厄运竟真来了，而且来得还是这样快。一时之间，快得让我有些不能接受。

宇轩怎么会走了呢，他可是嗜学如命啊？更何况，在走的几天前，他甚至刚刚把本不该交的学费也交了呀。学费都交了，他怎么还会突然走掉呢？

前一个礼拜交学费的时候，我还奇怪，以前，一直是在正月交的学费，竟然改到了奥数赛之后。后来的事情就更怪了，收学费时，何班主竟还向宇轩要起了钱。宇轩问何班主自己不是免费生吗？何班主就打哈哈，说他自己不知道，全是学校教务处的意思。后来，宇轩就没有再问，来时如数交了学费。我还挺替宇轩叫不平的。

在之前，我也曾怀疑过宇轩会退学。他日常的言语中也带出过这样的意思，总说现实的应试教育体制很糟糕，为了使人全面获得知识，却使得人变得全面平庸。所以，我担心他会休学罢读。而他交学费这一举动，反而使我消除了顾虑，学费都交了，没有道理退学啦。由此，也就大意了。这一切实在叫人生疑。

除了不相信，我还很生气。觉得这两个东西不够意思，连退学这么重大的事情都不肯对我说起。尤其是宇轩，我一直实心地对他，而他却没把我当作朋友看待，有事情不肯对我说。

不过，后来，知道了他更多的退学内幕之后，我就气不起来了。

因为是宇轩最好的朋友，帮他收拾行李的任务就落在了我身上。在帮着收拾时，我听到了何班主与宇轩母亲的对话：

"哎，宇轩妈妈，宇轩这孩子心事太重了，以后，可要多留心着他啊。"

"前几天我就留意到，宇轩上课时老不听讲，我留心下去一看，他在画些小房子的图纸，画得挺好。上头还写着，说是以后一定要有一座大房子，要有落地窗的大房子，还特意写着'一定要有'的字样。"

"不是我说，宇轩妈妈，这孩子心太大。唉，对了，先别想得太多，先急着给孩子看病吧。我老早就注意到，这孩子病了，怎么就没紧着治疗呢？都是病把这孩子给耽误了，真是挺聪明个孩子。"

"哎，确实，这孩子的心事太重。以前，给他的钱，总是舍不得花。我说叫他千万要吃饱了饭，他还老瞒着我，说吃胖了，会跑不快，跳不高。都是吃不好，把他的身子骨给耗垮了。"

"我们年纪又大了，不是没那个精力了嘛。二小子又念大学，哎，只苦了孩子。"

听了宇轩母亲他们的话之后，我对宇轩的抱怨就没有了。关于退学，这是他自己的事情。况且，即使跟我说了，又能怎么办呢，又不能帮到他半分。他退学，或许实在是迫不得已吧。还有延博，他也应该有自己的苦衷吧。

于是，就这样，我失去两个最好的朋友。

然而，学校里的时光并不会因为我朋友的离开而有所迟滞，依旧照常运转着。后来，先有乙班里的女孩儿们，因为不堪泽昆的骚扰，终于动了众怒，拿起了笤帚、簸箕、拖把等武器，把他追打得满校园跑（这丫的脸还真是厚，换了别人，大概早剖腹自尽了。丢这么大地脸，还有脸活在世界上？终究没有听到他的死讯，脸皮厚坐实）。

还有，我们的红叶姑娘，被选成了学校公认的真正校花。许多小伙子都在传说，说红叶这才是真正地集美貌、智慧于一身。确实，红叶真是挺漂亮，面白唇红，很自然的漂亮，是学校最美的女孩儿之一。而她的性格也很好，性别意识不太强烈，喜欢跟有见地的人在一起聊天，有思想，又非常谦和。她的意志也非常坚强。在这年春季的校运会上，跑八百米时她就勇夺第一名。她一跑过终点线，就扑倒在了地上，可见她当时跑得有多凶。像她这样卖力的情况，就是在体育队里也是不多见。二亮，还有建林的哥哥建泽等好多学长，都在上夜课下课时来找她搭讪、攀谈。真是个香艳的女郎。除此之外，还有好多好多其他的事情发生。它们都按着自己的轨道有序地进行着。

而这一年的中考，也带着风声，在我的耳畔呼啸着而至了。

在考试中，红叶、惠子和子豪三个人全过了省里的重点线；小葛，欣薇和我等十六个人全都过了市和区里的重点线；还有小良、黑蛋等十九人全都过了区里的职业高中线，也算是功德圆满。而体育专业里只有李恩凭借着春季的市运会中，跳远跳出的六米六的成绩，被省重点特招录取，也是一大幸事。至此，也算是好事连台了吧。

对于宇轩、研博他们两个的离开，我的心情一直很复杂。刚开始，我倒没有觉得十分太在意。当天，送完宇轩的母亲回来，碰上小葛赶来询问情况，说宇轩怎么就这么走了时，我还挺慷慨，说这样也好：

"早离了这里早脱套嘛，这哪是人待的地方。这些家伙，聪明。"

是啊，退学对于他们来说真的未必是件坏事呢。他们都很聪明，不受约束了或许反倒会更好，彰更自由地发展。这可都是些人才啊。

可在领毕业照的这一刻，我却突然地失落起来。因为，尽管拥有两张毕业照，可我发现，在这两张凝结着几年青春时光烙印的纸片上，却没有我最开心的兄弟与朋友。宇轩、研博、石头、李通他们全都不在，这一瞬，我才突然感到恐慌和失落。直到这一刻，我也才意识到，我人生中最快乐的时光竟然没有被这个世界所记录。

眼下他们都不存在，更何况再过一些时候。到那时，恐怕就更加没有人能够记得他，记得他们了。而他、他们，又是我曾经最美好、最值得记忆的东西。想到这些事情，让我很不自在，很惶恐。也正是这时侯，我突然有些明白，明白这之后最该做的事情是什么了。

是的，我感觉到最想要做的就是用手中的笔告诉世界，我曾经拥有过那么多那么亲密的朋友，那么多那么铁血的兄弟，他们是这么的可爱与真性情。我更要告诉世界，我曾经拥有一段多么绚烂的中学时光，一段多么绮丽又感伤的中学时光。我还特意的为我的这些哥们儿写了一首短诗，《挽留》：

为何要悄无声息地走

我的旧年老友

是因为害怕无人挽留？

冷冷地留下一个背影幽幽

还有万千心事哽咽喉

是我太年轻

不知世间有太多愁

等到明白时

才发现错已到了头

　　我特意郑重地把它粘在了我的钱夹里。我知道自己是个做事只有五分热度的人，我要它时时激励自己，努力去完成这件事，在我来说很重要的事。

　　我是这么想的，也确实这么做了。在我写作的过程，随着对社会现状了解越来越深入，我的眼光也越来越宽阔。在回忆这段时光时，我不仅更加透彻地认识我的这些兄弟，同时，我也从中看到了现实里存在的更多更重的残酷。我知道，我不光该记录下我的这些哥们儿，我还应该告诉世界，眼下孩子们的生存环境真的没有他们想象的那般好。

　　后来，为了这个，我又曾写过一首叫作《拯救》的短诗：

有没有那么一双手

能让所有眼泪不再流？

有没有那么一种酒

能叫人总一路好走

又有没有那么一份爱

总使人感觉天长地久？

如果有

我愿意去寻求

不管他有多远

是在弱水之西

还是蓬莱之东

我都要去寻求

是不是我太年轻

天真得以为可以将世界拯救？

我的眼泪在无奈地流

后来，也就是现在，我做到了最初预想的事情，我终于为孩子们的艰难处境发出了一声"呐喊"。我终于做到了，现在，我终于记录下了当时的那一切。虽然，阅历有限，能力有限，记录得并不够完善。但我，尽力了。对此，我很高兴，真的很高兴。

呜呼，休息，休息一下，好让我们再一次轻舞世间。